红婴仔

简媜作品

台海出版社

图书在版编目（CIP）数据

红婴仔 / 简媜著. --北京：台海出版社，2019.4

ISBN 978-7-5168-2243-2

Ⅰ.①红… Ⅱ.①简… Ⅲ.①散文集－中国－当代

Ⅳ.①I267

中国版本图书馆CIP数据核字（2019）第025883号

本著作物经厦门墨客知识产权代理有限公司代理，由作者简媜授权在中国大陆独家出版、发行中文简体字版。

著作权合同登记号：01-2018-8891

红婴仔

著　　者：简　媜

责任编辑：刘　峰　　　　　　　　策划编辑：李　娟
装帧设计：广岛Alvin　　　　　　　责任印制：蔡　旭

出版发行：台海出版社
地　　址：北京市东城区景山东街20号　　邮政编码：100009
电　　话：010-64041652（发行、邮购）
传　　真：010-84045799（总编室）
网　　址：www.taimeng.org.cn/thcbs/default.htm
E－mail：thcbs@126.com

经　　销：全国各地新华书店
印　　刷：三河市中晟雅豪印务有限公司
本书如有破损、缺页、装订错误，请与本社联系调换

开　　本：870mm×1280mm　　　　1/32
字　　数：180千字　　　　　　　　印　张：11
版　　次：2019年4月第1版　　　　印　次：2019年4月第1次印刷
书　　号：ISBN 978-7-5168-2243-2

定　　价：48.00元

獻給

阿嬤 阿母

她們教我

去湯裏放鹽

寧靜敢責任

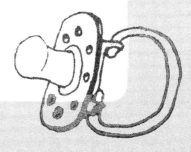

序
宛如昨日

时光烘焙着我们，时而高温煎烤时而急冻冷藏；一眨眼，十四个年头在冷热之间蒸发了，当年意外来报到的红婴儿，如今已长成翩翩少年。当一个妈实在不容易。

梅雨在窗外低吟的此刻，重读十一年前书写的这本"母爱账簿"，竟兴起忽而清醒忽而痴迷的醉意。清醒是，字里行间保留的"育婴现场"一经阅读都又重现了，历历在目。痴迷是，我仍是这副身驱，照理说育婴过程的劬劳应该牢牢记得才对，怎么那些疲累感都不见了，烟散了，全部换算成对身旁这个翩翩少年的赞叹。可见不仅为母则强，做了妈，脑内多了一部时光汇率换算机，光阴似箭，那些箭被母亲的手熔铸了，换算成孩子身上的青春。因而，十四年这数字给我的第一个反应不是我变老了，而是我的孩子长大了。

在我的写作图谱上，这本书也标志了不可替代、不能重返的人生驿站：在这之前，我是个单骑，独自策马夜行，崖边幽谷，任性游憩；在这之后，是个驾四轮马车往幸福村庄赶路的车夫，车上有一挂身家性命，不仅不可涉险且要练就几拳以便跟半路冲出的盗匪扭打。一个婴儿，改变的何止是一个女人的身材，更是那从未经验的一种咬牙切齿观看社会、恨铁不成钢的视角。名义上，我多了一个孩子，实质上，我也多了一个自己。正因为视野不同，《红婴仔》之后才有《天涯海角》的书写企图，那种激越的书写情绪于今想来仍旧鲜明。

书里只写到小红婴两岁便收笔了，在不同场合总有人问我："他后来呢？"我总是故作天真说："后来就三岁四岁五岁一直长嘛！"问的人想知道有没有续集，写的人斩钉截铁地知道这种书只能写一次。

然而，既然是新版，不妨稍稍交代"摇钱树"（后来改称姚头丸）现况。为了小修内容，我问这位十四岁少年："书里把你的名字写出来，当年你还小无所谓，现在你大了，要尊重你的想法，你介不介意？如果介意的话，我把名字拿掉。"他说："不介意。"我又问："让别人知道你是我儿子，会不会有压力？"他说："不会啊！"我说："很好。你的人生是你的，我的人生是我的，不需要有压力。"

三岁以后的他度过一段颇漫长的多灾多病期，吃过的药比糖果还多。这使得我们完全修改对他的学习期待，正常的三餐与持之以恒的运动早已凌驾学科成为他的日课，即使是进入初中阶段，基测烽烟处处飘扬，他仍然过着不补习、放学后打球一小时、回家有一顿均衡晚餐、晚间十点以前上床的标准作息。不正常的教育体制需要老师、家长鼎力支持才能继续不正常下去，我们选择另一条自认为正常的小径，走得很开心。所幸，课内课外的学习他都能自理，也能保持不错的状态。每天晚餐桌上，这家伙有讲不完的、天南地北的话题，跟父母很亲，嘴里常说："妈妈，谢谢你配合。"我对他说："你真是一个很棒的儿子耶！"

有趣的是，担任母职有助于提升我的"社会地位"——仅限于婚嫁喜庆场合。我多次受邀在婚礼上担任介绍人及贵宾致辞，除了期许新人携手共修婚姻学分，不免也要肩负社会使命、当志工来一段"置入性行销"，为急遽下滑的出生率增一块煞车皮。姚头丸出生那年，一年还有三十万个红婴仔来报到，现在一年不到二十万。报载，台北市二〇〇九年的新生儿数跌破两万，产妇均龄为三十二点一岁。不结婚只同居或是结婚不生子，已蔚为当代潮流。君不见，河堤边草地上，抱着美容院整理过的小宠狗的年轻人多过推娃娃车的熊猫脸父母，而周边友人家中子女年过三十五不婚不嫁没动静的大有人在，那些没胆父母只敢在背后叹气、着急、严辞批评，却不敢明着问。家庭概念正在瓦解，小家庭已经够小了，现在干脆把屋檐拆了，成就无限大的"个人乐活主义"。这本是多元社会个人选择，但当多数人做这种选择，就形成社会问题了。无怪乎政府要发奖金鼓励早生、多生，北市将发放每胎两万元以资鼓励。在我看来成效不大，不婚不生的年轻人固然有的考量经济，但也有不少无关乎钱财；区区两万奖金不够买一只LV包，重赏之下都不见得有勇夫，更何况只给一张糖果纸。说到此，我心中始终有个小疑虑，是不是当年《红婴仔》写得太逼真了，吓坏我的女性读者，间接让她们不敢献身于生产大队。若是如此，就罪过了。所以，只要有机会握着麦克风对新人祝福，我就浑然忘我，仿佛头插红花手擒红绢帕、胖乎乎笑眯眯之古代媒婆附身，期许新人要"救国救民，踊跃用兵"，并诵念"做人口号"："一个嫌太少，两个不够好，三个不算多，四个笑呵呵，五个真美妙，六个很骄傲。"但这口号徒具娱乐效果，起不了鞭策作用。

令我意想不到的，我的读者也以这本书做了分界。有个喜爱我的早年作品的女性读友，看到我走入"结婚生子"这条在她眼中形同背叛现代女性独立自主誓言的路，从此不看我的书。我得知此事，甚感无辜，却也十分敬佩有人如此捍卫信仰。但我毕竟是个心胸狭隘的人，暗地祝福有一匹文武双全、才貌过人的黑马窜入她那号称铜墙铁壁的地窖，让她迷恋，让她受苦，让她拆墙自个儿爬出来，让她尝到从未有过的甜蜜且生了双胞胎，接着买很多本《红婴仔》送人。

最温暖的回应是，有个读者在美国结婚生子，初为人母的她没帮手，必须独力育婴。她住的城市冬季漫长，窗外总是飘雪，窗内只有她与婴啼。惊恐伴随寂寞，渐渐腐蚀她的心。有一天，一个航空包裹来到她手上，拆开，是《红婴仔》。厚厚的中文字，首先安慰了她的眼睛，书名直截了当，立刻与床上那软绵绵的婴儿联结起来，书里每一段每一篇写的都是她现在的处境，好像为她量身订做一般。她快速读一遍，心里踏实了，立刻把这书升级为床头书慢慢细看，跟尿片奶粉笔记本放一起，陪在身边。

转述这段故事的人，真诚地谢谢我写出《红婴仔》时，我不禁笑了起来，遥想那本书书页一定沾了溢奶味、屎尿味、药水味、泪渍，见证生命总是朝向壮大，而且越来越重。我的文字竟然搀扶一个异国游子走过既惊险又壮丽的人生路段，对作家而言，这是何等丰厚的精神酬报。然而，每个字像婴儿手指抓住我的心的回应，却是一个叫霈澄的台男男生写的。我在讲台上与他们结下散文课缘分，他总是温文儒雅地坐在离讲桌很近的位置，固定地，成为那一年我一站上讲台就看到的熟面孔，给我安全感。两年后有一天，他发了一封e-mail给我。

敬爱的简媜老师：

日安。我是散文黄埔一班的霈澄，自从一年多前上完最后一堂课，我的生活一日比一日忙碌，但也丰富，心里有时候也会想：老师是否过得好，还有姚头丸弟弟，师丈姚同学，希望他们也都好。

我本来也打算考完研究所寄这封信给老师的，不只是学生的问候，而是来自两个读者的致意。

　　一个是六年前身穿卡基制服的我，那是升高三的酷暑，也是我母亲离开人世的凉夜。正值暑假，每天我在教室自习到十点，便会到操场上跑个五圈，让星河在我的头上流转，让月亮躲在云里，时而在我前方，时而在我脑后，时而在我身体疲惫、头脑发涨、胸口苦闷、心房空洞的正上方兀自照耀着。此刻我所能记忆的那个夏天，很少很少，只记得曾经在满月之下双手拳握，祈祷母亲可以安息自在；想要流眼泪的时候，不只要躲在人后，也傻傻地避着月亮，因为我相信母亲可以透过月亮看见我，而我不愿意她见到我流泪。在她生病的时候，我曾擦过她的眼泪，所以我知道为挚爱的人拭泪要用世间上最轻柔的动作，也是最不舍的，我们彼此的约定就是要舍得啊！那么若是一个母亲见到孩子在流泪却连拭泪都无法做到时，岂不是更不舍？

　　那一个暑假我另外记得的事情，便是每天晚上跑完步，回到宿舍盥洗后可以让自己翻着您写的《红婴仔》，好好品尝，好好咀嚼，好好叹息。只有在看这本书的时刻，我愿意记得自己是个人子，我愿意回到亲与子的望远镜中看待我过去的人生，想象着十几年前我的母亲与父亲，如何看待我的来到，如何细细照料我。看完您写的险象环生的生产过程，我仿佛也见到自己安安稳稳躺在母亲怀里时她眼角带泪的微笑；看到婴儿的多病与父母的多忧，我也想起自己从小的过敏性鼻炎，好像母亲的白发与父亲的皱纹是我一个喷嚏一个喷嚏吹打出来的。那些习俗，那些偏方，那些一个传统台湾大家庭小婴儿该享过的关怀与爱，我都受过；一个正常小顽童该给予他们的不合理、任性、麻烦、担忧，我也不吝惜地给过。阅读《红婴仔》后，我才认真回溯，明白我们的生命从我来到世间的那刻起，就已经紧紧交融，直到其中一方离开为止。这段回忆一直沉在我的心里，即使在上您的课时，我坐在第一排，依然拙于和您说我读您作品的这些感触。

另一个要与您致意的读者，老师想必已经猜到，那就是现在的我。但您可能没有猜到的是，生命暗途中，再次于我将熄尽的灯杯里添加新油的善意，也是来自于《红婴仔》。是的，这六年来我其实未曾再看过它，那本书与又黑又凉、有月光有蝉噪的夏夜，一起被我系在记忆里操场旁那株榄仁树上。随着我上大学，阅读了其他各式各样古今中外的书籍，高中读的书也没有带到大学的宿舍里。只有一次，我请父亲来台北开会时帮我从家里书柜中带一本您的著作给我，其实是因为研究所考试有一科作文，我希望能重温老师您的书，但我并未与父亲说要哪一本，随他在十余本书中挑选，就是如此巧合，当我看到他拿着《红婴仔》给我时，我的心紧了一下；高中那段岁月我自然没有与父亲说过，可他挑了《红婴仔》。那时的我，除了是考生，有清清楚楚的高墙等我去击破之外，更大却无形的黑影早已经将墙下的我给罩住，隐隐约约我知道，考验我的，绝不是眼前可见的研究所考试。

那是我心里一直忽略的声音，是我辜负许久的声音，到它已经无法忍受决定与我为敌的声音。我变得不快乐了，甚至有时难以集中注意力，独自一人时，常处于低潮。接着便是失眠与身体失调，有两个礼拜我吃任何东西都是苦的，仿佛天人五衰的警告。我只知道"我"想要改变，正在找寻自己，我开始敏感地留意自己的心念，不放过身体与生命可能要告诉我的任何讯息，关于我的未来，关于我的情感。

那一晚，我无意间拿起父亲帮我带来的《红婴仔》，从第一页开始翻阅，事隔六年的我，事隔六年的眼睛，事隔六年的心灵，书中一字一句给了我不同的意义。当我站在这个青黄不接暧昧不已的岔路口，接下来该要登山，还是临水？我听到了那个声音，被我忽视多年的声音："我想要一个家。"是的，如此简单的一句话，不过是自己想与自己分享的一种渴求，我却不曾这么真切地听见过。从十四岁一个人到台北来念书，经过家里的变故后，练就自我生活的能力，培养思考、学习、自律及关心身旁的人事物，但我是多么久没有活在一个家里。重读《红婴仔》，我才明白自己对家庭有着很深很深的眷恋，八年前遗失的东西，如今我开始去找，虽然还有许多的问题等待我去解决，不过我庆幸自己往内心又走近一步了，仿佛找到了那个与自己玩捉迷藏的少年，走近他，拥抱他，和他说：至少有我陪你。

亲爱的简老师，两个读者都是我，两次拯救我，或说解放我的皆是《红婴仔》，很感谢您为姚头丸弟弟写下这本纪念，两次在我生命河流遇到坑洞，打转滞留的关头，为我冲破泥石，翻出新土。我知道自己又可以往前流去，一路上有您的书相伴，千里长途奔向海，我有更多的力量。由衷地感谢您。……

啊！苍天作证，人子的思念无穷无尽，隐在月光里的母亲怎会不知？

《红婴仔》何等荣幸，两次被不可思议的手挑中，在那些艰难时刻，成为一个离席母亲对她儿子耳语的桥梁，以文字重新编织一条永恒不断的脐带，这一端是儿子，那一端是妈妈。

霈澄，以及所有失去母亲怀抱的孩子：下回想念妈妈时不要躲避月亮，要抬起头，让妈妈看到你的脸你的泪，她才能吻你，吹拂你，祝福你，告诉你：

隐没的只是肉身，从生下你的那一刻起，妈妈的心从未远离。

简媜

写于二〇一〇年六月十四日

目
录

楔子

我需要一杯红酒或一截腌得恰恰好的"想象"，才能安抚在世纪末狂潮里突然转向的人生所带来的惊吓。然而，当红酒佳酿因名流雅士歇斯底里似的搜购珍藏而一瓶难求的此时，我只能仰赖自己的想象力以获得镇定。然后，开始回想事情是怎么发生的。

从前，不！不久以前，有两个翘班的神躲到盆地边缘仅剩的一处树林里野餐，一个因正在塑身只吃花朵，另一个是水果信徒，只吃果子。他们聊着天庭里的恩怨情仇及自己辖区内的八卦新闻，诸如某某某最近对我不甚恭敬，某某某今年犯桃花之类的琐事，没多久也就聊完了。但两神意犹未尽，谈兴正如一口热灶，干脆把世间男女这本大账册翻出来聊一聊，就这样，他们聊到我身上。

他们怎么编派我都不打紧，反正闲聊又不会出人命。但要命的是，他们果然像美容院里的大婶婆、姑奶奶一样，没多久就针对我的婚姻问题全面清查起来。

"你知道吗？她常常发誓不结婚！"吃花的那一个说。

"这样不行的，"吃水果的那位很优雅地吐出桃籽，加重语气，"这样子是不行的！"

他那充满不以为然的口吻，并非认为不结婚是不行的，而是发现一个常常发誓不结婚的女人却又多管闲事去主持别人的婚礼（四次）、替人家的小婴儿命名（七个），言行不一致得让他生气。对守旧、顽固的这位老神而言，这种行为让他看不下去了！

"嗯，时候也该到了。"吃水果神闭目沉思。

"什么该到了？"吃花的问，他正在塞第六十六朵桃花。

吃水果的没搭腔，兀自仰首眺望晴空。那时，两万英尺高的云端上正有一架从美国飞至台北的波音747准备降落，里面坐了一位刚刚结束十七年异国生涯、正在思索概率问题的数学家。

"嘻！是快到了，"吃果子神突然露出天真无邪的笑容，"我要送她非、常、特、别的礼物！"

吃花的一愣一愣，搞不清楚状况。但他明白他的同伴正襟跌坐、垂目默诵乃正在兴风作浪、施展乾坤大挪移法之故。他吓了一

八年前，外婆为你的小表姐做了好多"蝦仔衫"，我觉得可爱，拿了一件回来，叠一叠，放在衣橱里。说不定，就是这件婴儿服，把你给招来了。

• • •

八年前，外婆为你的小表姐做了好多"蝦仔衫"，我觉得可爱，拿了一件回来，叠一叠，放在衣橱里。说不定，就是这件婴儿服，把你给招来了。

跳，相识几千年来，很少见他动用这么大的气力，这可是不得了的事。等果子神悠然一醒，吃花的猴急地问：

"你送她什么宝贝啊？"

果子神抚掌大乐，附耳说："三个月内，她不但有丈夫，而且，肚子里还躲一个婴儿！"

两神齐声笑倒，在地上打滚、竖蜻蜓（即倒立）。

我确信，当两个老家伙在我的"元神"上动手脚时，我正在跟同事大吹大擂婚姻与生育将如何戕害一个有理想、有抱负的现代女人，依照往例，慷慨激昂到想要揍人的地步。

【密语之一】

然而，我曾经企求过吗？在暗夜归家的路途中，抬头仰望愈来愈稀疏的星空，或倚着山崖老树眺望闪烁的万家灯火时，我是否曾低下头，诚心诚意地祈求："给我一个可以靠岸的人，给我一个婴儿。"

路过的风整了整袍袖，把语句荡入微眠中的神的耳朵。

一张喜帖

敬爱的朋友：

我们结婚了。

整个过程，就像天外飞来一群喜鹊，将两个陌生人给圈住。我们至今仍感到讶异，这种闪电式的幸运会降临到原先对婚姻不抱希望的人身上。也许，月下老人的红丝绳早就系住我们的脚踝，只不过到今年才收绳。

今年七月，新郎才从美国返台。八月下旬，在朋友的邀约下，我们毫无心理准备地见面了。然后，走着走着，觉得两人的步伐愈来愈像夫妻。

由于我们都喜欢朴实的生活方式，所以择十一月吉日依古礼举行订婚及结婚仪式后，仅与双方亲戚欢宴。我们选择素朴的方式是为了惜福，希望永远记住我们的婚姻缘起——就像在秋天的山林赏风景，游人都走了，就两个人恋恋不舍，同时兴起结庐共赏的那份恬静与甘美。

我们愿意把婚姻当作一件艺术创作，在平凡的生活中虚心学习并实践爱的奥义。我们明白，闪电式的幸运，一生只有一次。

所以，没有激越的山盟海誓，我们只有小小的愿望：

白首偕老。

孕

事情就从一只迷路精子与一枚离家出走卵子的艳遇开始。

照理说，应该不孕的。倒不是身体有状况，而是直觉；好比想上知名馆子吃活鱼，会直觉到池子里还有没有鱼在游。我自知在不可测的内在深处，有个晃悠悠的灵魂栖在明月高挂的枯树瘦枝上，把自己卧成一片残叶。我总是听见她的喟叹，像一只跟生命赌气的夜枭。人生过了一半，直觉没告诉我会有小孩。

也许，世间的奥妙就在于峰回路转吧！

换句话说，自从地球上出现那名被人类学家称为"露西"的女猿人至今已三百五十多万年，人类以惊人的速度演化到现在拥有毁灭地球的能力，而我这粒演化丛林中的微尘，万万没想到有一天会成为基因的俘虏，忽然跟遥远的露西有了神秘联系。于是，我不禁想象，如果够幸运的话，三百五十万年后，我也有机会在人类学家与基因地图学者的鉴定下，成为另一个"露西"。

总之，在青春已然消逝的当口，有个小家伙来踢馆了，把我变成符合卫生署定义下的高龄产妇。

怀孕，绝对是具有高度社交绩效的话题。忽然之间，我那原本一片漫漶的人际网络变得清晰起来，周围亲友热情澎湃地提供各种孕妇须知、安胎良药、止吐妙方，不仅倾诉自己那可歌可泣的"中奖"经验，更口传他人之怀胎血泪史以资借镜。那阵子，我的生活好像一本功德会芳名簿。于是我知道，女人怀孕简直就是上战场，有人像背了一只馊水桶行军，见到能动的就想吃（包括电子鸡）；有的似怀了一艘船，头晕呕吐到生产前一天。我的状况属于"优等"，这位来踢馆的小家伙还算有孝心，只让我吐两三次、不舒服几天便宛如没事儿般轻松愉快。比较特别的害喜症状是"好吃能睡"，每天最快乐是待在厨房烹调喜欢的菜肴。想我以前吃东西像喂小鸟般，屡次求胖而不可得，如今怀孕带动旺盛、炽烈的食欲，也算另一种"情欲解放"。

孕妇跟食物的关系活生生是一则灵异传奇，往往愈古怪的食物加上荒诞时刻愈会从她们的脑海浮出。譬如，她会忽然（像乩童

"起乩"般）在三更半夜摇醒身旁的丈夫，说她想吃手扒鸡；寒流吹袭的冷天里，以哀怨的眼神说她十分怀念五十年代才有的镶一粒红酸梅的枝仔冰；或者，在音乐厅聆赏卡瑞拉斯如诗般的歌声时，悄然附耳，说她现在好想吃"刈包"……除此之外，腌辣椒加土豆、青木瓜蘸酱油、蛋炒饭配豆腐乳等只可能在餐厅馊水桶内才会发现的食物组合也会一一涌现。你得帮她去找，若无法获得，她很有可能像毒瘾发作般颤抖起来，严重时口出秽言，责怪做丈夫的为何那般"没路用"。

于是，这位"苦主"——也就是罪魁祸首，通常会在恍恍惚惚的情况下，疑惑自己到底娶了心所爱的人还是列入保育的红毛猩猩？

我呢，有一天窝在沙发里看书，抬头正好看到立灯的灯泡，忽然想吃小桶子装的义美小泡芙，想得心都碎了。

旧衣新婴

在还没出生以前，我们昵称这家伙"摇钱树"。孩子的爹姓姚，此其一；其二嘛，我们相信在平均每七对夫妻（有的说六对，又有研究说五对）即有一对不孕的情况下，自然怀孕就好比是你手中的股票连拉十七支涨停板，或老板加发二十个月年终奖金，或在路上捡到包裹，里头有几捆钞票及纸条："我钱太多了，很痛苦，拜托帮我用，我们全家会感谢你的啦！"般值得欣喜若狂。在目睹朋友为了求子而忍受做试管婴儿的种种折腾之后，我对生命中自然而然发生的美好事情有了谢意。第三点，小家伙的时间落点不错，正好可以接收一位小表姐、二位小表哥及隔壁小哥哥的婴幼儿期用品，替我们省了不少钱。再加上小家伙的爷爷、奶奶、外婆、大伯、姑姑、舅舅、阿姨等各路人马分头采购，我们两个新科父母乐得在家守株待兔。那阵子，不时接到这样的电话："娃娃床不用买，游戏床也别买啊！""螃蟹车不必买，我这儿有……""婴儿澡盆别买哟……"这真是把我们惯坏了，凡是缺的东西，总想再等等，说不定有人"主动投案"。虽然如此节制，但新科父母的内分泌跟常人不同，一次婴幼儿用品大展逛下来，勤俭功夫全崩了。事后证明，有些漂亮衣物还未上身，小家伙就"长大"了，那时真希望他的肉肉缩回去些，至少穿一次过瘾也好。

有几件衣服是眼熟的。

善裁缝的母亲像她们那一辈女人一样，什么东西都是只进不出，包括旧衣服，她自有一套神不知鬼不觉的收藏法。而我跟服饰的关系总是玉石俱焚；我对色彩的记忆力超强，总是近乎痛苦地记住重要事件发生时自己的穿着，于是，每一回伤心、沮丧、愤怒之后，自疗的仪式之一便是清除那些衣服，沾染不悦记忆的服饰就像沾染血迹般令我难受。毫不惊讶，该丢的衣服多起来，但又不舍得真丢，便一袋袋提回家交给母亲发落，好似她开了家资源回收中心。母亲戴着老花眼镜，踩动那辆比我多一岁的缝纫机，让那些衣服重新做人：变成拼花枕头套、百衲被、抹布、椅套……以及各种款式的婴儿服。

从夏衣到冬袍，那些衣服似乎遗忘它们曾经经历的困顿旅程，平静地在车线的引领下脱胎换骨，伸出小领口、小袖子、小裤管，准备搂着刚出生的小婴儿。

八年前，这些衣服给小侄女穿了，接着，两年半前，小侄子穿了，再来是一年前，更小的侄子穿了，接着，全部回到我的手上，要给我的"摇钱树"穿。

"喏，妈妈的过去变成你的小衣服了，不知道保不保暖？"我对肚子里的小家伙说。

在一个飘着淡淡桂花余香的早春，我把所有新旧衣物清洗后晾在院子，叫阳光去数算。那真是壮观，够四胞胎用。不久，我听到屋外传来吱吱喳喳的语声，从窗口一探，两个妇人正在指指点点，

• • •

大阿姨买的母鸡枕。

她们的脸上挂着笑，溢出回忆的香味，仿佛那一竹竿的小衣小裤是世间最美的繁花盛开。

【密语之二】

是的，我企求过，从花样青春到有点疲倦的中岁边缘，不止一次喂喂嗫嚅："给我一个娃娃！"那声音只能自己听见，飘零的苦楚也只有靠自己折叠好，锁入不想再打开的暗柜。

此身总在流水里啊！

生子的梦倒是做过。梦见自己怀抱一个白嫩嫩的小婴儿，高高托起他，就着灿亮阳光看仔细，是个小男孩。我回身抱给阿嬷看，喜悦地告诉她："我的小孩呢！"梦里未曾出现男人，也不指示孩子的父亲是谁。醒来，心情一半香一半发霉，觉得不可思议！

也许，这梦是为了劝慰自己吧！靠己身产子，提示一个女人应该以自己的力量涵藏情爱与繁衍之原欲，并在形上层次转化之、实践之，把原需依赖男人才能完成的项目内化成为自身议题。如此，就算在现实世界里无法寻得情爱、衍育，亦不会感到缺陷而抱憾以终。

然而，微微地驼着背是有缘故的。不知何时起，我想象有一个小孩住在我的背上，从婴儿长成蹦蹦跳跳的小顽童，他有一对小翅膀，自由往返于天上人间。我们订下相会的密码，但不曾面对面，他喜欢附在我的耳朵说："你欠我一张脸哟，妈妈。"

从来不想认认真真地治疗背痛，这样，他来了我才知道。每当背痛得无法成眠，我想，他又壮了啊！

细胞对话

遗传是一种独裁，它让父亲那两道草丛似的眉毛在我脸上复活，也让母亲身上的艺文种子埋入我体内。从生物学的角度看，人与一条响尾蛇、一只金丝猴一样，皆是基因圣战的成果。DNA（去氧核糖核酸），毫无疑问是上天钦定的一部魔法。

这种奥秘令人手足无措，根据科学家的估算，如果把人体内所有的DNA全部抽取出来，首尾相连，其长度约达一百亿至二百亿公里！想到自己身上蕴藏从地球连到太阳距离的长链，便觉得体内自成一宇宙。

然而，我并未耽溺于自体宇宙的浪漫绮想而认为一颗受精卵安全地躲入子宫即是一份保证。根据医学统计，每年出生的新生儿中，有百分之二至三是先天性异常，他们几乎是在无预警的情况下出生。有的是基因突变、染色体异常或大自然界致畸胎因子的影响，更有可能是父母的隐性基因在结合后显现缺憾。对生命而言，每一步都是高风险，能生存下来的人或许是多一点幸运吧！

老一辈的缺乏医学知识，总把缺憾归咎女人，顽固地数落她们在怀孕时爬高爬低（如踩凳子取物）、钉铁钉、看人家拆房子（煞到土神）、盖房子（"压"到胎儿以至于得小儿麻痹）、吃别人的喜饼（冲到喜）或沾了丧病之事，故孩子一出生即带缺陷，注定来败家的。这些禁忌如咒语，仍然缠在现代女性的孕程里。我虽知其然，但也被谆谆告诫避免犯忌，若需动到铁锤、铁钉等轻量级家庭土木工事，破解之法是先用扫帚往墙壁挥赶几下，请盘踞在墙上、梁间打瞌睡的小神、小鬼回避，以免惊吓它们，一怒欺了腹内胎儿。

三十四岁才怀孕的好处是，能够比较理智地依照优生学的指引看待生育之事。我主动告诉医生，希望做"羊膜穿刺"。

就在那一天，第一次看到小家伙。

在这之前虽见过超声波照片上的"小黑枣"，知道它即是正在超速成长的胚胎，但当时才怀孕月余，仍处于莫名其妙的"心情晕眩期"，不相信这是真的（或者说，没把握它会真的安全存活下来），因此无法对那颗小黑枣发挥想象，感受母子亲伦的悸动。我记得自己匆匆忙忙看了一眼照片，立刻将它交给医生，好似拾金不昧的学生，连捡到他人裸照也不敢多看一眼。

躺在产台上，十九周大的肚子已经凸显出来了。医生先照超声波，他对我的肚内乾坤非常满意，没有前置胎盘或其他妨碍"下针"的问题，听他的口气，好像碰到一粒超级甜瓜般轻松自在。我有点猴急地问他：

"看得出来是男的还是女的吗？"

每个妇产科医生一定会碰到这问题，如何回答也各有巧妙吧！我相信时至今日，虽然两性平等、男女平权的雷声天天在空中响着，关起门来，生子为贵的观念仍烙在大多数人的心口。那是一种野蛮的压力，让女性在饱受惊险的生育历程里还要承担一份焦虑。当医生感受到孕妇的焦虑时，如何回答性别问题确实需要高度的"修辞学"技巧。（"看不太清楚……""很有可能是女的，不过不敢确定……""哎呀，男的女的一样好啦，武则天是女的，撒切尔夫人是女的，奥尔布赖特也是女的啦……"）

当然一样好，但如果是女的，对我而言……（以下删去六字）

"男的。"医生说。

男的！我有点想笑，因为印证了自己的直觉。刚刚在准备室换衣服时，我最后一次问自己的直觉，是个小女孩还是小男生呢？闭上眼睛，浮升的影像是穿白色短裤的小男生。那时心头一震，开始意识到肚子里果然有个"人"住着，一切都是真的，不是午寐之梦。

医生继续观察子宫内的情况。我躺在那儿，第一次那么强烈地感觉到这个身体是我的，好像浪荡江湖多年的游子回到故乡，恍恍惚惚看着田畴沃野、草树屋舍，感觉极陌生，可又渐渐被一股磁力吸住，无法挣脱也不想挣脱，终于东转西弯，一眼认出祖厝。我从来不知道，当自己的灵魂拥抱自己的肉体时，那种孪生的感觉竟如此神秘且静好。以前，看自己的身体像看一张土地所有权状，现在，是辽阔的沃壤美地。

因而，我的确"醒"了，急着见肚子里的小男生。

"我可以看他吗？"我问医生。

"当然！"他以慷慨的声音回答，将屏幕转向我，护士替我取来眼镜。

黑白小屏幕上不断闪动光彩，我努力辨识，终于抓到"他"的上半身侧影，圆圆的小脑袋、蜷缩的小身体，看来脆弱却又坚定。让我一眼认出的，是他高举左手的睡姿，那不就是我的翻版吗？那一瞬，是我生命中少数几次清清楚楚地被"真实"攫住的时刻，我相信，他真的是我的儿子。

做好羊膜穿刺，医生说，三个星期后看报告。

这意味着，万一染色体异常，我们必须做出决定——不是留他，而是舍弃他。

那二十一天的我，如无辜者被押入黑牢。只要想到某一间实验室里，一名身穿白色实验衣、戴胶质手套的检验师正从试管架拿出那管装着我的羊水的试管，我的脑海就出现正反对决：一方坚持一切正常，另一方则臆测第二十一号染色体多了一个——那是每个孕妇最害怕听到的缺陷："唐氏症"。

我合上眼，试着忘掉遗传学、基因及惊悚的生命故事。可是，转念又跌入"有情即有苦"的渊薮。

冬天的冷流从窗口进来，偌大的屋子只我一人。有时，我喜欢上下楼无所事事地荡着，冷流跟在后面，像几个小精灵搔我脚踝，讨几片温暖吃。

第二次打电话到医院，当他们回说"报告尚未送来"时，我意识到自己应该纾解心中的焦虑，应该在形而上层次找一棵大树荫坐下来，等。

孩子的爸爸比我理智，或者应该说，因为他尚未面对面地"认识"那个睡得很香甜的小生命，所以容易理智。不论如何，他的态度让我渐渐放松下来，试着鼓起每个人身上都有的那份本能：以乐观、愉悦的意念"看到"事情正往好的方向走。

生命，是伟大的偶然吧！

据胚胎学家研究，大约近百分之四十的胚胎在着床前即流产，半数因染色体异常，其余的原因不明。能够安全着床，端赖胚胎的生长速度与子宫内膜发育速度能否一致；胚胎的生长速度受各种生长因子及本身的预定程式控制，而子宫内膜的发育速度则由卵巢荷尔蒙主导。着床成功的关键在于两类细胞间的对话是否和谐。这意味着，生命必须从和谐中开始，唯有甜言蜜语的"细胞对话"才能启动闲置已千百年的那颗小行星。

然而，谁也无法保证小行星的旅程是否一帆风顺。

第三次打电话，接电话的护士说报告已经回来了，"正常，男生"，她以毫无情感的声音宣读，我还想问一两个问题，她不搭理，粗鲁地切断电话。但我不像以往会因对方无礼而生气，这刹那，我的心完全被喜悦充满，只属于我与小家伙，无暇理会其他事情了。

感谢创造之神！如今我理解，每一个平安成长的生命身上，都有你的大祝福！

【密语之三】

在窗口的小童想：

"暴风雨在海面垦荒了，他们会用斧头砍伐巨浪吗？逃跑的红嘴鱼会不会躲到我的床底下？"

没人知道她在坏天气时就想离家出走，带着新发明的美丽咒语。

*

我曾经也是个婴儿，但怎么也记不起那模样。

没有镜子的关系吧，乡下老厝很少悬挂镜子，就算有，也避免让婴儿看见，说是照到的话，这孩子长大就爱说谎。

想来，是怕婴儿太早掉入实相与幻影的漩涡，发现有"两个我"存在吧！

多少次沿着记忆流域溯游，总无法回到源头去看清自己怎么伸出小手小脚到这世上来的。只强烈记得那一路雾景——湿润的、忧伤的、想要流泪的情怀缠着我、伴我成长。没人惹我，也谈不上什么委屈，但我就是想一个人静静地流泪。厝边邻居还记得："你小时候很爱哭，动不动就哭！"

也许，幼儿身上带着特殊智慧，能看懂自身命运，故有出乎常人的情感流露。等到大了，忘记命运全集上的内容，傻乎乎地以为喊天天会应，叫地地会答。

行至中年，回想三十多年来阅人历事，故事的架构、脉络都清楚了，此时若能与婴幼儿期的"我"对话，想问她："你已在命运簿上看到一生起伏，苦多乐少，为什么还选择活？"她会转动晶亮的眼珠，吐出乳香味句子："人生，像长江夹泥沙而下，不活，就没有机会筛到沙金。"

"筛到了吗？"如果我问。

"那得问你呀！"她会这么答吧！

小时候，很爱趴在客厅窗口看，个子小，得垫个板凳。也不知道为什么喜欢这么做，窗户边就是大门，乡下习惯白天都是敞开大门的，出去即是宽阔的大稻埕，依随四季晒着稻谷、稻草、棉被、萝卜干或一群毛头的涂鸦画。若说大稻埕上有什么引人事物，直接出去便是了，何必趴在窗口转动小脑袋瞎忙？

也许，透过长方形窗户望出去的世界是不一样的，有偷觑、窥伺的神秘感，我看到他人的活动，而别人看不到我。由此，无形中提升自己的位阶，仿佛进入掌控命运之神的书房，嗅一嗅字纸篓内的废纸余墨，也懂了一点点天机。

如果站在窗台上——趁大人不在客厅时才能冒险一试，望得远远的，是辽阔的稻原及位于视线终点处的群山。我喜欢在雨天时爬上窗台，就这么望着，哼几句歌或轻轻摇晃身体，窗外的世界也晃着，仿佛一个极胖的人跟随一个蚂蚁似的小人舞动，那种感觉非常美妙，人生再艰苦，只要生活中还有这种时刻，也足以恢复疲劳。

我记得我向往离家出走，既不是家庭冰寒抑非无人宠爱。像一种引力，在山峦背后、月亮侧脸，或藏于湛蓝海底，不时以潮涌的旋律，呼唤它的族裔：站高些，望远些，走出来！

如今想来，十五岁那年独自离乡便回不了家，大约是应验幼年起即储存的离家意念吧！

　　偶尔，我会想起那个趴在窗口的小童，因她对未知世界的期盼与友善而眼角微湿——我们在成人世界学得最多的是对世界的敌意以及把生命勒得伤痕累累。我想擦干眼泪，回到那一个下雨天的童年，从背后拍拍她的肩膀，指着自己的肚子告诉她："路非常不好走，可是，瞧！我也走到这一步了，一个婴儿！"我懂她的美丽咒语，小孩呼唤另一个小孩，生生不息。

怀胎九月

照理说，九个月够让父母做准备来迎接小宝贝的；然而，如果做个民意调查，我相信大部分父母会嚷嚷："九个月，不够不够，绝对不够！"而那些"家有早产儿"的爸妈一定顶着贝多芬式乱发与四川熊猫型黑眼圈，以哀怨的声音说："我们只有八个月，根本就不够……"

到底要多久才够？

玛丽和约翰·葛瑞宾夫妇（Mary and John Gibbin）在《生而为人》（*Being Human*）一书中，比较了不同动物的怀孕期及占其寿命的百分比。大猩猩是二百五十七天，占其二十年寿命的百分之三点五；狮子的怀孕期有一百零八天，占寿命的百分之二点五；而人类约九个多月的孕期，只占平均七十岁寿命的百分之一，可见人类的怀孕期在各种动物中都是最短的。相对的，人类的成长期也比其他动物长得多，这也是为什么小婴儿无法像北印度恒河猴一出娘胎就会自己走路般，在剪掉脐带后就会自己去冲泡牛奶的缘故了。

显然，九个月是太小气了，但我也相信所有抱怨时间太短的准父母绝对不愿像大象，足足怀孕两年才生小孩！若如此，他们会疯掉。

所以，我们还是听从演化时钟的指示，回到九个月。

知道自己怀孕后不久，我即结束上班生涯回家过自己的日子。但为了赶在生产前交出第十一本散文集《女儿红》，成天窝在书房写稿、整编。不知不觉有一天，忽然觉得怪怪的，手快要够不到桌沿，低头一看，肚子已经大得"从中作梗"了，稍往前倾，抽屉把手即顶住肚子，小家伙便拳打脚踢一番以示抗议，才猛然惊觉离预产期不远，而"胎教"似乎还没有正式开始呢！

坊间有许多关于胎教的教具，卡带、书籍等，我总觉得造作且粗糙不堪，如果孕妇成日情绪悲愤，听那些音乐恐怕也无法让胎儿怡情养性。我想，和谐且愉悦的家庭气氛就像春日草原的香气，会让胎儿乐于大口呼吸；而沉浸在喜爱的工作里的母亲，会让小宝宝感受到积极向上的意志，因之手舞足蹈，快乐成长。当然，一本好书与优美的音乐，就像缪斯的手轻轻抚摸胎儿的头，承诺他，在艺

夏天还没过完，七十五岁的奶奶已经帮你织好毛线背心。奶奶好会织，针法漂亮极了。后来，她又织了毛线手套；后来，又织了毛衣；后来，又织了外套；后来……

术的世界将可以见识到高贵的灵魂。

如果，生活即是胎教，那么可以从孕妇的孕期生活品质推测"胎教"功效。很遗憾地，我不认为现代孕妇的生活品质够好。并非需要工作之故——事实上适量的工作反而可以让孕妇显出活力，而是周围的家人、同事、朋友无法协助她建立平安、喜悦的生活。譬如：一个把怀孕视为工作效率低落、浪费薪水而恣意对她改调、开除的老板，一些把大小杂事堆到她头上、让她挺着肚子大口喘息做都做不完的家人，一个粗心、不懂体贴，让她每次都孤零零地去做产检、独自面对怀孕所引起的各种不适的丈夫。我们不得不承认，职场上的斗争不会因一个孕妇出现而偃兵息鼓；即使在公车上，冷漠的人群也不会因一个大肚子女人来了而有人让座。所谓胎教，不仅只是母亲的事，它更像一面镜子，预先让胎儿感应即将拜访的这个世界是险恶或是善美，贫瘠抑或丰饶。

当然，如果不幸碰到一个粗心大意的丈夫，现代孕妇也得想办法自力救济：一是"恭请"他面壁站好，然后抬起孕妇高贵的右脚，在"产前运动"允许的范围内用力踹他那见不得人的屁股；二是以天真无邪（但夹带威胁）的笑容告诉他："呀！以后，我会教小宝贝叫你'叔叔'的！"

就这点而言，小家伙是幸运的，他有个好爸爸，从第一次上妇产科检查到出生，每次产检都亲自护送，不曾遗漏任何细节，甚至像个超敏锐感应器，只要方圆五米内有人清喉咙、吸鼻子、打喷嚏、擤鼻涕、咳嗽，他就立刻将我"驾"开，免得来路不明的感冒病毒打扰到我与小家伙。

我相信小家伙了解这些，第一次听胎心音时，他一定知道爸爸、妈妈等着"聆听圣旨"，所以用力搏跳，听筒里传来的心跳声非常像从外太空驶来的星际特快车，载着满满的期待，仿佛等了几百年才等到的"一家团圆"。

即使如此，如果可以重新过这段孕期，我不会去写《女儿红》书中的某些篇章，它们让我沉浸在伤感的情绪里久久不能平复；我也不会让不愉快的离职经验在心中盘根错节，使自己情绪激动，时而陷入愤怒之中。

这些，使我对小家伙感到抱歉，他有权利从我这儿体会到更多的快乐与感恩才对。

在成为一个女人的过程里，我不曾觉得社会提供给我过少的资源以至于无法打造自己。这话也可以换个角度说，如果一个女人自行剔除婚姻、生育两大项目，即使社会提供的资源非常匮乏，她也能翻云覆雨，造几个亮汤汤的梦挂在屋檐下。

怀孕后，才发觉我们的社会对待进入婚姻、生育阶段女性的态度，近乎无情。

首先，很难找到详尽、实用的书籍去了解怀孕所带来的复杂生理与心理变化。女人其实不了解自己的身体，从小的教育也不鼓励女性掌握知识成为自己身体的主人，因此，面对孕期中的风吹草动，常茫然不知所措。再者，妇产科医生鲜有耐心聆听孕妇的陈述，他迫不及待要在二十秒内把你赶出去换另一个大腹便便的女人进来。于是，一个充满疑惑的孕妇最常寻求的解惑之道竟是"问有经验的人"，借她人的经历来摸索自己的身体。

在出版界那么多年，我从来没发觉"女性学"是一片可怜的荒漠。如果不尽快把与女性相关的各项知识释放出来，恐怕很难企求女性自行锻炼出力量以架构自己的一生。于是，我完整地看到，在我热爱的文化产业里，竟存在那么严重的性别偏食问题。

一个孕妇需要什么？

除了和善的妇产科医师，她还需要一本能解决困惑的《怀孕百科》，能预先阅读的《育婴全书》。她需要有人为她设计不同阶段的"运动"（包括"拉梅兹"生产法）。她需要加入"孕妇俱乐部"，跟一群同样大肚子的女人分享孕事、倾诉心情、交换情谊、练习照顾新生儿。她也需要一位营养师为她设计现在及坐月子的饮食，免得过瘦或超胖。她还需要shopping，采购自己及婴儿用品。当然，她更需要不一样的休闲、娱乐，应该有人推荐给她：十本最适合阅读的书、十片CD、十部电影、十处风景区，及各种适合孕妇参与的艺文活动。还有呢？她更需要一把专为孕妇设计的洗澡座椅。任何人只要在腹部绑上十八公斤重、两个椅垫般大的东西进浴室洗澡，就会自然而然浮现那把椅子的形状。

【密语之四】

只有失去婴儿的人才懂，伤口即使结痂了，里头还包着盐。

"失去"的种类很多，流产、早产儿是最常见的，现代医学也挡不住，尽了力还是失去。于是，那位躺在床上养身体的"母亲"望着天花板沾灰尘的小灯球，耳边听到外头小孩游戏的声音，床边摆着安慰者送的花束与水果，眼泪簌簌而落。

这一落，人生到了雨季。

丰子恺在《阿难》一文，写着：

"往年我妻曾经遭逢小产的苦难。在半夜里，六寸长的小孩辞了母体而默默地出世了。医生把他裹在纱布里，托出来给我看，说着：

'很端正的一个男孩！指爪都已完全了，可惜来得早了一点！'我正在惊奇地从医生手里窥看的时候，这块肉忽然动起来，胸部一跳，四肢同时一撑，宛如垂死的青蛙的挣脱。我与医生大感吃惊，屏息守视了良久，这块肉不再跳动，后来渐渐发冷了。

唉！这不是一块肉，这是一个生灵，一个人。"

一个小小的人，莫名地被命运之神取消旅程，告别了准备迎接他的家人。

永远永远，做"母亲"的记得这个差点就握到手的小小孩，在心里造一座温暖冥府，看护他（她）长大。

没见过面就失去的，是另一种痛，譬如堕胎。

在女人的情爱生命中，堕胎经验如同大白昼遇到恶徒，被掳至黑暗洞穴绑在冰雕的大十字架上，得靠自己的体温去融冰才能获救。然而，即使下得来，背脊也是一辈子发冷。

男人与女人怎能平等？爱情是以女人的身体为战场，孕育与诞生的苦痛都在女人身上啊！

我想起那一年，杜鹃与流苏盛放的季节，她的脸仿佛被盐水浸过。

我们才十九岁，青春炽烈得足以供应几场华丽冒险，然而站在现实面前，从头到脚还是一个"嫩"字。她与我同修一门旁系的课，又同一栋宿舍，自然熟稔起来，常常同进出。后来，有个男生现身了，如同所有的大学校园罗曼史情节，他们很快成为形影不离的鸳鸯蝴蝶，一起出现在总图、东南亚电影院或龙潭豆花店里。

好长一段时间没见到。忽然有一天，上课途中看见一个熟悉背影，坐在杜鹃花丛旁草地上，垂头把自己抱得紧紧的，轻轻晃着。

我喊了她，走近。

她没答，头仍旧压得低低，身体不晃了。我蹲下来，问她怎么了？丰硕的杜鹃花丛好似在喘息，娇美之花一朵接一朵开着，人一碰，露水纷纷滴落。

"你怎么了？"我又问。

难以忘怀那张布满涕泪的脸，不仅失去十九岁的青春色泽，更浮现枯槁与苍白。

她说不想活了，想从宿舍顶楼跳下去，脑海忆起在乡下种田的无辜父母，却怎么也跳不下去……

说完，痛哭失声。

就在那一天，我开始了解女人在情爱与情欲面前，既不老谋更不懂得深算。花了大半光阴从青春学到老，可能只学会使自己"伤得比上回轻"。

爱，难道不包括"不让对方受伤"？不包括共同承担苦痛、帮对方分解委屈？

她吞吞吐吐，终于说："刚拿掉一个小孩，三个月大的小小孩。"

欢场区附近一家位于二楼的小诊所，脏兮兮的木板楼梯，她说，上上下下爬了三次才鼓起勇气推门进去，一进门看到一排大玻璃罐内泡着小胚胎，像杂货店的糖果罐，罐上标着月份。"三个月……这么、这么小！"她伸出手指比着，泪流满面。

从诊所回来几天后，男友留了字条，说彼此个性不合，决定分手。她不吃不喝，发疯似的找他，这人不见踪影。

没有力气活，想站起来都好难，她说，拿掉一个小孩，怎么可以……可是我真的"杀"了自己的小孩……

男人的身体是海，船过水无痕；女人身体像土壤，精密得连一瓣花落，犹似坠楼人。

我们同声而哭，躲在杜鹃花丛深处，为一个小小的、小小的生命。

婴灵是自由的吧，那么，在那个杜鹃与流苏盛放的季节，小小婴应该有力气躺在花丛间，吮吸自己的拳头，看到两个小女人全心全意呼唤着他。

失婴之伤并未随时间淡化，好似一种奇妙回声，只有女人听得见；那细细、窃窃的微音，可能借由三两只郊野粉蝶的扇翅而出现，或仅是月光，浮在水面的月光，让女人想起她的小小婴。

毕业那年，农历七月，她在路边招了出租车，坐上没多久，发现司机一直从后视镜瞟她。

"有什么事吗？"她鼓起勇气问，当时是大白天，她谅他也不敢妄动。

她向我转述这段经历时仍然惊魂未定，慌得流下眼泪。她说，司机先试探性地猜她的家庭状况，约略都对。后来，直截了当问：

"你拿过小孩对不对？"

她吃惊，声音发抖，问："你怎么知道？"

司机说自己从小有阴阳眼，能看见别人看不见之事物，"刚才你开车门，有个三岁小孩跟你一起进来，现在坐你旁边。"

她说她立刻觉得车内阴凉起来，可是心头感到一丝温暖，小小婴来找妈妈了！她鼻塞眼湿，强忍着，问司机最后一个问题："男的还是女的？"

"女孩。"

她说，可怜的女儿，在那边一定没人疼才来找妈妈，可怜的女儿！可怜的女儿！

那时，我们也不过二十二岁啊！

有一年到日本旅行，无意间发现供奉婴灵的小庙，每个小泥偶代表一名仍被父母记忆的小孩，总有一两百个，聚在一起不但不阴森反而有温暖的世间趣味，仿佛永不放学的幼幼班，地藏王菩萨充当保姆，每天都发糖果饼干。

我添了香油钱，祝福每个小小孩。后来，还寄一张照片给她，特别说明也祝福了她的小小孩。

这么多年过去了，我不知道远嫁约翰内斯堡、拥有热热闹闹幸福的她如何回想那年的故事？

她会望着非洲大草原落日，掐一掐指头数，遐想千里之外某一丛杜鹃花旁站着她的亭亭玉立的女儿，而纷飞的流苏像雾？她是否还记得十九岁时，她哀哀欲绝却仍以一个"母亲"的坚定口吻说：

"不管以后……我活还是死……有没有生小孩……他永远是我的第一个孩子！"

算数的，只要曾在子宫里住下来，即使只有一个月，女人也会以母亲的爱收容他、记忆他、思念他，紧紧拥抱他。

这苦苦的爱，像一把射向宇宙腹部的箭，惊动，遂有了流星。

想象我们躺在暖暖的海洋里

按照预产期，"摇钱树"应该是双子座的，但他有意见了，不出来就是不出来。（最后一周产检时，医生看看我那增加二十二公斤的"大霸尖山"，以坚定的口吻说："绝对不会超过预产期，快了快了，就这两三天，我保证！"）

看过几千颗肚子的医生，也有测不准的时候。毕竟，每颗肚子自成小宇宙，小霸王们也各有各的律法。

那些把预产期记在日历本的朋友纷纷打电话："有没有动静呀？是不是快了？开始痛了没？"

"痛你的头啦！"我说。

"大霸尖山"非常平静。

过了预产期一天、两天，还是没消息，我觉得我们"母子"需要恳谈一下："你怪妈妈只顾写稿没带你去散步对不对？还是，你想过端午节、吃完粽子再出来？好好好，我们现在就去吃粽子，三个够不够？"

过了端午节，还是没动静。我安慰自己，预产期前后两周内出生都算正常。只不过，医生已预测小家伙约重三千五百克，若再"吃"十来天，那……那要怎么生呀！

我是"自然生产"信徒，除非医生判断有生命危险之虞，否则绝不剖腹。我对某些产妇以怕痛、择时辰及其他不相干理由而要求剖腹的做法很不赞同。生产一定是痛入筋骨的，然而这种痛也一定在人类能承受的范围内，否则，演化法则早就淘汰这种生产法，改在女人的腹部长一条纵向的"拉链式肌肉组织"，只要轻轻一拉，小婴儿即自行钻出，如坐法拉利敞篷跑车。而坊间所谓算命择时辰出生的更是无稽，其一，命数应在生命着床的那一刻决定，这时间无法更改；其二，若社会提供的大环境是恶质、贫瘠的，一个拥有"富贵双全"之命的孩子能有什么发挥？况且，小生命若落入不尊重儿童成长权利、镇日火爆争斗的父母手里，不需命理师，谁都能判定这孩子"歹命"——即使他的出生时辰经过精挑细选。

通过那一条黑暗、狭仄的信道，对母亲与婴儿而言都是惊天动地的。因为母子缘分与生命是这么难得，必须以巨大的痛来启动、铭记。只有痛才能表达喜悦的极限，才能攫住在幽幽夜空中飘荡了亿万年的那份"真实"。

再不生，有三路人马会发疯：婆家、娘家及媒婆兼小家伙的首席干爹林和，尤其林和，他紧张得只差没叫我们携带睡袋去医院门口露营，免得小孩在停车场出生。孩子爸爸向来沉稳，被他一扇动，也心浮气躁起来，甚至思考要不要去住酒店，万一半夜有动静

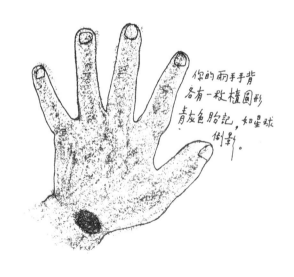

你的两手手背各有一枚椭圆形青灰色胎记，如星球倒影。

可以在五分钟内赶到医院；或者，去学怎么接生，万一我在车上肚子痛而正好碰到可怕的塞车。

"你自己看着办！"我用指头轻轻弹肚子，跟小家伙说："选个不是半夜、不是假日、不塞车、不下雨、不停电、不是很多宝宝出生的日子，舒舒服服地出来见世面吧！"

这一天终于来临。

凌晨三点，我起来如厕，发现落红，紧张又兴奋地喊醒他："去医院，要生了！"即刻叫无线电出租车往位于东区的医院。天色仍暗，一路车辆稀少，偌大的都市像沉睡中的巨灵，平安、宁静，甚至散出淡淡香味。他紧紧地握着我的手，我以手托住浑圆的肚子，时而拍拍它，在心里唱歌给小家伙听，以意念告诉他："要勇敢哟！今天是你的大日子！"

到了医院，直奔产房。里面空荡荡的，一位值班护士走来，我以权威的口吻告诉她："我要生了！"她要我躺上待产台做检查，很泄气地告诉我："早呢，只开一指不到！"接着是很多产妇经历过的：被赶回家！

"可是……可是……我……天这么暗……要是一回家又有状况……不能让我在这儿待产吗？……"这也是很多产妇经历过的。

又叫无线电出租，回家。天色仍暗，这城市还在打鼾。

白跑一趟，我才想起肚子还没开始痛呢。平日看书看熟了，各种产兆都会背，没想到一紧张全给忘了，自觉十分漏气，回家后突然盹得很，倒头便睡。他也跟着补眠，决定不去上班，看样子今天会有动静的。

早上十点钟，开始肚子痛，不久即把早餐吐出来。知道怎么回事，倒也不慌，按部就班，洗澡洗头，免得产后顶着一头油面。阵痛产生的过程颇奇特，似有一股移山倒海的力量在体内慢慢滑动；此处要有山，便成山，此处要有海，便成海。然而整个人已站不住了，一面躺在床上辗转反侧，一面聆赏麦斯基演奏巴赫大提琴奏鸣曲，追随和谐典丽的音乐，让音乐的力量导引身心，一寸寸舒缓下来，任由痛自行运转，形成规律，渐次密集，终至强悍。当此时，我忘了所有，事件、细节、记忆、情绪，完全失去，只剩乐音，如微微山风吹过原野，吹拂生生不息的宇宙；只剩阵痛，如遥远山谷传来原始部落擂鼓的声音。

中午，吃不下任何东西，我要他去买一瓶鸡精，这一战需要体力，必须补充营养。午后，我告诉他（仍然有点心虚）："好像应该去医院了！"他看了看天色，怕太早去又被赶回来，提议："等下过大雨再去！"初夏天空每日产一枚大雷，阵雨滂沱。

我说："该去了！万一来不及……"

叫出租车奔赴医院，天空宛若大军压境，是快下雨了。这回，护士没赶人，的确是"状况很明显"了。她们说，头胎有这种速度，算是"很优秀"的。

躺在产台上，痛已达到欲崩欲裂阶段，监测器测量胎儿状况，小家伙的心音如迫不及待的雷鸣。这一战开始了，我在心里喊他："妈妈在这里，我们一起打这一战！"

孩子的爸爸已电告诸亲，并请他们不必赶来医院。窄小的待产室仅以布幔隔住，前后无人，但远处那间应有人待产，不时传来尖叫、哀吼、怒斥、咆哮，我不得不借用这么啰唆的形容词描述她的哭喊，那声音于平日听来已十分刺耳，更何况我也身陷"产境"，听来如万箭齐发。才发觉自己不会叫，一波波的痛袭来，顶多大口呼气，啊唷两声。也许一向情感压缩惯了，不擅尖声发泄吧！

他搬把椅子坐在台边，除了帮我擦汗、扇热，一面注意监测器上的变化，一面看书。

我问他："看什么——书呀？"力气似乎持续减弱。

"就……那本书嘛！"他说。

一本写给男人看的书：《伴她生产》，郑丞杰医师著。买来大半年，他都没看，这节骨眼才临时抱佛脚。

问他："现在看有什么用？"

他的说法也很有道理："知道你会碰到什么状况，我比较放心！"

这么说，我得控制速度，要是我一咕噜生好了，他就不必看书，那岂不白买了。主治医师来过，他认为照这种优秀运动员式的速度看，傍晚五六点钟就会生。此时，离我进医院已两个钟头，心想再忍一个多钟头即可结束，气力立刻攀升。母亲带着八岁的小侄女来，她们掀开布幔进来时，我正面临一波痛潮，看见她时，下意识觉得这张熟悉的脸好苍老，仿佛自小在上面跑跑跳跳的山丘、田野，怎么一下子荒起来。她一定看见我那因痛而涨红、扭曲的脸才露出焦虑神情，却使我不忍起来。

"阿母，你回去……"我有气无力地说。

外面下好大的雨，小侄女吱吱喳喳地说。适才，她一进来就问："大姑姑，你怎么了？"声音透着惊慌、害怕。我提起精神回答："我在生小孩，会痛！"她才稍为放心。

母亲与小侄女被我赶出去，到产房外等候。看见她，让我分外难受。母亲再怎么疼惜女儿，也无法代替她承受生育的苦痛与风险。好似半空中有一条名为"母亲"的轨链，三十五年前，她借由自轨链垂下的一缕丝绳，挺着大肚子向上爬，生了我，成为轨链上的一员。如今，她坐在轨链上，看她的女儿也挺着浑圆大腹扯住一缕丝绳在空中左右晃动，上不去下不来，必然心急如焚。赶她出去，就是要她掩耳捂脸，不看不听，万一——我掉下去了，那景象才不会印入母亲的眼睛。

十分钟不到，母亲又进来，一声声喊我的乳名，如同小时候向黄昏四野喊我回家般，脸上更是一堆愁容。

"耐也按呢？这么难生！医生不是说快生了吗？耐也一直开四指？我看去开刀好啦！"她喃喃自语，慌乱起来。他站在一旁，也是脸色黯淡、表情严肃。护士教了我几招"用力"技巧，我照着做，她却说我"用错力"了，压力无法往下，反倒把脸弄得绞毛巾似的。时间已过六点，最后这一阶段的产程陷入苦战，肚子还挺得高高的，表示胎儿根本还没往下降。催生针打了，羊水也被护士戳破了，胎儿还是下不来。

痛，一次比一次强悍，仍旧没看见胎头。

母亲匆忙出去，她说去打电话，请阿嬷再向神明、祖宗祈求，保佑我平安生产。

"生得过，麻油香；生不过，四块板。"这句民间俚语忽然窜入脑海。在贫困年代，生产确是玩命之事，谁也无法保证母子安然度过。即使到了现代，医学力量监控整个孕期、产程，然而难产仍时有所闻。身边的朋友已出现两例，都是母子死在产台上。产房外的爸爸，原本满心欢喜等着拥抱妻子、婴儿，却被告知得准备一大一小的棺材……

人间苦，莫过于此。叫这遭逢霹雳的丈夫如何活下来！如何活下来！

看着他，我心乱如麻。痛楚夹杂恐惧已达昏厥边缘。稍为清醒时刻，我看着他那不知所措的神情，极度不忍起来。心想，若我过不了这关，他如何受得住重击？我们相识不满一年，也尚未过结婚周年庆呢，如果我走了，那么上天未免对他太残酷。而一落地就失去母亲的孩子，一生暖得起来吗？

不可以！我在心里喊，绝对不可以！

仿佛看见娘家公寓里，几近失明的八十多岁老阿嬷，拄杖从卧室慢慢走到客厅，拉开神案抽屉，数了几炷清香，点燃，为我虔诚地向天公、神明、祖先祈求。从小，每逢家人遭遇艰困或深陷于生死交关之处，她便持香磕拜，向神乞求、许愿、申诉，盼望两字平安。我几乎可以听见她那低沉、急切且透着哀求意味的声音，重复呼唤我的乳名，生怕神没听清楚似的。最后，她会许诺，若让她的孙女顺利生产，母子平安，届时出院回家一定亲自抱着婴儿二跪三拜，叩谢天恩。

在盆地南方边缘，我也仿佛看见七十多岁的公公、婆婆，为我默默祷告。愿上帝的恩惠及于他们的媳妇与孙子身上。

家就是一堵墙吧！朋友总是后来才赶到，家人则一直守在现场。

每当子宫强烈收缩，痛，如撕肉裂骨。奇怪的是，我似乎产生最大的包容力，适应了那痛。我让自己静下来，全心全意喊我的小婴儿——他被困在一只出口太小的坚韧皮囊里，冲撞不出。

我对他说：儿子，想象我们躺在夏日暖暖的海洋里。妈妈牵着你，无须挣扎，跟随自然律动，让海水轻轻摇晃我们的身体，忽左忽右，望着天空流云，以及路过的鸥鸟。

想象观世音菩萨，称诵她的法号如呼唤一位老邻居。想象她的眉，一弯新月映入湖中，又有一弯。想象观世音菩萨的眼，万顷悲欢尽收眼底。想象她手中的杨枝，柔柔软软，拂过妈妈与你的身体。

我们一定要见面，儿子！一定要见一面！

母亲与小侄女把护士们弄得快烦死了。我一痛，小侄女拔腿就去叫护士，大呼小叫的，仿佛什么紧急事件，护士不来巡一下也不行。到后来，护士开始用较不客气的语气怪我"不会用力才生不出来"。母亲则三番两次央求她们赶快叫医生帮我剖腹，她以生过五个小孩的资深产妇口吻"提醒"她们："我女儿年纪也不小了，生不出来就给她剖腹嘛，你们一直要她自己生，生这么久了还在生，万一有什么问题来不及……"

说不定就是靠她俩的缠功，护士才速速"解决"我这个"不争气"的产妇。

大约七点钟，我被推入真正布满刀光剑影的"产房"，住院医师加上护士，四五个人走来走去，各忙各的，不时传来机械器具的声音，宛如身在厨房。扩音喇叭播放电台节目，轻快的英文歌。住院男医师正与另一人讨论跳槽之事，两人很热烈地比较待遇、福利及升迁管道。无人理我，没有任何一只蚊子过来向我说明接着打算怎么做？当然，更不会有安慰、鼓舞的话语。

沮丧及无助笼罩着我。背脊痛起来，像有人在上面磨刀，正手反拍，磨个不停。我心想，如果平安度过，我与儿子不过是这医院每日顺产记录表上的一个名字；若有不测，也是合理的、控制得宜的意外百分之比内的数字。医护人员每日穿梭于生死事件之间，速度如同眨眼，躺在床上的病人（或产妇）早已被数据化、物化。病患面临沮丧与无助时，希冀从他们身上获得一丝慰藉，恐怕是奢求啊！

我感到非常非常累。眠，像一只毛毛虫爬上我的身体；可是又觉到焦躁、亢奋情绪交互出现，强烈地撞击出"要把儿子生下来"的念头。旋即，我被自己的求生意志激怒起来，似最高统帅亲自指挥三军般，迅速动员、整顿士气——每当人生陷入低潮、困境，这股不服输、不肯输的气概便会出现，混杂愤怒、深仇、嗔恨情绪，强度升高，终至复仇的暴力边缘。

我准备好了，即将引爆。

主治医师进来。一位实习护士要我一痛就用力并呼叫——这讯号要给住院医师，他已站在我的"大霸尖山"旁，伸出孔武有力的两条手臂，准备在子宫收缩高峰时用力把小家伙像"擀面"一样擀出来。

一次！两次！

第三次，剧痛如疯狗浪袭来，我吸气、咬牙屏息，两手紧抓产台两侧护栏，上身拱起，将所有气力孤注一掷向腹部压去，住院医师伸臂撺腹，主治医师以"真空吸引法"呼应，当三股力量汇聚刹那，我感到肉体崩裂飞散，但那不恐怖，至痛反轻，只像跌入盛放的玫瑰园，被花刺鏊身。三股力量消退，我接着觉得——仿佛只剩最后一线神经侦测而得，自己变轻了，像一片从暮秋树林飘出来的枯叶，在风里打转，飘回宜兰家乡的冬山河上，穿过老厝、水鸭、炊烟，又缓慢地飘向阴阴暗暗的山谷，风吹拂，冷冷的幽谷。

突然，啼哭！听到远处传来婴儿啼哭，锐细的音波窜入外耳道、耳咽管，来回撞击、振荡，形成箭，传输至即将捻熄最后一盏灯的大脑判读：是婴儿没错，不在远处，近在咫尺！

那箭完完整整射中我的心！

是的，我当妈妈了！

宇宙重新亮起来，星子们又窃窃私语，像每一个寻常日子。

"很好，出来了！"主治医师的声音。他接着为我缝合伤口，此起彼落的器械声音。所有的痛楚与疲惫消失得干干净净。

"儿子！嘿，儿子！欢迎你来！"我说。

一位护士抱他在远处不知做什么（许是量身高、体重及清洗），我偏着头看，不断在心里喊他。不知是否每位灵长类母亲都会在胎儿脱离母体时立即启动保护系统？适才，我甚至浮现护士会把小孩抱走的恐慌思绪，遂一直盯着，生怕他离开我的视线。

没多久，护士抱他过来。粉红包巾裹得紧紧的，只露出小脸蛋。我看着小家伙，笑起来，讲了一句事后觉得不够强而有力当时却是出自肺腑的话：

"好可爱啊！"

重三千七百七十克，身长五十四厘米，头围三十六点五厘米——就是这颗大头，使我生得飞天坠地，眼冒金星。

孩子爸爸说，当我承受剧痛时似乎陷入半昏迷半清醒状态，我握着他的手，以交代遗言的口吻说：

"万一出了什么事，你要记得，我爱你！"

【密语之五】

"你要走了吗？"我问。

在我面前，是另一个我，她赤脚，坐在一口旧皮箱上，眼睛望向远方。

"也许……我们……可以谈一谈……"我试着挽留。

"有什么好谈？"她说。声音冷冷的，吐出的每一个字都像冰块。

"因为，"我索性坐下来，与她面对面，"我做母亲了，所以你要走，是吗？"

夏日雷雨总在午后落下，兵马杂沓似的，震动每一堵砖墙与旧窗。听这滂沱大雨让我感到安静，愈大的雨愈能营造私密空间感，只有自己躲着，纯然、和谐，任何人也进不来。在小小的密雨暗室里，恢复本来面目，自己与自己对话，陷入沉思。

思索一生能有多少追寻？一双脚能丈量多少面积的江湖？讨价还价之后，挽着胳膊的那人是否能走到白头偕老？捏在手里的几两梦，是否会被现实这条恶犬叼走？

一生多么短，可又迢遥得让人心乱。

我从不认为有一天我会变成所谓的"贤妻良母"——这四个字在现代女性的梦想版图与自我实践意层上，似乎已是落伍行业，尤有甚者，象征受残余旧势力摆布、不思蝉蜕的可怜女人。事实上，过去的我也对"家庭主妇"没什么好感，总认为那是被奴役、受宰制，活在男人鼻息下的次等女人。单身，才是彻底摆脱"家庭主妇"阴影的法子，我想。

虽说向往真爱，不一定必须导入婚姻；然而，不愿意（或不可能）导入婚姻或类似婚姻之固定关系的两个人，常常酿不出真爱。吊诡，却十分公平。

华丽的飘荡，大约就是大部分情侣的状态吧！

真爱，对我及同年龄层的半新半旧人类而言，仍具有强大吸引力。我们厕身在流行集体华丽飘荡的情爱族群里，常常觉得乏味，遂想起母亲或老祖母那一代的动人爱情。他们的脚后跟都系着大磐石，一辈子只爱一个人，苦也给他，欢也给他，手里捧着的那碗婚姻饭，虽是萝卜干配地瓜签，却有情有义。

对他们而言，爱情不是神话，是生活；不是横征暴敛，是惜福与修行；不是酬神庙会，是月圆月缺永不质疑的信仰。

就这样，两个人驾着一条破船，在人生这场恶浪里同枕共眠、生死与共。从年轻夫妇走到老夫老妻，终于风平浪静了，整个世界又只剩彼此。突然有一天，老伴走了，另一个老人号啕大哭，第七日，也走了。人都说，头七是灵魂回家之日，特地回来把老伴带走，黄泉路上手挽着手，又是一对恋人。

只有老祖母那一代，才看得到双穴墓园里立了大理石小碑，一行金沙字这么写："爱永不渝，至永恒的一对。"

为什么在我们眼里顽固、迂腐的那一辈，竟敢在爱情与婚姻里发下"永远"的誓言？

或许是真爱的力量吧，使人看到神才看得见的风景。

而我们这一辈夹在新旧暧昧地带的人，对自我生命的规划与期许比前人精明、老练多了。事业，毫无疑问在生涯版图上占最大位置；不只要有一份差事，借以证明工作能力、追求经济独立、编织人际网络，更冀望精进，成为那一行少数几个风云人物之一。

这些，必须付大笔代价。即使到了名为多元开放、两性平权的现代，一个期许在事业上头角峥嵘的女性是四面楚歌的；她必须跟自己战，跟女性战，跟男性战，还得跟不时飘入脑海、想要耕耘一段真爱的念头战。

于是，我们这一辈女人忙碌起来。年纪轻轻即结婚的，纷纷半途离婚卷起袖子打拼事业，把自己的名字拭得亮晶晶的，她们宣称婚姻不过是一副手铐脚镣，而所谓真爱，当你遇到不长进的男人时，你会发现"真爱"就是笨驴子面前的那根塑料胡萝卜。

情爱潮流前卫起来，狩猎者与狙击手在午夜酒吧艳遇。关心的不是对方的心情与故事，可能是，避孕方式。

而在另一边，年纪轻轻即跳入事业瀚海从基层做起的，凭着刻苦耐劳与实力，大部分在公司已坐上豪华型皮椅，拥有停车位、一名助理；当然，也在郊区买了房子，虽然得分期付款，但一年出国度假两次，也还绰绰有余。

缺的，是一份爱，一个愿意喊停、把她从集体飘荡状态抱下来的人，对她说："我们踏踏实实造个家，好吗？"

于是，情爱潮流倾向新古典主义，两情相悦且能白首偕老是最高境界。我们这一辈女人不仅忙也够乱，不知该跟随哪一波潮流？前卫狂野、古典浪漫，都令人心动，也一般困难。

于是，折衷办法是把爱情留在非婚姻状态，采间歇性同居，保持既交集又独立、既缠绵又自由的关系。如此，女性才能兼蓄事业与爱情；不扛婚姻重壳，却吃到真髓。

遗憾的是，这种办法看起来理想做起来却捉襟见肘。欲望是没道理的，大多数女人最大的性欲是绝对地占有一个男人。她可以接受情欲工读生、易开罐情人，但她无法忍受"钟点丈夫"。

家，是必须在具有"强制执行"效力下才能发光发热的一个字。如此，不得不碰到法律，归结至婚姻，纳入世俗社会的伦理架构。

为什么女人对"家"（或延伸言之：一种稳定关系）的渴望胜于男人？一切都可归诸演化律则吧！如果，某一物种不肯安定下来传承生命，必然要承担高度的灭绝风险；人类从七百多万年前忍受骨骼酸痛奋力站起，改以两足行走的那一天始，即深谙竞争与繁殖的重要性及技巧。而与其把衍育工程交给到处闯祸的男人，倒不如交给较细心、耐心、爱心的女人稳当。当然，我们也可以不服气地抗议，把育儿工程交给女性是一种阴谋，让女性丧失征战能力，因在小壳子里发霉、发呆，若倒回远古太初，将衍育之事交给男性，他们也会乖乖学会这些技巧，并视之为"天经地义"的。

话可以这么说，但仍有难以解决的部分，譬如"奶水"在女人身上，着实难以想象一个出去打猎的女人，正与野兽搏斗时却因胀奶问题不得不暂时休息到旁边解决的情景；更难想象在洞穴里照顾婴儿的男人，抱着饿得大哭的小婴儿匆匆跑出来却呆站在那儿的画面，因为眼前有三座高山，他不知道"母奶"在哪一座山上？

还是让男人去打野兽吧！要是天黑了，没带肉回来，女人就大声骂他吧！

打野兽的人不见得看得到明天的太阳，所以男人必须迅速且确实地把自己的基因传递下去，他是播种者，不是园丁。

而每个女人身上都有一只"繁衍闹钟"，时间到了，嘀嘀嘟嘟响，她得出去找个伴，造个家，生个小孩。

在现代，虽然有爱情不一定要婚姻，有婚姻不见得要小孩，自由选项，但"繁衍闹钟"内化到对"爱"与"家"的向往则是不变的。没了秒针，分针与时针仍在呀！

那些完全丢掉"闹钟"的人才是真自由，有条件成为情爱王国的皇帝。只有不碰法律约束、不碰道德规范、不碰繁衍命题的人才有本事吃遍满汉全席吧！

虽然天生不是玩家，但我以为自己是少数身上没有"繁衍闹钟"的人。

也许在梦与清醒的边界，曾经渴慕过真爱、幻想过婴儿，但在灿亮的大白昼里，脑海里波涛汹涌的是工作、事业以及更多的事业、工作。

三十四岁那年春天，我感到莫名地疲倦与忧伤，开始逐项整理自己的生活，很多事物、情感、期盼丢掉了，剩下的几项拼起来就是一个前中年期不婚女子的生活图像。我认认真真地规划下半生，非常务实地盘算如何能拥有优质的中老年时光，免得老时变成贫病交迫、孤单寂寞、脾气又臭又硬的狼狈老太婆。我找寿险顾问时，已经非常确定自己不会结婚的了。买了保险之后半年内，我不仅结婚也怀孕了。

人生能规划吗？能。但你也得搬把小板凳摆一旁，让"意外之神"坐坐。

承接生命中的意外之喜容易，接下后放入生活则需努力，如同故事起头起得好，也得往下都见锦绣才行。我的人生规划又得重来，等于才盖好楼房又要拆屋，那种混杂欢喜、惊惧的情绪，就像听到散步回来的"老神"张大眼睛说："你看看你，谁说盖摩天大楼的呀？我要苏州庭园！去去去，拆了拆了，你现在就给我重盖，别忘了花园里加个亭子什么的！"

（谁说你不结婚的呀！去去去，现在就去给我结婚生小孩。）

好在明白自己的属性有明亮的一面，单身时就把一个人的生活过得风姿绰约，结了婚也可以把婚姻捏得有模有样。太急于将自己塞入制度与激烈反制度都是不必要的，人才是一切问题的关键与解答，碰对了人，天时地利人和，人不对，似磨坊里的驴子，日夜转，还是走不到出口。

然而，挣扎还是有的。

像我们这一辈在事业上已有些眉目的人，要毅然搁下工作回家褓抱幼婴是必须经过天人交战的；事业与孩子都重要，也都难舍。

一个借由工作建立自信、展现生命丰采的女人，若断了她的事业线，等于取她性命，失去显露自我魅力的能力与机会，她不会快乐，没多久就出现"困兽"的焦躁与怨怼。反过来，把初生婴儿交给保姆抚育，她也难以抹除心中那一丝歉意，母亲难道不应该亲手抱大自己的小孩吗？

我知道我会留下来亲自褓抱，像我祖母、母亲那一代般。但是，创作事业受阻的心绪仍需靠自己化解。

问题的症结在于过去我从未将婚姻、养育子女视为自我实现的一部分，以至于不能相容。或许，这也是一种偏差的价值观，认为婚姻、子女不应成为现代女性自诩的项目。现在，上天给了我一个机会，去发现过去我视为荒芜之地所藏的珍宝。

做一个"全女人"，接下不早不晚恰到时候来临的"母亲"职务。小生命，难道不像一家刚创立的公司吗？我想我正好可以拿出以往的创业精神与毅力，为我及儿子的生命资产做出一点业绩。

生命实现是自己的事情，加个项目，只会使它更丰饶才对啊！

所以，在夏日雷雨落下的午后，我看着另一个我——怀抱事业野心的她坐在旧皮箱上望向茫茫雨景，她打算离开。

"留下来吧！"我说，"没有你，我不会快乐。同样，一生中缺乏做母亲的体验或者生了孩子却未尽母亲责任，不管事业多风光，将来回想起来也会遗憾！鱼与飞鸟虽不能共同筑巢，但可以共赏天光云影，永远相恋的啊！"

那一天起，我以"母亲"的眼光看世界，及自己的人生。

泪

喜悦是从推出产房的那一刻开始。母亲、孩子爸爸及家人像蜂群般扑上来，明明才分别一小时，却似久别重逢。语声嘈杂，听来让人安心，世间仍在！世间仍在！

母亲喂我吃猪肝汤，护士讲解产后注意事项，随后推入普通病房。时近子夜，家人才走，接着好友林和教授及阿博来探，不免又把"汤姆历险记"讲一遍。

当晚意外地失眠了，身体疲软，精神却饱满、明亮像十六日之月。

孩子爸爸在旁边躺椅睡着。房内小灯晕黄，邻床也歇了，一室安静，只有我醒着。

　　醒着，不免会想。思绪柔柔软软从童年、少女时代拂至今日，此时躺在床上，如船难坠海被巨浪卷上沙滩，阳光一寸寸吻醒脚踝、手臂、唇与眼，醒来乍见晴朗天空一般。

　　看他睡得那么稳，想必在婴儿室的小家伙也睡得香香的吧！

　　因着这人生中难得的幸福时刻，我，流下眼泪。

喂食困难

　　除了至亲，我们并未惊动太多人，少数几位好友也是电话报平安而已。生产固是大事，安然度过后，就变成芝麻绿豆不值得张扬，自家人忙进忙出就是了，无须把病房弄成友谊校阅台。

　　按照婴儿室喂奶时间表，早上八点多我即下楼去喂奶。虽然奶水未来，伤口也还疼痛，但我坚持一定要亲自抱他、喂他；再者，分隔了一夜，也是想念的。

　　婴儿室大约有四五十个高架蛋型婴儿箱，每个初生婴儿被裹得只露出小脸蛋，安安稳稳置于箱内，前头嵌一纸，男的用蓝色，女生以粉红色，载明母亲姓名及出生时间、体重。虽说有点不敬，但看来真像百货公司的物件寄放台，一格一格的，便于管理。

　　每个医院的婴儿室应是唯一汇聚喜悦的地方吧，除此之外皆是刀光剑影，充满刺耳的生死搏斗之声。每逢到了婴儿室探望时间，粉红布幔拉开，即有一群人如被玻璃墙吸住般，鼻子、嘴巴贴住玻璃，张大眼睛看那些婴儿。不仅看跟自己有关的那个，也兴致高昂地瞧其他小娃儿，随即展开选美、评鉴会，比大小，比肤色，比头发疏密、鼻子挺塌、嘴巴阔窄、耳朵厚薄、眉毛浓淡、人中长短、额头高低，最后再做总结：前日多产男婴，昨日多产女婴，今日一半一半。

　　每回到医院产检，我最喜欢看那些"看婴儿的人"，男女老幼合起来就是一幅社会缩影。有的看来像劳工阶层的年轻爸爸，腰系B.B.Call，脚趿最俗气的白底蓝带拖鞋，喜获麟儿（或明珠）的笑容里透露担子的沉重；有阿嬷级的本省欧巴桑，戴金项链、金手镯，福泰的样子像子孙遍布台湾头尾，她走过之地立即变成娃娃园。有的应是小公司老板，西装笔挺，一头油发，浑身古龙水味，一面叽叽喳喳打大哥大"按捺"客户，回过头来瞟几眼婴儿，又谨慎退后几步，嘀嘀嘟嘟叫小李到中和仓库调货。事业生猛，"做人"成功，典型的台湾经济奇迹代表人物。

　　观赏婴儿，鲜有人不微笑。那过程似从冬季滑入初春，眉头纾解，嘴角轻轻荡出去，发出温柔叹声，用的语言都是灿亮、飞扬、愉悦的。难怪一群人看得都不想走，因为婴儿诱发人内心最美好的部分，每个人流淌自己的真与善，如一湾清溪，一群人聚起来，丰沛成大江大河，沉浸在集体共感里，像被暖阳丽景环绕，上瘾似的，嘴上说："走啦走喽！"心里却想："再看一会儿！再看一会儿吧！"

婴儿对成人社会的启示，或许即是"复原"，把被败坏的世俗社会弄得像黑抹布似的心软化、漂白、洗净而恢复至无邪纯真状态。然而那时刻何其短暂，布幔一拉上，又纷纷变回干巴巴的黑抹布，塞满大街小巷。

护士从箱型床上抱起小家伙连同一瓶牛奶交给我，此时亦有几位妈妈进来准备喂奶。我们各在喂奶室找个座位，解衣让新生儿学习吮吸母亲乳头，以便刺激奶水分泌。

我轻声对他说："早哇，我是妈妈，你睡得好不好？有没有哭？不要怕，妈妈在这儿，妈妈喂你吃奶奶。"

他还睡着，似乎也要醒了，眼睛眨了几下又闭着，裹在包巾里的小手微微地动，好像知道妈妈来了。我忍不住深深嗅闻他的味道——生命诞生第二日的香味，没有一位香水大师调得出这味儿，感觉像在有雾的暖春季节，躺在一条铺满柔柔软软花瓣的小径上，吮着温热、香浓的乳汁，而远处山坡传来羊群经过的铃声。这味道不易调制，因为它叫"深爱"。

他很快含住乳头，用力吮吸几下。由于尚无奶水，改喂牛奶。他倒不排斥，吸得甚勤。先前听说有的婴儿会认奶嘴、乳头，只肯择一，使得产后三四天才分泌奶水的妈妈无法直接喂奶，必须挤出奶水用奶瓶喂才行，增加不少困扰。小家伙这么不挑嘴，让我放心不少。

他吸得很卖力，不过牛奶量好像没减少。同来的妈妈们已喂毕纷纷离去，只剩我与小家伙。一位护士过来协助，她告诉我他吃得较少，出生到现在吃过两次，各十五、二十毫升。她说她会帮我喂他，要我回房休息。

中午再去喂奶，小家伙还是吃得很慢，喂了一个钟头仍然没吃多少。晚上，婴儿室打电话到病房，说小家伙"喂食困难"，已请小儿科医师看过了，现在送到观察室，叫我们去办手续。

恐惧袭来，我忍不住掉泪。

【密语之六】

我忍不住掉泪，隔着婴儿室的玻璃。

玻璃墙内，一名身穿粉红色工作袍的小护士怀抱小婴儿喂奶。几步之遥，有一婴放声大哭，她抬头看一眼，继续喂奶。婴儿室只

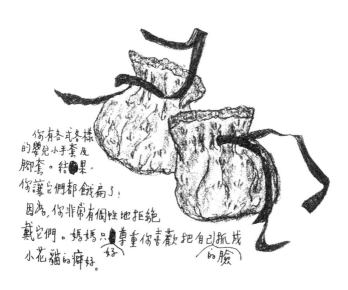

你有各式各樣的嬰兒小手套及腳套。結果，你讓它們都餓扁了！因為，你非常有個性地拒絕戴它們。媽媽只好尊重你喜歡把自己抓成小花貓的臉的癖好。

• • •

你有各式各样的婴儿小手套及脚套。结果，你让它们都饿扁了！因为，你非常有个性地拒绝戴它们。妈妈只好尊重你喜欢把自己的脸抓成小花猫的癖好。

她一人，那婴儿便无人搭理，哭得哀哀欲绝。

那是十多年前某个初秋凌晨时分，我在滨海公路附近一家医院，母亲因车祸被送到那儿，仍在加护病房昏迷。

加护病房隔壁即是婴儿室，很诡异的配置，死死生生好像左脚右脚，挨得那么近。等在病房外的我，孤单无助，只能贴着玻璃看婴儿，暂时让自己的大脑获得几分钟"空白"，不去触及我与母亲正在奋战的这场生死劫。

死生战役，几乎是我童年至青壮期的主旋律，它蛮悍地把我将近二十年时光啃得伤痕累累，以致生命一直被泡在咸泪里，脆不起来，也丧失快乐的能力。每当我想尽法子复原，感觉有力气把日子擦亮一点时，又来了，家人又出事。

我赶到医院时已近凌晨，值班医师简单扼要说明严重性，能做的都已经在做，说完即离开。我那僵冷的身体因这番无所谓的医疗报告更感冰寒，忍不住打战。家人都在宜兰老家，只有我在这儿，不，只有我与母亲在这阴冷无情的处所。

那时，离父亲车祸辞世已九个年头，会不会也失去母亲？我想。

恐惧袭来时，让人有溺毙之感，胸口窒闷如吞下巨石，想放声一哭却又卑微地忍住，紧紧咬住嘴唇不发声音，心脏像被匕首刺穿，肉吃住刀，匕首拔不出来。

我记得清清楚楚，在天亮医师上班前，我就这么站着看婴儿，看世间最苦亦是极乐的脐带亲情。

我给过母亲快乐吗？或许有，她从来没说过。母亲给过我快乐吗？或许有，但更多时候她只是匆匆忙忙地从我身边走过。

忙着完成她那一辈女性最重要的任务：生育与持家。在我之后，陆续添了四个，我与幺弟相差九岁，若以"三岁离脚手"俚谚作为界线，当她有空抬起头来看看我这个大女儿时，我已近十二岁。看那么一眼之后，没多久父亲猝逝，那年夏天，差两个月我才满十三岁。

十五岁，我提着小包袱，独自离乡。

虽然记得的事又少又漫漶，像洪水上漂浮的锅碗瓢盆，确定它们装过人生，但很难辨认是谁家厨房的。不过，有空我仍会把记得的几件拿出来呵一呵、拭一拭，至少证明母亲与我之间不全是匆匆忙忙。

她帮我用日历纸把新课本包起来，每当小学开学时。她不知从哪里得来一大沓白纸，供我画布袋戏、歌仔戏人物，那纸薄如蝉翼，我得非常细腻地掌控铅笔尖才不致划破。她卤一锅猪脚，煮十来个蛋，还用朱砂染成红色，从宜兰坐火车提到台大宿舍找我，我不在，她站在宿舍外树下等，那日是我农历生日，她来帮我"做二十岁"。

"长大了啊！二十岁哩。不管做什么苦差事，一定要让五个小孩都二十岁、三十岁地往上长啊！"母亲一定这么想，鼓舞自己继续背负沉重的担子，不离不弃。

然后，她躺在加护病房昏迷。

如果可以，我愿意代她挨这一劫。然而转念一想，亦是于事无补。若换成我躺在加护病房，母亲岂不更煎熬、更心痛？我为她流一泪，她必定为我如泉涌。

有情即有苦，亲情之苦更是无穷无尽。莫怪禅师们要斩断世间情系，连亲情也得舍，不舍就走不远。而无力提刀断情、陷身苦国如我辈者，又该如何自处？如何解释茹苦含辛的意义在哪里？

在于不忍，在于百千万亿人唯你我成就母子、父女、兄姐、弟妹的难得缘分，故情愿牺牲，情愿一路搀扶。

所有的婴儿都睡了，那小护士仍忙着四处巡望或低头写报表之类琐事。她当然看见我靠墙而立，茫茫然看她与婴儿。她也一定猜到我之所以出现必与加护病房内某人有关。像我这年纪会守在这儿的，不外乎是女儿。

母亲非常幸运地脱离险境，住院月余后痊愈。

也许她已遗忘，但在内心深处某个小小的回音谷里，说不定还缭绕着我踏入加护病房后在她耳畔倾诉的话语："阿母，是我。你要好起来，你不能叫我们没父又没母。阿母，免惊，有我在……"

我忍不住掉泪，爱，就注定了天荒地老。

你的名字里有追寻的力量

婴儿箱旁高架上摆置复杂的仪器，监测小家伙的心肺功能、血氧浓度。医师解释了可能性，脑部问题或肺压过高导致喂食困难。前者已排除，大约只是肺压高了点才这样，继续观察。

公公婆婆每天顶着大太阳来院，老人家一定忧心如焚，反倒极力劝慰我不要操心，伤了身体不好。

奶水已分泌，初乳最能增强宝宝的免疫力，我忍着胀痛与酸刺之感，一点一滴挤出，用"挤奶袋"装好，拿到观察室请护士代喂。由于小家伙出现黄疸，渐渐升高，护士建议暂时先不喂，我同意，但仍然一日挤几遍奶水，烦请观察室帮我冰藏。每只小袋子上都注明小家伙的床号及我的名字，出院时带了近十袋"母奶冰棍"回家，煞是奇观。

虽无法喂母奶，我仍希望亲自喂他牛奶，每天若能抱抱他，对他说说话，对母子的身心都有滋润作用，护士同意。住在观察室的宝宝不像住婴儿室的，每名初生儿身上或因感染、发烧、黄疸、心肺功能异常……种种原因而纠缠一堆线路，以便仪器显示他们的状况。因此，大部分妈妈不会来喂奶，探视时间也受到限制。我配合小家伙，多住了几日医院，没事就在观察室盘旋。

室内有一小房间专供喂奶，布置虽精简，倒也像个小客厅不似冰冰冷冷的医院。我抱着小家伙与他说话，鼓舞他，赞美他是最最勇敢的乖孩子。他吃奶的速度、分量渐有进步，出生第三日每回喝三四十毫升，第四日增至六七十毫升。不过，排气问题仍深深困扰我，每次喂完奶为他拍背排气，总要拍到手酸、深恐拍出瘀血了，这家伙才慢吞吞"呃"一声打嗝，小嘴巴馋馋地咂巴几下，眼睛似张又闭，打个哈欠，心满意足地又要睡了。

"嘿，告诉你一个秘密要不要听？"我解开贝壳形的小手套，轻轻揉他的小手，"今天爸爸去帮你办户口、健保，你知道你叫什么名字吗？"

才发现小家伙两手手背上各有一枚淡青色椭圆形胎记，像浩瀚星空中某两个星球的倒影。"你叫姚远。"我说，"既是纪念也是祝福,因为爸爸妈妈走了遥远的路才找到彼此,所以对你的爱没有边界。有一天你会了解,你的名字里有追寻的力量,那就是我们最想给你的祝福。不过,现在你得加把劲,快快好起来,跟爸爸妈妈一起回家!"

是的,回家!好简单的动词,几乎成了每日口头禅。路虽不同,但这两个字已挂在每个人舌尖,天黑了,各自回家。

然而,有的小婴儿来到世上,没回过家又走了,一辈子如蜉蝣,两边都无家。朋友的第一个女儿提早一个月出世,在加护病房住了几十天后走了,新科爸妈才上榜又被除名,但还是忍着悲伤替女儿订弥月蛋糕,答谢馈赠金锁片、金手链的亲友们。

夫妻俩向医院要回小孩穿过的衣服、手套、脚套,摆在卧室里那架布置得温馨、舒适的婴儿床上。睡时,扭开旋转音乐铃,掉出一串轻柔的音符,好像心肝宝贝回来了,正躺在床上香香地入睡。夫妻俩默然沉醉又窸窸窣窣掉眼泪,伤心的妈妈哭起来:"我们的房间没有奶味!"

在报上看到那家人的遭遇,像目睹翠绿新苗被巨轮碾压。离预产期只剩一个月,怀着双胞胎女儿的准妈妈因妊娠并发症提早生产,噩运似毒蜘蛛在母女三人身上结网,较大的女儿一出生就没了,二女儿与妈妈变成植物人。

一夜之间什么都垮了。噩神连杀手都不如,杀手明快多了,一枪一弹解决。噩神有的是时间，喜欢慢慢折磨一个想做妈妈的女人，凌迟一个婴儿。

只剩做丈夫的，"回家"变成到专门照顾植物人的疗养所探视妻子、女儿，替太太擦干不停流淌的口水，为枯瘦如柴的女儿拍背……心酸之后还得打起精神工作，他得"养家"！

活在这世上，亲情如锯如刀啊！

小家伙是幸运的，第六天，医生准我们回家。

孩子爸爸至观察室办出院手续，母亲跟着去抱小家伙，我坐在外面沙发等。观察室旁是儿科加护病房，对面是小儿科病房，不时听到孩子因病痛而尖声哭泣的声音，听在初为人母的我耳里，每一声皆如刀割。

我在心里祷告："让每个小宝贝回家吧！让他们平安，让他们有机会——长大！"

坐月子

　　住院期间原本订医院伙食，吃了几口，着实难以下咽。医院离娘家较近，母亲便拿出乡下那套坐月子本领，天天炖煮生禽猛畜让我大补特补。为了保持食物的鲜嫩度，她先在家里稍稍汆烫，再用保鲜盒装好，各式配料如姜丝、葱花亦装一盒，到病房再用电汤匙放入不锈钢锅煮沸。腰花、鲈鱼、猪肝、石斑，如此一煮，着实美味诱人。唯我比较胆小，总觉得在病房"野炊"不成体统，每当她兴致勃勃卷袖准备"外烩"时，我就吓她："护士会抓哦，你不要弄得太香害我被赶出去！"她信以为真，一面煮一面跑门口探看，一副贼样。

煮了几回，也没怎样，母女俩胆子稍为放大，不免再热个鸡汤、甜点之类的。我吃得眉开眼笑，对母亲说："归气阮这一区病房的伙食乎你包啦，明天就将瓦斯炉运来，咱来做淡薄小生意！"

中国人对"坐月子"特别讲究，一则产后身体虚弱确实需要补充营养，再者老祖母那一代坚信月子坐得好可收"脱胎换骨"神效，改变体质兼祛除旧症，让女人从一只小绵羊变成猛虎，因此各门各派"月子宝典"源远流长，信服者众，无怪乎女人一旦经过"月子洗礼"，个个变成虎背熊腰，好不吓人！

老辈的月子守则与新派欧美风尚的产妇做法有如天渊之别，前者把女人弄得似古文明木乃伊，充满禁忌、神秘、仪式；后者活蹦乱跳，又有点像韵律操选手。

像我这种在新旧观念"冲积扇"成长、生活的女人不得不变成投机分子，凡事两者相加除以二，说得好听是兼容并蓄、撷取各家之长，坦白讲即是半信半疑。我愿意接受生化汤、麻油鸡、多躺少动的中式料理，但是要我恪守一个月不洗澡、不洗头的律令绝对做不到（也没必要）；同样，吃点蔬果、适量运动的西式料理也蛮符合健康原则，但要我产后第三天就吃冰激凌，那就免了吧！

产前买了些如何坐月子的书籍，翻阅之下甚觉施行困难。中式月子有些食物禁忌相当不科学又提不出合理解释，难以令我信服。书既不可信，干脆听从祖母与母亲，她们合起来生了十二个小孩，至今身体爽健，显然她俩那套月子术经过"临床实验"，可以安心听从。

坐月子期间不可看书、不可生气流泪、不可搬重物、不可吃生冷食品、不可吃韭菜（会减少奶水分泌）、不可多喝水、不可喝茶与咖啡。多躺卧、保持心情愉悦、多吃高蛋白质食物——翻成闽南语就是：多吃麻油鸡、麻油腰花、麻油猪肝（重复三十次）。

想起哈姆雷特那句名言：to be or not to be, that is the problem。吃或不吃亦是两难，转念一想，人生难得有一个月时间主要的工作就是吃，何不放胆享受？心防既破，干脆把自己当成畜牧业者——养猪个体户。

当然，年龄决定了体能及坐月子的方式。隔床那位二十出头、刚产下男婴的小女生，精神亢奋、语调活泼，简直像在观光饭店度假。她的婆婆偷偷向我母亲抱怨，说媳妇不吃她费心熬炖的补品，不知如何是好，母亲回答她：年轻啦，有本钱。

本钱未免差太多了。晚餐时间，当我努力与数碗会把女人的身材毁掉的飞禽走兽奋战时，却听到她以轻盈的声音"支使"她的老公去士林夜市，买她最爱吃的盐酥鸡、烤玉米，还有布丁豆花跟黑轮仔……仿佛在娃娃谷野餐。

由于公婆年事已高及诸多考量，出院后我回娘家坐月子。为此，母亲与弟弟合力整理最大的那间卧室，各式设备亦添置妥当，看起来有点像家庭式坐月子中心。母亲曾说会帮每个女儿坐一次月子（两次也不嫌多），在她那一代女人心中，认为这是做母亲的把十八般武艺传递给女儿的最好机会，似师徒二人藏身石洞三十日，密传独门神功。若非自己经历生育之事，老祖母与母亲那一代的"女人经"与"育儿诀"单靠口述、笔记是引不起兴趣的，因为都是细节，琐琐碎碎如飘浮于春日空中的柳絮，然而每一丝都经过几代女人的验证甚至以她们独特的智慧加以精雕细琢。我未曾在少得可怜的相关书籍上读过，也不可能于翻译的育儿指南或专业医师写就的保健书上看到这些传统中国女人紧紧包在手绢里的智慧，这智慧是那么地充满神话色泽与庶民生活的亮彩。

于是，我开始理解，"传承"必须靠时间促成，即使亲如母女，也得等待"时间"慢慢铺出阶梯，让小女孩一阶一阶走成少女、女人，她才肯瞧一瞧母亲交给她的那方不起眼的小木盒，看懂盒内皆是以女人的身躯、情感为柴薪，一点一滴提炼出的智慧香精。哪怕是小小的危机处理技巧，都可能是某个女人用性命换来的。在男性世界总有用不完的资源去栽培一个"男人"，而女性世界像流浪的吉卜赛民族，跋涉旷野大漠，才遇见一个可以跟自己说几句话的人。于是，在成为女人的路上，只有自己的母亲可供模拟。然而年少时又特别容易看出她的短绌、单薄，心里总是嫌着。等到在世间恩怨沙场打了几次仗之后，蓦然回首，才弄清楚做母亲的为了给女儿一点点荣华慰藉，不惜把自己卧成一方牵金绣银的红地毯，让女儿踩个尽兴。

自从少小离乡，二十多年来我大多在外独居，虽然家人亦迁来台北，同处小小盆地内，然而每次回家都像一阵风，谈的也多是生活流水账，无法悠悠闲闲与母亲、阿嬷共同徜徉于她们的时代，听闻她们的情事。

这一个月，我有了特别的福分，一问一答之间，伴她们走回过去。令我惊讶的是，她们的记忆如此明亮、细腻，仿佛倒吊于屋檐的枯玫瑰、干雏菊，经天空飘来的灵雨一洒，纷纷醒转，恢复成一朵朵绚烂耀眼的花，香气一波波与风私奔。

阿嬷说，除了头胎（我父亲）是婆婆接生，以后每胎都由自己断脐。

"啊？——"我怀疑自己的耳朵是否误听，"你是说，没人帮你生！"

"是啊。"她说。

"就……就就靠你自己生，然后帮帮帮小孩断脐？"我不敢相信。

"是啊！"她说，以天经地义的口吻，"每个团仔的肚脐都断得很漂亮！"

她的声音亮如洪钟，有点"瞧不起"我居然在医院"屙"那么久还得动用五六个医护人员才生下小孩。

阿嬷的脸上布满皱纹，如小蟹恣意奔窜过的沙浦。由于眼疾，这个世界对她而言只是一片白茫茫的波光水影。此刻，她抱着小家伙，低头，以手指轻轻触摸他的头、脸，试着揣摩他的长相以及得自我们家族的脸部特征。

我捧着一碗公的黑枣鸡准备喝，加了珍贵中药材炖成的，适于产后补身。

黑黝黝的药汤泛着一层薄油，灯光、衣柜、窗户尽收入碗内，我低头，看见自己的脸映在上面。碗内的世界悠悠晃晃，就这么把女人从少妇晃成老妪，仿佛一口黑湖，摄食女人的灵气与精华，将她自云端仙庭拉下来，交给她一大担的人间烟火。

六十多年前，阿嬷是否曾从碗内看见自己的倒影？

那时候，二十出头的阿嬷是个花样少妇，聪慧与坚毅如同身上的双翼。怀胎已九月，她挺着大腹依然操持家务、耕作农事。某日，在菜圃除草，忽然肚子痛起来，她心里有数，眼看还剩半畦的草未拔，若不弄完往后一个多月都无力除草，那些菜就荒了。于是手脚利落把杂草悉数拔尽，阵痛已经明显且密集，她挑起两口木桶，忍痛走回家。立刻以大灶烧水，找出剪刀及事先预备的袋仔丝（似麻的制袋子材料）、红丝线；水沸，将剪刀以开水烫洗。她一手握着剪刀、丝绳，另一手捧着大腹，强烈的阵痛使她必须驼背而行，踅至房间，自眠床上找出破衣、旧布铺于地上，黄昏渐渐从窗口移进来，肚里婴儿也奋力想要坠地。

她双膝跪地，两腿尽管张开，依随阵痛韵律，双手握拳、用力。不多时，婴儿落地，一阵尖细的婴啼使昏暗的室内灿亮起来，她抱起这浑身沾满黏液且拖着胎盘、哭得地动山摇的小婴儿，先瞧是男是女，再看四肢五官是否健全？微笑自她的嘴角荡开，悬了九个多月、祈求诸神保佑胎儿完整、平安的愿望获得实现，是个不残不缺的心肝宝贝啊！她拿起袋仔丝与红丝线交缠的绳子，在脐带顶端距婴儿肚子约寸长之处打死结，先以剪刀除去多余绳头，再一刀剪断脐带。

在沁凉的黑土上，在破布堆里，羊水与鲜血如崩溃的河堤，造出生与死的漩涡。一名少妇就这么孤单地迎接攸关两条人命的战争。人命像什么？鲜翠的竹叶，田间稻穗，也像菜园半空绕来绕去的粉蝶，寻常自然，无须忧惧。于是，她的头发、脸庞虽因用力而汗湿、涨红，但她的双眼依然闪闪发亮，沉着地为躺卧在血水上的红婴仔断脐，她的脑海丝毫没有危险与胆怯的念头，对她而言，这不过是天地间最自然的一件事：生命来了，伸出双手接过来即是。

黄昏带着夜晚来了，夜晚俯首吻着一个穷人家的红婴仔。

"为什么用红丝线？"我问。

"这样团仔的嘴唇才会红红的。"

阿嬷说。

婴儿崇拜

很少有人看到《摇篮》而不被深深吸引。

那是印象派女画家莫莉索（Berthe Morisot）绘于一八七一年的作品。年轻的母亲坐在摇篮旁，一手托着脸庞另一手轻轻搭在篮边，深情地凝视摇篮里看来即将入睡的小婴儿。她身着亮黑色丝质衣服，微微敞开的V字型领口饰着蕾丝，暗示蕴含奶水的丰腴胸部；棕黄色的长发蓬松随意地盘在头上，慵懒中自有一股喜悦神色。挂在摇篮顶的白色纱帐轻柔地泻下，占去半个画面却不显得沉闷，反而因母亲脸上专注神情的牵引使纱帐宛如世间最柔美的光芒，具有金色阳光的暖度与微风细雨的质感，全心全意拥抱着宁馨儿。

年轻时看这画，眼角微湿。当下觉得，自己这柴头般的身体被不知名的小火点燃了，转身低头看，什么也没，但步履之间却听到衣角处有窸窣的火苗声。

画中，母亲脸上浮着微笑，凝睇的眼神是那么纯洁、坚定且忠贞。是的，忠贞，人们常钻入爱情国度寻找这两个字，看了莫莉索的画，我更相信"忠贞"藏在摇篮里。

欣赏婴儿，是人间至福。

怎么可能那么小？一个婴儿首先打破你的空间感与大小观，那碎片洋洋洒洒造成漩涡，使你迷乱起来。一间五坪的卧室是大还是小？一朵盛放的向日葵是大还是小？一个刚出生的婴儿算大还是小？一阵微风，算大还是小？于是你丧失坐标，从僵化的感官轨道逸出，因而看周遭事物竟有了新的空间感与大小比例；心情也是，放大了一件比绿豆还小的焦虑之事，可是也无限度地重复一朵婴儿微笑在你心中激起的欢愉。

小家伙的毛发茂密，如果别的娃儿的头发可做一管胎毛笔，他的可做半打外加一支眉笔。两道眉毛粗黑，连眼皮上亦散布微毫，如退潮后的浅滩。睫毛紧收未放，像一只敛翅小鸟，静静等待它的季节，时间到了，才要舒翅飞翔。小耳朵宛如刚上岸的贝壳，耳蜗上长了浅棕色细毛，轻轻吹，还会软软地摇曳起来。坏就坏在鼻子，不够挺。还好长得一副大头大脸，田野要是够宽阔，放眼望去，也就不会注意那幢农舍的屋顶是否塌了点儿。

小家伙像爸爸。于我而言竟是惊奇的，如果说长年沉浮于情感险滩，忽然来了一个人，一把拉上岸，因着这份奇缘，那人的脸看起来笑盈盈的像一幅桃花源的话，那么长得像他的儿子活脱脱是一个小桃花源。时而，我的目光忽左忽右瞧这一大一小两个男人，不禁情迷。命运再怎么像一团纠缠的毛线球，它自有一套穿针引线的织法。像个守承诺的老祖母，抖着手打毛衣，该你一件毛背心，不是今年就是明年，不是明年还有后年，她会给你，漂漂亮亮的。

看过小家伙的人都说：这小孩成熟，不像刚落地的。

母亲说，婴儿脸上的五官只是粗坯，做妈妈的要是不满意，趁着"月内手"（坐月子期间）好好帮他捏塑。嫌鼻子塌，就多捏鼻头，要是下巴短，拉一拉就好了。她与阿嬷都相信，坐月子女人的手有神力，能使平庸化为俊美，点石成金。

虽然，婴儿像一座宝藏，每分每秒带来新的惊奇；虽然，母爱也像奶水汩汩而来，但是，若无资深老母在一旁协助，我们两个新科父母一定会呆若木鸡地趴在小家伙旁，瞪大眼睛、聆听"圣旨"（哭声），却不知从何开始伺候他？

以前听说新手父母常跟着婴儿一起放声大哭、心中颇有看轻之念，现在才体会婴儿可不是好惹的。

本来就是啊，生命要一寸寸成长，吃喝拉撒睡，哪一件是好惹的！

◆ 奶

小家伙出院时，每次喝奶可达七八十毫升，每日喝牛奶五六次，母奶则不定，一有胀奶现象就请他吮吸，所以很难估算一天的食量。我虽希望完全喂母奶，但出院次日即因伤口发炎需服药一周，为了慎重，暂停喂母奶；再加上奶水不够丰沛，所以采取混合喂哺，母奶与牛奶的比率约各半。他不挑食，两样都接受，倒是省得我操心。只要肯吃，就会长大，小孩愿意多吃一两口，对母亲而言都是欢喜的。

说不定因为出生时出现喂食困难，所以才特别珍惜"吮吸"的感觉吧！

我问阿嬷，以前的初生婴儿在母奶尚未分泌时吃什么？

"黑糖水，"她说，"黑糖加开水，用汤匙喂。"

是啊，旧日农村完全没有奶粉、奶瓶、奶嘴、消毒蒸锅、纸尿布、酵素沐浴精、婴儿香皂、湿纸巾、爽身粉……彼时的育婴用品真是符合环保。

"你大伯婆会帮我采珠仔草，洗干净，放在大碗公里用石头捶出草汁，跟水一起煮滚了，加一点黑糖搅一搅，就这样喂啊！"阿嬷说。

即便到了我这一代，还是如法炮制，等母亲的奶水来了，才改喂母奶。我们家中手足五人，都是吃母奶长大的。

然而，时至现代愿意喂母奶的妈妈似乎不够多，从近三十年来以母乳哺育婴儿的比率急遽下降可见端倪。每个妈妈都知道母乳比奶粉好，但每个人也都可以找到理由不方便喂或懒得喂或无法喂。

"一定要喂！多喂一天算一天，多喂一月赚一月。"这是我给自己的最高指示。原因无他，母奶是随着婴儿诞生才会分泌的玉液琼浆，换言之，这是上天给婴儿的食物，除非情况特殊，否则，一

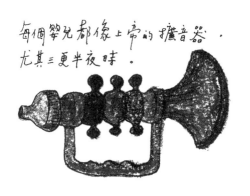

每个婴儿都像上帝的扩音器，尤其三更半夜时。

个母亲没有资格擅自丢弃如此珍贵的食粮。

喂母奶的妈妈们都体验过，一听到孩子哭声即会强烈胀奶，常常来不及处理，宛如泉涌的奶水已濡湿衣服，大热天的，胸前一片黏搭，极不舒爽。尤有甚者，只要动念想到孩子，奶水亦汩汩而流，胸口胀痛，如压着两丸铁球的"女西西弗斯"。

鼓励喂母奶的相关单位总以省事（不必清洗、消毒奶瓶）及省钱（不必买奶粉）等宣扬喂母奶的好处，其实，如果不是做母亲的坚持要给孩子一份健康与疼爱，喂母奶哪有牛奶简便。

记忆中，童年时我们都曾被母亲"抓"到房间里吸奶——当她胀奶，而初生的小娃娃根本不饿时。我仍记得她脸上的疼痛表情，以及经过"童工"吮吸几分钟后那如释重负、微微吁喘的适意之态。

当婴儿的自动奶瓶，也不是件容易事啊！

我与小家伙是幸运的。我辞去工作，在家舒舒服服地随他的意供应母奶，那些在产假后必须回到工作岗位的妈妈，即使非常乐于继续喂母奶，也因欲振乏力而逐渐干涸。那是事实，如果一个妈妈躲在臭气冲天的厕所挤母奶，脑子里又急又恼，一会儿浮现主管视她为"哺乳动物"的轻蔑表情，一会儿担心开会的报告还没写完，又想到待会儿得走一个街口向某餐馆借冰箱冻母奶，一走神眼看奶水弄湿衣服不禁咒骂自己笨得要死，门外另一个急着用厕所的人又不耐烦地捶门……不快乐的情绪感染了奶水，那蜜奶像个极害羞的小天使，听到妈妈在抱怨，知道自己不受欢迎，头低低地就走了。终于，奶水一滴也不剩。

走了，永不再来。

无法期待我们的社会拨一点温柔的角落给女人、给一个想要做好分内之事的妈妈。然而不管何等艰辛，即使必须用吼的、用骂的，也要帮自己挣出一点时间、空间，挤几瓶母奶给小宝宝喝。因为，别的事儿可以等，小婴儿不能等，他要长大。

每个娃娃在降世之前，那眷顾的神会交给他一大瓶蜜奶，说："这是我特地为你准备的粮，你出生后，这奶便寄放在生你的女人身上。"

"我怎么吃得到？"婴儿焦急地问。

神说："这就不是我的事儿啰，去问你妈妈。"

◆ 便

小家伙平均每日排便两次，金黄、稀软。我与孩子爸爸是属于"唯恐照料不周"型，一发现他便便，除了以湿纸巾稍作擦拭，还以小脸盆装温水，滴少许沐浴精，为他洗涤干净，擦干后才包上纸尿布。为了避免小家伙发生泌尿系统感染或尿布疹，我一向注意清洁工作。为此，手续也就比较繁复。还好，他不像有的小婴儿一天排便六七次，算起来也挺合作的。即使如此，我们还是闹了笑话。

每一本关于照顾新生儿的书都会详加描述婴儿的排便问题，次数、数量、颜色、形状、气味，简直是一门"粪便学"。要是平日，一定人人闻之皱眉，露出嫌恶表情，只有当父母的人会虚心背诵正常与异常排便的特征，并且紧张兮兮地检视那一摊阿堵物里是否夹带血丝之类的病征。

然而，文字描述与实物毕竟有差距，我们两个"前中年期新手父母"慎重地戴起眼镜，"参"那一包大便，真是"道在便溺"啊！左看右看，有点正常又好像不太正常，请老妈来看，她戴起老花眼镜看了半天，也说不上来。于是，我打电话请教弟妹，当年小侄子出生六天即因肠子问题住院，据说她先看到排便有异状才紧急送医的，因此她应该清楚什么叫作异常？我必须说，文字与言说都是暧昧的，距实物还有几步之遥。

那，问医生最清楚了。

次日，小家伙必须回门诊，让医生检查。我们保留了一包"黄金"，没想到临出门时，小家伙又排便了，两包"黄金"看起来不太一样，不知该带哪一包？本想两包都带，让医生瞧一瞧最保险了，不过，自己也觉得这么做是不是有点"过粪"（过分）？

带新鲜的那包，反映身体现况嘛。母亲抱小家伙，孩子爸爸提"妈妈袋"（内装尿布、手帕、保温瓶、奶粉盒、奶瓶）及一袋"黄金"，一起去医院。

中午，回来了。我问："医生怎么说？"

他神情尴尬，"医生说很好哇，很正常呀！"

听这语气，我就知道医生回家后会怎么向他老婆描述"黄金眼"奇遇记。

◆ 黄疸

由于初生婴儿体内红细胞数目多且寿命短，加上肝脏之酵素活性未达成熟阶段等诸多因素，无法迅速处理红细胞破坏后所释放的胆红素，致使血液中的胆红素值增高，若持续上升，即产生"黄疸"现象。

大部分的宝宝都会经历这种生理性黄疸阶段，少则六七天，多则十一二日，随着肝脏机能之成熟而逐渐消失，从标准的"黄脸婆"（或黄脸公）变成红润白皙、晶莹剔透的小宝贝。

小家伙的黄疸情况看起来比别的宝宝严重，虽然医生未告诉我们需做"照光疗法"，表示指数仍在平均值以内。不过，我总是急，不时察看黄疸是否有下降趋势。

母亲用她们那一代的"照光疗法"给小家伙治疗黄疸，用一张红纸（红包袋大小）塞入他的衣襟，纸的红色正面朝婴儿的脸，据说有助于黄疸消退。

这红纸一直塞着，直到出生半个月后，他的肤色转为正常。

我情愿相信是小小纸片的力量。那是一场色彩的决战，红挑战黄，火热的生命力逼退残存的瘟神爪牙。

人的真面目是从粉白嫩红开始的。

◆ 做胆

出生第十日，为小家伙"做胆"。依古例应在第三、六日，因当时仍住院，故改在第十天，取其吉祥数。

澡盆里各放一个煮熟的鸭蛋、鸡蛋，巴掌大的石头及六粒龙眼（本应折龙眼树叶，都市无此物，改以干龙眼代替）。取鸡、鸭蛋乃喻"鸡蛋脸、鸭蛋身"之意，希望小宝宝的脸型像鸡蛋一样巧妙、可爱，身量如鸭蛋般修长、硕大。石头代表胆量、胆识之坚实，龙眼枝则有祛邪、护佑之意。

母亲抱他，先敞开衣服，说了一段吉祥话，从澡盆内取鸡蛋在他额头轻轻点一下，再取鸭蛋点身，最后取石头在他胸膛比画一回，算是完成"做胆"仪式，而后褪衣顺便帮小家伙洗澡。

石头——应该说是小家伙的"胆子"，置于床边直到满月才移走。

在都市里要找适当的石头为小孩做胆确实不易，不是太小如公园卵石，就是过大像造景石头。不过，新手父母常常是愈大愈好的，当年为小侄女做胆，她老爸跑到公园搬了一颗大石回来，果不其然，小女娃胆大包天。可见"做胆"这回事，需信三分。

◆　澡

老一辈的对婴儿真是体贴入微，设身处地为他着想，因此不论做什么动作都轻手慢脚，怕稍有不慎，刚到世上的小客人将饱受惊吓。

如何避免受惊，即是老辈的育婴精髓；无怪乎，旧时代的"小儿收惊"不仅是一门专技，其社会地位更不输小儿科医师。

坐月子期间，由母亲帮小家伙洗澡。每日下午三四点间，午睡后喝奶前，最适合洗浴。她先放好一澡盆稍为温热的水，抱他入浴室，自己坐矮凳上，一面轻声细语叫他的名字，告诉他现在要洗澡了，洗了澡会很舒服，一面慢慢解开他的衣服。母亲先以右掌沾水，在小家伙胸膛轻拍几下，念"洗澡诀"："一、二、三、四、囝仔落水无代志，大人落水溜溜去！"而后才移入澡盆。初生婴儿的脐带需细心护理以免发炎，因此不宜碰水，母亲以手掌连臂托抱，既要洗身又要保持腹部干燥，既要让他感受水的欢愉又不至于觉得颠踬，真是高难度动作。

做母亲的要手臂粗壮才行，一掌一臂一膀，或伸或屈之间，乃孩儿的一张床、半条船啊！

◆　闻

没有一种香水比得上小婴儿身上的奶香，那是从天堂飘来的味道，为了迷恋世俗之人，使他们内心干净，方能陷入追忆之中，涌现繁丽的想象，宛如回到众神花园。

德国作家聚斯金德（Patrick Süskind）在他的著名小说《香水》里描述了主人翁格雷诺耶还是个婴儿时，遭到托养奶妈拒绝的原因。

"他没有小孩该有的味道。"奶妈说。

聚斯金德借由奶妈之口，细腻地描述婴儿身上的味道：脚，闻起来像一块光滑温热的小石子，更像白乳酪或鲜奶油；身体其他部分像浸在牛奶里的饼干；脑勺是最好闻的地方，像牛奶糖。

任何人——除非他已被仇恨冰封，只要俯首深深嗅闻婴儿身上的味道，他会自然而然松绑，所有的棱角被抚平，心内有一股回暖的气流奔窜，他会露出笑容，想要赞美。

是的，想要赞美，尽管不确知要赞美何事何物何人？但那念流如此银亮，像春日溪涧的欢歌。

抱着小家伙，亘古以来每个母亲怀抱婴儿的手势，无须学习，自然地屈起臂弯造一个小窝，供他躺卧，在我的心跳节奏与呼吸韵律中，香甜入睡。

我不禁闻他，深深吸一口气，婴儿香自鼻腔深入肺叶，宛如龟裂之焦土恢复成软泥沃壤。这个未满月的小男人彻底征服我那牢不可破的大女人自我主义堡垒。

存在于母亲与婴儿之间的吸引，应该唤作"渴望"。彼此紧密依随，非经言语、文字，不必沟通，纯粹是与生俱来的灵犀。

母亲认得她的婴儿的哭声与味道，如同初生婴儿知晓自己母亲的温度与气味，他自有认人的本领，知道谁是妈妈。

不得不佩服生命的韧性与潜力，通过严苛且漫长的演化竞争而存活下来的物种，应有其独特的"辨婴"与"辨母"能力，使母亲与婴儿不至于彼此迷失。

黛安·艾克曼的《鲸背月色》一书，记录了蝙蝠妈妈与蝙蝠宝宝的动人亲情。

大部分的蝙蝠一年只生一只宝宝，因此存活与否相当重要。小蝙蝠出生时全身无毛，悬在墙上，其将快速失温的状况类似人赤裸裸躺在冰冷的水泥地上。为了让蝙蝠宝宝能维持华氏102度的体温，它们得和其他蝙蝠群聚在一起。以美国德州羊齿洞为例，就有两千万只墨西哥游离尾蝠在那儿筑巢，一到傍晚，外出觅食的蝙蝠像火山爆发般布满天空。

当蝙蝠妈妈猎食归来，它会飞越育儿室，叫唤自己的宝宝，而宝宝也会回应，它们的声音与气味特殊，就算育儿室中有上千只蝙蝠呼喊、骚动，母亲与宝宝仍能轻易寻觅到对方——在羊齿洞，这意味着要从两百四十吨的个体中，准确无误地嗅出其中一只。

蝙蝠妈妈会展翼飞向它的宝宝，以单翼将它揽入怀里，紧贴着胸部，让饥饿的宝宝找到乳头吃奶。

母亲与婴儿从彼此身上嗅闻到的气味，或许就是天地间最叫人沉醉的，生命源头的体香吧。

◆ 拍背

吃与睡，是婴儿的重责大任。

初生宝宝每天约睡十五至二十小时，可是小家伙算起来睡不到十三个小时。醒着的时候，不是吃奶、看亮光，就是哭闹。

婴儿哭声原本就会令人头发竖立、血液速流、心脏奔跳，比任何紧急警铃还惊心，小家伙天生嗓门大，他一哭，真会让人心脏病突发。

我们尝到苦头了。喃喃自语：怎么会这样？不是应该吃完就睡的吗？而且，一觉到天亮的呀！

于是，像技术生疏的正副驾驶开始检查这艘小型超精密潜水艇，眼睛盯着仪表板，逐项诵读：尿布有没有湿？没有。太冷了？不是。太热吗？不是？肚子饿？不是。蚊子叮？没有。光线太亮了？不是。太吵了？不会。缺乏安全感？不是（你没看到我抱着他摇来摇去快半个钟头了）。那么，是不是肚子胀气呀？

有可能。

婴儿吸奶时常会吸入一些空气，所以吃完奶后得将他抱直坐在腿上，轻轻拍他的背部，让他打嗝，排出胃部的空气，要不非常容易吐奶。小家伙属于不易排气型的（也有可能是我们不得要领），拍了好久，才打一声小嗝。空气未排尽，也就容易引起不适。

每当大人小人为了"排气"而快要"生气"时，母亲一接手，只见她将他抱直，轻轻左晃右动，再让他坐在她的腿上，手掌虚拱似碗，由下往上拍背，才一两下，小家伙打嗝如响屁，一脸满足、舒服模样，不哭了。

姜是老的辣，一点不假。婴儿不懂得装病，更不会假装舒服，可见母爱虽然毋庸置疑，技巧却得学习。在母亲的指导下，我的拍背手法终于从"斜飞的掌刀，剁背如砍柴"渐渐改善，虽未臻柔掌似水碗地步，差强人意，也像一只小碟了。

◆ 眠

生长在南极洲的帝王企鹅，其孵育小企鹅的方式着实动人，尤其是企鹅爸爸，扮演着极关键的角色。

雌企鹅一次只生一个蛋，一出生，雄企鹅立刻赶到，宛如举行仪式般接过它们的"宝贝蛋"，放在脚上，再塞入皮肤褶层以保暖，免得蛋在酷寒中结冻。此时，雌企鹅得去"坐月子"——在冰天雪地中步行约一百五十多公里，泅入海里觅食。而企鹅爸爸得一直保持站姿，背对着强劲的风雪，专心"褓抱"那枚宝贝蛋。为了取暖，它可能与其他"奶爸"企鹅聚在一起，各抱各的蛋，等太太坐完月子回来。

经过两个月后，蛋孵化了，但小企鹅太孱弱，因此仍蹲在爸爸脚上借以取暖。原本硕壮的雄企鹅，在求偶时消耗了一些"战备油"（脂肪层），孵蛋期间更是挥霍库存，体重明显减轻了。然而令人惊讶的是，企鹅爸爸还能在胃里找出食物反刍，喂企鹅宝宝吃。没多久，企鹅妈妈回来了，胃里满载生猛海鲜，换它接手，让企鹅爸爸也去海里"坐月子"。

如果，雌企鹅生蛋时，雄企鹅不赶回来"接蛋"，那蛋就冻成松花皮蛋了；如果，企鹅爸爸不尽责孵蛋，自顾自去戏耍，或忍受不了天寒地冻、饥肠辘辘之苦，弃蛋去大快朵颐，小企鹅自然也就没了。

在造物者的设计蓝图里，小生命必须靠父母分工合作方能快乐成长。若不合作呢？也能成长，只不过添了些许艰辛，以及不快乐。

孩子爸爸是个肯认真学习的新好男人，从小到大没做过什么粗工、细活，如今小家伙倒像他的超级大老板（比指导教授还神气），令他卑躬屈膝、奔走待命。

一般而言，父爱的荷尔蒙分泌比母爱迟些。这也符合实际情况，种种琐碎俗事都需做爸爸的去张罗，报户口、办健保、买尿布或上中药铺抓几帖补药，待回到家又得洗奶瓶，累得倒头便睡，无暇逗弄婴儿。几日后，事情都安置了，心也空闲了，他才进入状态，相信大床上躺着的那个小小的、会动的、嗯嗯啊啊会哭的东西不是妻子买的芭比娃娃或抽奖抽中的填充抱枕，而是自己儿子。

儿子！这念头像个小红卫兵，直接闯入他那几十年一成不变的脑海大宅院，客厅、书房、卧室、厨房全给一阵哗啦地破了，小红卫兵不客气地住下来，大声嚷嚷：给我父爱！多一点，再多一点，再来再来!

于是,这辈子第一回,大男子开始分泌父爱,沛然莫之能御。

许多吃过苦头的父母谆谆告诫:小婴儿是天底下最精灵的,千万宠不得。

这话记下了,但什么叫"宠"却没问清楚;很快地,我们就成为那吃过苦头的父母之一。

原先小家伙还算规矩,哄一哄睡着了,轻轻放到床上还能睡一阵子。大人们虽忍不住看他闻他,倒也还节制,避免过度抱他,养成坏习惯。

有一晚,孩子爸爸不知怎么搞的突然父爱汹涌,抱着他在房里踱步,臂弯里这个小摇篮就这么嗯嗯哼哼走了大半夜。小家伙当然睡得很舒服,任何一种动物都抗拒不了小暖窝的诱惑,于是他精灵起来了,从此不肯躺到床上。

出生才十天的小婴儿就这么精吗?是的,是的,不需怀疑,人都是好逸恶劳、贪图享受的。

母亲搬出小侄子用过的摇摇椅,试图借椅子的晃动感让小家伙误以为仍在大人怀抱里。他当然分得出差别,椅子的晃法既冰冷又单调,不像人造小暖窝,蒸蒸然有体温,且摇晃的韵律像交响乐般繁复、多变,或立或坐直行转变,忽高忽低,舒服至极。于是,一放入椅内,他便惊醒,哇哇大哭。

阿嬷说，这个团仔喜欢"熏人味"，意思是，喜欢把人当作香油般，熏出暖暖和和的世间味。

也许是缺乏安全感吧，才特别渴望亲人的襁抱。住院那几日，他被迫单独躺在婴儿箱内，护士还用布条把奶嘴固定在他的嘴里，等于强迫吮吸。人们以为刚出生的小婴儿什么也不知道，但我宁愿相信他们一出娘胎即能感应周遭环境的变化及别人对待他们的态度。小家伙现在知道爸爸妈妈在他身边了，自然会粘着不放。

有人提供秘方，用包巾包好婴儿后，再以宽布条稍稍绑紧，让小宝宝有被搂得紧紧的感觉。要不，给他安抚奶嘴，吸着吸着，他会自行催眠，安然入睡。再不然，趴着睡也是办法。

三个法子都失败。小家伙非常不喜欢手脚被缚之感，硬是挣出双手，连手套都搓掉，两手上举，如投降状；其二，我们买了德国、美国、日本、中国台湾制造的四款安抚奶嘴，材质不同、造型各异，拇指型、奶头型都有，他一视同仁全给"呸"掉，态度强硬，拒绝到底。最后，他喜欢仰睡，一叫他趴，立即哇哇抗议。

母亲说，试试看乡下才买得到的传统摇篮，说不定可行。

宜兰乡下姑妈立刻叫货运公司运来摇篮。木制的，两端各以两根木头交叉绑成岔脚，以一长杆木头连接两端以作平衡，首尾共系一块长方形布巾，放入婴儿，布巾裹着小娃娃，宛如襁抱。布边绑上长绳，一拉绳，布包即摇来摇去，裹在里头的婴儿自然也享受到晃动感。

我们小时候都是睡这款摇篮长大的，不同的是，摇篮架用竹竿做成，布包通常是面粉袋，上头印有两株小麦及净重几公斤字样。摇篮也不是买的，央隔壁伯公或亲族中善木工的长辈做的。

这种摇篮的特色是绳子一拉，布包一晃，即发出"咿歪咿歪"之声，好似老竹叹息：你这团仔又长壮了啊，我们快抱不动了哟！睡吧！睡吧！乎你一暝大一寸。

起初小家伙还能接受，不久，也宣告失败了。

母亲悄悄将小家伙的衣服颠倒着晾，正反、上下互换，据说这么做可治小儿日夜颠倒、睡眠不靖。

重要的是，不可说破，要是不慎提问：呀！你怎么把衣服颠倒晒？这法力就无效了。听来，有点谍对谍的味道。

我们不得不认命了，小家伙似乎喜欢跟爸妈如胶似漆，醒时睡时都要腻在一起。

就这样，我们的胸膛变成他的"肉垫沙发床"，换手时，便戏称是换床垫。

打电话问婆婆，孩子爸爸小时候好不好带？她说他真是乖得不得了，也不怎么哭，也不吵，简直就是模范生。

"我做团仔时有这么难缠吗？"我问母亲。

"你呀！"她的脸上毫不掩饰地流露出三十多年后想来犹然宛

如昨日的痛苦表情，"有够爱哭，每天一到黄昏就哭，哭满四小时才停，找不出原因。"

但她那饱受折磨的表情里又多了一丝此时此刻才添上的安慰，仿佛在说：风水轮流转啊！当年你磨我，现在换你儿子磨你，天理昭彰！天理昭彰！

三十多年前的我跟有些婴儿一样是只凶巴巴的小夜猫，日夜混乱兼哭闹无度。入夜，母亲抱我在黑暗的厅堂踱步，抱酸了，便至饭厅，她在大饭桌横杆间系了布包，将我放入，布边缝长绳，一面拉绳一面哄我："摇啊摇，惜啊惜，一暝大一尺。摇啊摇，困啊困，一暝大一寸。摇啊摇，晃啊晃，红龟（粿）包咸菜。"

秋夜虫鸣唧唧，二十二岁的母亲点了一碟油灯，亮光如一枚蚕茧，忽而化丝忽而静静不动。她手拉着布绳，低声哼唱歌诀，瞌睡爬上她的眼，歌漏了词，她拂一拂手，醒了些，又重新唱一遍完整的。就这么每夜醒醒困困，后来她干脆一面摇我一面搓草绳，待"出月"（坐完月子）时，已搓得数大捆，卖了不少钱。

那草绳一定被织成更粗韧的绳索，用来捆山捆海，只是没法捆得一小段黑丝绒般滑手的夜，让我母亲睡个好觉。

怨不得谁，小家伙像我，我们一落地就跟这世界有"时差"，以至于众人醒时我昏然欲睡，或众人皆睡我独醒。

掉脐

第十一日，帮小家伙换衣服时发现，脐带头掉下来了。

像一粒胖胖的相思豆，褐黑色，在时间这棵大树上荡秋千，如今该落地了，也就一跃而别。

忽然，母子连体已成历史，一枚脐带干，宛如古迹。

婴儿离开母体，对女人而言在喜悦中另有点点轻愁。这感觉好像期待已久的出航日正好碰到晴朗天气，本是可喜的，但因着此去难返的缘故，虽然温温暖暖的阳光披在肩上，脚丫子边却有一团冷风腾着，一面出航也就一面忽暖忽凉了。

用红色小布包将脐带装好，替他保存起来作纪念。生命是往前

胎毛筆與
    肚臍盒。
你的胎毛極
多，髮色烏黑油
亮，所以我們 決定做一管
    特大號的毛 筆送給你。
這是個詭計，將
來要是你年紀輕輕
    就禿了頭，可不能
    怪我們吶！

• • •

胎毛笔与肚脐盒。
你的胎毛极多，发色乌黑油亮，所以我们决定做一管特大号的毛笔送给你。这是个诡计，将来要是你年纪轻轻就秃了头，可不能怪我们吶！

走的，刚走时不认为周围的风景有何殊异之处，等到走了五十里、一百里后再回头想，说不定就觉得出发时路旁那朵小花真是秀丽。脐带也是，总得等到在世间跋涉一程后，眼睛才能润起来，把小小脐带干看回山河壮阔，知道自己从何处来，往何处去。

那么，母亲不就应该当孩子的内务大臣么，一路替他收好身体发肤、阴晴风雨，待哪日孩子想回头看时，才找得到乡愁。

婆姐母

老一辈女人的育婴宝典里处处闻得到神灵巫术味，她们擅长营造一种神秘关联，以浮夸的嗟叹声、嘤嘤低回的耳语、暧昧难辨的眼色，有时是灵活似飞鸟的手势，将天庭仙界与世间闺阁重叠共存。那是女人的国度，男性的眼耳鼻舌不能识之，虽不设边防却像铜墙铁壁牢固，一个拥有自己的语言、信仰的封闭世界。

就在那儿，住着七娘妈及婆姐母。

翻开民间信仰与传说，七娘妈乃"七星娘娘"之简称，她们是天帝的七个女儿，皆是貌美善织的女神。较诸他神，她们身上流淌的人情比神性更丰沛。想象她们以巧手编织华丽、飘逸的羽衣，趁众神镇日于大殿聚议，门禁松弛之时，姐妹们悄悄披戴羽衣飞向人间，或降于树林中、溪涧旁，或隐于民宅墙后，窃听寻常夫妻数算柴米油盐，或化身为善男信女，围坐于寺前古松之下，听老僧道沧桑。

如此一群爱到人间野游的无邪仙女，自然要惹出惊天动地的大事来，那就是名列中国古典爱情悲剧之一的"牛郎织女"。这对苦命鸳鸯暴露了威权镇压下活活被拆散的情爱命运，被天帝下令押回天庭的织女留下两名幼子给牛郎，她从此不得重返那间心爱的茅茨土屋，不得为人妻、为人母。这故事过于残酷，为了抚慰世间男女的心灵，自然得衍生"鹊桥相会""七夕雨"情节，让这段可歌可泣的爱情不致走绝。可见人心如何脆弱、多情，舍不得天上人间就此永隔，讨价还价也要换得一年一次七夕，让夫妻相会，泪如雨下。

从这故事本干又生出旁枝，织女的两个孩子跟着爸爸过日子，早晚没妈妈喊，出入也少了母亲搂抱，十分可怜。于是，六位仙女阿姨便暗中呵护、眷顾，让他们平安成长。加上织女，这七仙女又跟人间结缘了，她们变成儿童守护神。

如今，我看这故事，分外能体会情爱国度里特有的那份恋恋不舍。于爱情、血缘亲情中，这恋恋不舍尤其像一把刀，每一步生离死别，都让人心肝俱碎。牛郎织女及其衍生的七娘妈故事，换个视角，难道不是一个做了妻子、母亲的女人被死亡攫走的世间版本？不独那失妻的丈夫、丧母的幼子得以借"鹊桥相会"获致安慰，那被迫离席的母亲亦可因"七娘妈"枝节而继续看顾爱子。这故事必须存在，而且会一直流传，因为只有它能安慰千疮百孔的悲哀。想到这儿，我不禁叹息，一个女人做了母亲，即使死了也要想尽办法回来看看孩子，而失去母亲的孩子，即使十年二十年，也还觉得母亲仍在。

七娘妈旗下有十二婆姐母，护佑每一个初生的红婴仔。

所以，即使到了现代，对出现在婴儿身上的常见症状已有合理的医学解释，但老辈女人仍坚信小娃儿吃睡不稳、日夜哭闹需向神灵祈求加倍呵护。她们口中那位我从小听闻、礼拜的女神："姐母"（婆姐母之省称），即是具有大法力的儿童守护神。

"拜姐母"总是充满娓娓倾诉、攒眉蹙额的女性情态。其幽怨处，连烈日暴雪都要为之俯首噤声。那绵密的祈语，听来不像对天神祷告，倒像跟孩子的另一位母亲商议。内容则是巨细靡遗地叙述孩子的身体变化，前日如何发烧、昨日如何咳嗽、今日又如何茶饭不思，无一遗漏。

礼拜的仪式较诸拜天公、神明之阳刚威严，无疑地更具母女、姐妹、妯娌般的闺阁氛围。若在平日，因孩儿生病而礼拜，则只需备一碗拍得又实又尖的白饭及一碟菜，置于床头，点起三炷香细述孩儿状况，请姐母多加看顾使他"日时迟迟，暗时好困"，语毕，将香横置于窗台或床上，随即烧一只"刈金"。燃烧之际，宛若姐母飘然降临，坐于床头，伸手抚摸床榻上病恹恹的孩儿，因这抚慰，这孩子便好了些，渐渐有了精神，会向母亲喊饿喊渴。隔日，便能下床。

若是逢年过节，礼拜的物品稍丰，除了饭与菜肴，另外加上年糕、发糕之类。不过，菜肴除了菜、肉、蛋之外，不可供鱼，阿嬷说她姓鱼（或余？）故有此禁忌。也不晓得是各地礼例不同还是姐母各有工作范围，管我们宜兰的那位姓鱼（或余？）之故。拜姐母不像拜神明需酒过三巡、香枝三分燃其二才能礼毕，据说拜的时间愈短愈好，孩子才会乖。这道理我百思不得其解，想来想去，只能说凡是跟"母"沾上边的工作都辛苦。世上做母亲的吃起饭来宛如飞筷舞碗，那没话说，一双手得治理家庭大国没时间钉在饭桌前；然而，在天上当保姆的姐母享用祭品也得火速，这就未免太劬劳了！

至于七娘妈，印象中只在农历七月七日才搬一条板凳至晒谷场礼拜。祭品十分女性化，包含：七碗肉酒（猪肉或鸡肉均可，甜、咸随意）、鸡冠花及圆仔花、水粉及"婆姐衣"（金箔之一种），备妥后叫小孩持香"恭请七娘妈欢喜享用"。由于这场礼拜特别具有母子亲伦之感，加上拜七娘妈得在黄昏月出时分，当然还未吃晚餐，因而一群饥肠辘辘的猴团仔也就不客气地拎一块肉吃吃、啜几口酒尝尝，大大小小嘴边一圈油渍。大人们笑称七娘妈真是灵感，每次拜完，一地都是骨头。

于此，我忽然领悟为何乡下稻埕边、菜园旁，处处可见鸡冠花及圆仔花，这艳红色的花簇实是隐于平畴绿野的一张邀请函，女人用一年的时间撰写文句，邀七位仙女来与她们的世间孩儿聚聚，在月亮出来的时候，共饮一碗甜酒。

男人信男人的神，女人有女人的神啊！

七娘妈与姐母的信仰着实动人。我情愿这么想，因着母亲的责任艰巨，系乎小生命之存亡，女性怕自己扛不起这担子，需要有大力量的人做靠山，遂创造这么一群巍峨女神，陪她一起裸抱幼婴，面对成长路程的每一处险滩。"为母则强"诚然不假，女人做了母亲似乎即拥有自体改造的能力，不是雌雄同体，是神人共存——把自己的肉体凡胎扩建成一座小庙，里头供着神灵。这一切，只为了向四面八方索求力量，将人世与神国的护符放在她的孩子身上。也因着这一切，当孩子遭逢噩运，一个母亲是不懂得放弃的，她会向每一尊神灵跪求，拉住每一位有能力救助孩子的人的衣角，直到最后一刻。

我喜欢进入如此壮丽的想象，虽未遵循祭拜仪式，但冥想姐母确能安抚初为人母的惊恐且带来新奇的力量，仿佛每日都能鼓动双翼，抱着自己的孩子飞越荆棘。

我问阿嬷："拜姐母拜到几岁？"

"十六岁。"

"为什么？"

"团仔长到十六岁，好命的可以去做别人父母了，姐母顾不动啦！"

也是，十六岁正是青春引爆之时，生命在这阶段总是向往离家出走的。

想必，姐母会翩然飞入十六岁孩子的梦里，整一整他的衣领，拍一拍肩头，说："你的羽翼丰了，我也该走了。往后出门在外，凡事靠自己当心，学做大人！"语毕，眼里闪闪有泪。

我们从十六岁一路走来，若曾在某一刻，于芸芸众生之中乍见一张似曾相识、有母亲味道的脸庞，或许，那就是唯——次被我们想起的梦中姐母的容颜。

蚕豆宝宝

做母亲像坐牢，做父亲也像坐牢。

生、养、发育看起来无比简单，动不动就听说谁家怀孕了，一会儿出生了，没一会儿上幼稚园了，又一会儿要考大学啰，好像不需花什么力气，这世界就多出一个活蹦乱跳的人。

自己钻入父母这一行，才深深体会什么叫"父母心即石磨心"，任何一点风吹草动，都会让人"若无罪而縠觫"，仿佛天快塌下来。

婴儿于出生二十四小时后，接生的医院会为他采血，以筛检有无罹患先天代谢异常的疾病。这项筛检很重要，因为患有那些疾病的宝宝，在刚出生时，其临床症状并不明显，若不及早治疗或悉心照顾，很可能会造成智能不足及发育障碍。这项筛检包含六种先天代谢异常的疾病：先天性甲状腺功能低下症、苯酮尿症、高胱胺酸尿症、半乳糖血症及葡萄糖六磷酸脱氢酶缺乏症——又叫"G-6-PD缺乏症"，俗称"蚕豆症"。

如果宝宝没问题，做父母的根本不会去记一堆劳什子医学名词，寻自己开心；要是名列其中，则立即搜罗各种信息、知识，恨不得找专家当家教，回答一连串的"为什么"。

医院打电话来，说小家伙患有"蚕豆症"。我的"为什么"与"怎么办"才说出口，就惨遭对方以坚决且冷漠的态度挂了电话。

也许是委屈，更可能是"蚕豆症"三个字所带来的惊吓，使我深陷于愧疚之中，不禁眼泪夺眶。

孩子爸爸比较理智，他看着有关"蚕豆症"的资料，说："百分之三的罹患率，算蛮高的！"

这就是学文学与学数学的差异吧，同样一份资料，我光看到了"……引发急性溶血性贫血……核黄疸……造成听力障碍、运动障碍或智慧不足，严重则致死……"之描述，便吓得手脚俱软；他则先从"百分之三"数据开始理解；换言之，很多人有这种病，亦即是，这是常见的、普通的、有预防之道的病。

对他而言，"知道"就是好的开始，于我，却是坏事——为什么我的小孩是百分之三的那群，而不是站在百分之九十七那边？

根据研究，在台湾，男性的发生率多于女性，而客家人罹患的比率又稍高，约百分之六至八，某些少数民族的罹患率亦高，云南省一些少数民族甚至高达百分之十五至三十。

医院给了一张卫教单，详列注意事项。其实，这病只要父母多加留意，便不如想象中可怕。首先，把家里所有的樟脑丸扔掉，禁用紫药水，严格禁止吃蚕豆（及相关制品），看病时先告诉医生小孩是"蚕豆宝宝"以避免服用某几类药物，应该就能避免发作吧。

这病，是X性联遗传症，跟我的关系大些。听说小家伙是个小蚕豆的朋友第一句话问："你是客家人吗？"我说不是；又问："你是少数民族吗？"我也说不是；再问："孩子的爹哪里人？"我说正宗江苏人嘛，没犯法。

问来问去，这蚕豆变得有点怪了，好像在考据血统，挖省籍情结似的。然而，我左思右想，又不怎么确定自己的血统是不是"正港闽南人"？兰阳平原原是平埔族家园，我祖先是后来才跟着吴沙去的，说不定古早古早以前，我有个平埔祖妈呢！

院子里种了一棵樟树，五年多了，接近手臂粗，一人高，军毯绿的枝叶已能沙沙作响，凑近闻之，淡淡的樟香扑鼻。我从小就爱摘一片樟叶，于指间搓揉，再深深嗅闻那股奇特的香味。在记忆版图里，这香味领我回到幼时田园。

只有自己知道是为了纪念父亲才种下樟树。如今，小家伙是个对"樟脑"过敏的人，而这病，又是我给他的；父亲的血穿过我身又流到他身上，这一路仿佛自我辩证，造了矛又做了盾。

　　某日，晴朗有风，锯树，浅绿的树屑随风飞扬。

　　为了儿子，父亲，我不得不向您告别。

弥月

　　人生中，大约只有"弥月"与"蜜月"可以理直气壮地以一整个月来庆祝。然而，"蜜月"名过其实，婚姻之事到了今日，蜜个三五天也就够了，接着就是柴米油盐。

　　诞生乃大难得，确实需要一个月时间调理身心，建立亲子秩序。不独婴儿要适应新生活，大人更要拓宽轨道，以承接婴儿所带来的爆炸性喜悦及重担。

　　对新手妈妈与爸爸而言，这个月颇似野战部队魔鬼训练营，课程排得满满的，教官个个眼露凶光恐吓着："再不用点脑袋学，看你怎么上战场？你以为子弹长眼睛啊（等于：你以为婴儿是芭比娃娃啊）！"于是，从换尿布、泡牛奶、洗澡、拍背、哄睡到研究口水鼻涕眼泪屎尿，处处皆需细心学习。要是夫妻两人都好学，像同组的实验伙伴，做起来便会喜悦加倍、劳累减半；若是全部扔给一人（通常是女人），大概没多久就会出现阵前倒戈吧！虽然不必跟着流行到处嚷嚷"新好男人"这类浮夸名词，但我着实认为，一个做了父亲的现代男人若自动放弃襁褓经验，确是遗憾。

这个月也是还愿与祈福的月份。出生第十二日，母亲做了麻油鸡与油饭，礼拜神明、祖宗。我待产时，她们曾向神灵祈求，若我平安，即以鸡酒、油饭答谢。除此之外，又要我怀抱小家伙向天三叩首，也是还愿；母亲另外备青果至住家附近的王爷庙致谢。我都糊涂了，两老到底惊动多少尊神灵，求他们赶至产台边为我助产？

较为特殊的是，为了小家伙浅睡易醒、善哭爱闹，母亲依宜兰乡下习俗向家中供奉的关圣帝君祈求收他为义子，愿出入相随，多加护佑。她以红线系一枚仿古币为信物，手持之于香炉上方绕三圈以熏染香烟，这币便有了神的承诺。

将它放在小家伙枕边时，我想起小时候也有一条红绳古币，成天挂在脖子上，洗澡、睡觉都不取下；圆币方孔，上头有四字："乾隆通宝"。大约是小学年纪，我把那"乾"字念成"gān"。那是我这辈子第一条项链，也是第一笔财产！

原来，这古币象征另一种"通财"之义，世间父母怕自己的能力不够，又给心肝宝贝找了一份天上的父慈母爱。

当然，再也没有比这个月看到更多金银财宝的了。金手镯、手链、小戒指、项链，新潮的从十二生肖到十二星座都有，而镂刻"长命富贵""吉祥如意"的金锁片仍是主流。来看小娃儿的亲戚好友，几乎人手一小袋，袋内一绒面小盒，盒内置金饰另外折有保单，载着品名及重量，几两几钱几分几厘之类，单子底下还有一行十三级小字："旧金翻造按照银楼公会规定每钱贴耗五厘"，看这文字仿佛身在清末民初。

"给小宝宝平安长大、健康聪明，长大考状元，做大官，发大财，娶漂亮老婆！"送礼的人这么祝福。贺词真是悦耳，充满荣华富贵的派头，也布着成为贪官污吏的危险。然而，在这个月做妈妈的心里没存"救国救民"理想，也未动念要在孩儿背上刺"精忠报国"，一味只沉醉在"化权、化科、化禄"的憧憬里。

一床上的金饰，摆开来像银楼柜台，一时兴起，用相机拍了下来，留作纪念。遂玩兴大发，帮小家伙穿戴穿戴，吓！好一只金光闪闪的小泼猴！

有一条链子非得记一记不可！重达一两捌厘，这数字暗喻一百零八条好汉；纯金圆牌，正面书"长命富贵"，背面就露了獠牙："一而再再而三，再接再厉，六六大顺"。这是什么跟什么呀？不明就里的人看了，还以为是三千米接力赛金牌哩！

链子是远流出版公司的姐妹淘（黄姐、茂秀、丽雪、盛璘、奇惠）合送的，接到时，为之喷饭，遂打电话抗议："猪八戒！再加颗凤梨，我就成了猪公比赛冠军啦！"

每一份礼物皆是祝福，从金玉美石至衣衫暖被、用品器具，无不包着世间的浓情蜜意。这是他的人情世故，来日应当礼尚往来。

说到礼数，我自小对阿嬷与母亲凡事尚礼重情的作风习以为常，但真应在自己身上，还是感到新奇。她们在举手投足之间，虔诚恭敬，仿佛刚刚与一神错肩而过，其衣袂飘然。言谈亦轻声细语，如那神坐在沙发上，正与她们共话家常。她们是最后一代凡事遵循古礼的人，并且坚信，任何一个生命若诞生时没走过这套礼仪，其福禄便嫌单薄。

于此，我得以知晓，依旧俗在这个月会为婴儿举行的仪式、礼数包含："做胆""敬神""拜天公""报酒""做满月"。

"胆"常于婴儿出生之第三、六、十二日择一而行，至现代则不限此三日，取双数日即可；需备石头、鸡蛋、鸭蛋、龙眼树枝。"敬神"指礼拜自家供奉之神明与祖宗，也是择第三、六、十二或吉日行之，礼品丰盛，麻油鸡与米糕（甜糯米饭）则是必备。"拜天公"乃属还愿性质，若生产前曾向这位天庭最高统帅祈求庇佑，产后则应酬谢，礼品不拘，但通常许以鸡酒、米糕这类专属于诞生喜事的礼品。

在小婴儿出世第六日，同样得备鸡酒、米糕送至娘家，名为你出生後，睡眠情況非常不好。
外婆以她們那一代女人信仰的
育嬰秘術說：「嗯，
要給神做義子，
祂才會特別庇佑」，
所以，你多了一位乾爹，
那就是關公大老爺。
紅繩銅幣是你們的信物。

· · ·

你出生后，睡眠情况非常不好。外婆以她们那一代女人信仰的育婴秘术说：“嗯，要给神做义子，他才会特别庇佑。”所以，你多了一位干爹，那就是关公大老爷。红绳铜币是你们的信物。

"报酒"，亦即向娘家报讯、报喜、报平安，而娘家得回礼：鸡两只、婴儿衣服及红包。到了满月，剃头自是不可免的仪式，另需备油饭、红蛋分赠诸亲好友邻居，讲究些的，更以弥月宴与亲友同庆。娘家这边得备衣服、金饰（通常以一组为原则，含链子、戒指、手镯等，送单样的话显得单薄）为外孙"做满月"。不过，娘家这份礼弹性很大，若是生男且是长男，不仅礼物讲究，且会加上"帽公"（缝在帽子上的金片）及一组背巾、包被，可见"长孙"有多稀罕，次男、三男……则无。这预算一路砍下来，即知弄瓦之喜喜得有点冷清，男女不平等从出娘胎那日就定了，那些户口簿上登记为"三女""五女"的人，出生时大约乏人问津吧！

坐月子期间，母亲三天两头塞给我婴儿衣服、金饰，又是特别嘱咐今日买的这鸡是回礼的云云，搞得我头昏眼花，遂喊她来说个明白。刚回家坐月子时，公公婆婆来探，曾包了大红包答谢亲家母代劳，母亲只收红包袋，说是收个房租意思意思，大家欢喜。我现在才明白这只红包袋（不过是一张红纸罢了）效用真大，一则让母亲里子、面子兼顾，二来它也象征钱币，让母亲代办原属亲家该送的"报酒"——换言之，她自己焖米糕、炖鸡酒，代替亲家送给自己。两套礼数全在她手上，难怪她要特别点明今日炖的鸡是回礼之鸡，表示做娘的吃了"报酒"，有来有往。

两个家庭省籍不同、信仰殊异，然都是重礼重情义之人，本源既通、条目、方式自然可以变通、权宜。老辈的进退应对之际有规有矩，我们做晚辈的嫌它繁文缛节，只会像个二愣子，见饭扒饭、见酒喝酒，吃得肥嘟嘟的也不明白个中道理。我趁机学点礼数，自觉有了长进。

不过，跟自己母亲也不必太客气，我说："好好好，那娘家这边还得送什么礼，你统统给我吧！"

小孩满四个月时，要送衣服与牛舌饼为他"收涎"，周岁时，再送衣服、鞋、袜。我看小家伙的衣服已经多到像个小明星了，这衣服就免了吧，至于牛舌饼，也算了。隔几天，母亲大约觉得礼数为重，买了两双穿起来像踩到老鼠会发出"哔—叽—哔—哇"的"哔哔鞋"给小家伙，换个角度看，也算得"牛舌"饼的真谛。

我深深觉得，一个生命千里迢迢来到世间，若无人疼惜，无人祝福，真是凄凉。而让孩子从小饱尝酸楚、委屈，绝对是他周围的人的耻辱。

据说旧时凡家中有婴儿出生，做父母的会向村落每户人家讨一块布，拼贴缝成衣衫给娃儿穿，小孩穿着众人的祝福自然会平安长大。在物质匮乏年代，百家布的习俗汇集了人性中美好的部分，能够这样对待孩子让人感动。想象这小宝宝身上穿的衣服中有一小块布是你给的，那颜色、质料、花样与众不同，虽凑在其他布块里，但你一眼就认出，因着这一认，每次你瞧见那拼布衣总是先看到你给的小布块，如一朵灿烂小花躲在草丛里只对你笑。如此，你心里觉得这孩子跟你较亲近，再怎么寒碜，也得拨三两关心五两呵护，疼他一疼！

穷一点没关系，但小生命若乏人爱护，无人祝福便永远富不起来。

我猜，大约只有台湾产妇才会在住院期间收到宛如莺啼燕啭般的广告单。我之所以这么比喻，是把产妇当成女人生命中的花季，一园子花团锦簇、姹紫嫣红，来访的亲友如游园宾客，笑语浪浪，那些放在病房床上、柜上的广告单自然就像蜂儿、蝶儿、莺儿、燕儿，三两只此处翩翩起舞，那儿喁啾而唱，添了不少热闹与兴味。

广告范围包含：弥月蛋糕、油饭类，婴儿命名类，坐月子中心类，胎毛笔制作类，减肥瘦身类，补品类，家庭托婴类，婴儿奶粉、尿布类。每类各有数家招徕，着实让人眼花缭乱。

然而，凡此八大类知识、常识，大约也只在这段时间才有兴趣捧读再三而不知疲惫。老两口讨论、斟酌，其情状若两个小学生商量远足路线，一日三变而不减乐趣。

尤其命名，那真是捻断数根须犹然反复推敲的大事。做父母的给小孩取名，心中若有十五只水桶，七只在上八只在下。实而言之，那是一种执权杖而胆战心惊的现象，想到一旦取了这名字，小孩一辈子都得这么叫，天哪！一辈子不得更改啊！于是，原先揣在手里要用的名字，低头一看，怎么变得通俗、软趴趴起来，自然得再想个响亮一点的，最好能够轰动武林、惊动万教！

只有中国人才会在名字里存放各式各样包袱。姓是不能动的，三个字去其一，创意空间有限；排行也固定了，那只剩一个字让做父母的显身手；五行得测一测，缺金补金、缺水补水，那还有什么戏可唱呀？没得唱也得唱，又要念起来响当当又要意义深远又要字形稳实、俊俏又在大吉大利……难怪大多数父母干脆交给命相师去择一择，把权杖送人，还得花钱。

名字，亦是世间相之一，可执可不执，执时若五花大绑，不执则自在逍遥。想想现今地球上，用中文名字的光是中国就达十三亿，再加墓碑上有名有姓的，又不知几十亿了。这么多名字，吉能吉到哪儿，凶又凶到何处呢？再说，靠个好名字就能富贵双全岂非妄想，自来只有权力掌握者使名字发亮，而非以姓名为钩，钓得半壁江山。

不过，观察命名趋势仍具社会学意义。光复前后出生的，男生非"郎"即"雄"，女的偏爱"子"字，颇有东洋风味。一九四九年以后，命名帮派泾渭分明，外省挂、本省挂作风不同，住在嘉义乡下的"林有财"与住在台北内湖眷村的"纪伟国"一看名字就知道谁是芋头、谁是番薯。时至今日，战后第二代做了父母，他们当中有一批人深受都市化洗礼，见多识广，给孩子取名字自然走向新颖、闪亮、强调个我风格的路子，那些"邦"啊"国"啊"德"啊的大担子统统丢一边去，甚至偏爱单名。

　　小家伙未出生前，我们也为他的名字大伤脑筋，想了好久似乎没什么进展，遂搁下喘口气，这一搁又一两个月过去了。有一日，两人又聊起名字问题，为了有效率点儿，我们先决定取单名，再分头想哪个字较好。

　　孩子爸爸喜欢"蓝"，我说不行，谁叫你们家姓姚，合在一块儿谐"摇篮"音，叫他一辈子被笑呀！又试了几个合意的字，可惜连名带姓叫起来又不亮了。就在这进退维谷的当口，我忽发奇想说，叫"姚远"怎么样？没想到孩子爸爸为之一振，连声说好。

　　姚远，令人想到遥远。星子总在遥远的地方闪亮，梦总在遥远之处召唤，美丽的人也总在遥远的所在等候。我们两个中年父母绕过姓名学、五行、八字应允的捷径，全凭心镜意象给小家伙命名，愿他这一生走得天宽地阔，从他手中抖开的路，能高能远。

　　这个月的压轴，非满月宴莫属。

　　这一日，婆家、娘家两路进行。小家伙的爷爷奶奶为了与亲戚挚友分享添孙的喜悦并答谢他们对小家伙的祝福，特在龙都酒楼设宴。老人家与我们都不是爱铺张、喜夸示的人，所以满月宴等于是双方亲族聚餐，分外温馨、欢喜。事先，我们也选好了弥月蛋糕，向赠礼者致谢。这一宴一糕饼虽属小规模喜庆，但做父母的奋然喜悦的情绪，比订婚典礼更叫人开怀荡漾。

你的第一顶帽子，外婆在菜市场买的，一百五十元。

满月酒席那天，外婆缝了三个"帽公"——金制的福禄寿像在那三只小兔旁，你戴着它，真像个腰缠万贯的大员外。

娘家这边依例礼拜诸神佛，随即为小家伙举行"剃头"仪式。

若依古礼而行，为婴儿剃发是极慎重且充满爱意的仪式。一般而言，在婴儿出生第十二、十六、二十四日或满月时为他剃发，传说是为了避免从娘胎带来的沾过血污的胎毛触犯神灵，故有此礼。现代人对剃发又添了新解，说胎毛若不剃去，头发就长得"软稀"，当然无法乌溜溜、黑亮飘逸了。剃头时，又有一些礼具必备，如摆一个托盘，上置青葱及红鸡蛋、红鸭蛋各一，喻小孩聪明（葱）及长得似鸡蛋脸、鸭蛋身。另备洗脸盆，内放古钱及石头，期许小宝宝富贵、强健。剃完胎毛后，更取蛋在婴儿头上轻轻滚动，意指"红顶"，一生荣耀。

这套古礼代代相传，不免产生增添、删减情形。我们家的剃头典礼趋向精简，只备一个洗脸盆，盛半盆温水，内置六颗红鸡蛋；由母亲抱着小家伙，聘来的理发小姐持电动剃头刀推发，我则拿一张纸承接胎毛，小家伙发密，称得上"大丰收"。除了胎发，也一并剃眉，阿嬷的说法是娘胎带来的眉毛"垂垂"，若不剃会遮住小孩目光，意即长大后变成短视近利之辈。我这做娘的倒无所谓，头都剃了还差两道眉吗？只是小家伙那光头无眉模样，看来像闯荡江湖的三脚猫道人。剃毕，持蛋于头上比画几下，算是祝福。

我们做娃儿时，母亲没为我们留脐带、胎毛，以至于现在半把岁数了，欲回溯自己的婴儿模样却无半样古董可供攀附、臆想，甚为遗憾。说来，也不能怪他们，乡下人忙于庄稼无有闲情，此其一；农业时代首重家族繁茂，不重个人成长细节，此其二；其三，当年每个女人不生五个八个简直交不了差，孩子既多，东一撮头毛、西一粒脐干，放久了也搞糊涂谁是谁了，干脆全免。这也气派，身体发肤全交给你了，为娘的不帮你攒私。

到了我们这一代，反倒流行给小婴儿做胎毛笔、封脐带。可见小家庭制度下，个我主义何等旺盛。

据说胎毛笔又称"状元笔"，科举时代，有人用自己的胎毛制成之笔赴试，中了状元，此笔遂蔚为时尚。

对我而言，状不状元是小孩自己的事，一管笔无法替他订功名，倒是制成笔确实兼具保存与纪念效益，对他们这一代"电脑人类"来说，身边有一支用自己的胎毛制成的毛笔，或许能添一点古风雅趣吧！

制笔师傅以"惊艳"口吻赞赏小家伙的胎毛，声称制成大中小楷六支仍绰绰有余。不过，我们仍决定只制成一支大楷，足以挥写春联者，笔管为紫檀嵌黑檀木，上刻我们与小家伙姓名及他的生日。笔庄另赠一只珐琅花鸟图小圆盒，将脐带封入，以利存藏。

满月是一道门槛，对父母与婴儿的意义远超过他人，它意味着：这个家确实存在，这个会打呵欠、吮小拳头的婴儿确实要喊我们爸爸、妈妈。

收拾行李回自个儿家途中，我抱着小家伙告诉他："满月了，我们要回家哟！"

不知怎的，我的脑海浮现一轮明月跃出海面的景象，那柔润的光芒宛若一道圣旨、一行情诗，我于是知道我会有好的开始。

【密语之七】

儿子！当我在心里这么喊你，仍不免一阵惊动。

我该如何描述这般前所未有的错愕感？仿佛一个失意人，行路遇雨，索性弯入画廊闲逛，随意浏览并不想买什么，忽见角落散置一排画，其中一幅露了尖角，似乎不恶。随手抽出，迎光欣赏画中景致，觉得那莲花池荡漾得甚好，古树浓荫与拱桥倒影亦画得十分淋漓，遂忍不住伸手去摸，怎料一瞬间连人带鞋坠入池里，一只小蛙还从我肩头跃过。

雨天，消失了，行路的烦躁情绪也消散了。费力从莲花池爬上来，脱鞋倒水，将搁浅在衣襟上的几朵小浮萍还回去，四处望着，看见浓荫深处有一幢屋，心想去问个明白也好。敲门，门应声而开，一大一小两个男人齐声说：

"你跑去哪里了现在才回来？我们等你好久哩！"

这是真的吗？儿子，我们真的成为母子，成为血缘至亲？

是真的。你躺在我的臂弯里安然而眠，轻浅的呼吸如春日湖水微微扬起波纹，显然睡得十分香熟。你的小脸蛋贴着我的左胸，依随我的呼吸而起伏，这儿是你最喜欢的枕，我那宛如擂鼓的心跳对你而言是一首天籁。

窗外是盛夏，院子那丛绿竹藏了一坛好蝉。我坐在这窗口听蝉已听了八年，凄凄切切也好，如泣如诉也罢，我依然记得自己的心情，每年没什么改变，如一个越狱的鬼趴在人世入口听才子佳人故事，听到伤心处，也跟着哭起来。想想跟自己实在无关，不禁笑了笑，叹口气，又踅回鬼狱。我未曾想象有人陪我坐在这窗前听蝉，而且一次来了两人。

儿子，或许有一天你会了解你带给我的转变有多大。因着这一改变，我此时已在心里感谢你了。

我时常想，我们的一生再怎么漫长，若放在万古以来奔流不息的生命海域观之，也不过是一只小小的蜉蝣罢了。这短暂的蜉蝣生涯能否遇见几位肝胆相照的人、成就几件漂亮之事、砌筑一个恩恩爱爱的家，竟不只需靠个人努力，更系乎机运。

而机运无价，你散尽千金也买不到一个有情有义的人；你完全不知道谁是主宰，而他又凭据什么分配千载难逢的幸运。

我唯一可以分辨的是，若少了闪闪发亮的机运金粉，你与那人、那事需历经挣扎、论辩、复合、撕裂，彼此以对方为石磨，日夜轮转，即使终于成就了，也是脱去一层皮、留下一道瘀伤。如果饱含机运、人、事一拍即合，怎么做怎么对。

你父亲与你，不是靠我的努力得来，是老天做媒。

我原来努力要做的是把自己从情爱与婚姻的纠缠关系中解放出来，从惆怅与伤怀的渊薮攀爬而出，一个人躲得远远的，数路旁任何一棵大树的叶子也行，就是不要去数还有几款制度可以带我找到幸福。

儿子，我现在稍微理解，是人使制度变得可行甚至带来丰硕果实，而非制度能把人改造、捏塑使之发出光环。情爱之路尤其如此。一对从年轻走到白头的恩爱眷属，靠的是相互宝贵、同等付出的珍惜之心而非制度的保证。若他们婚配，便光耀了婚姻制度；若不婚，则照亮体制外的情爱关系，成为美谈。实则对他们而言，婚或不婚皆无损于山盟海誓，不能稍减对对方的爱与敬。然而，如果碰错了人，即使用最厉害的婚姻枷锁，恶徒仍是恶徒，忘恩负义、始乱终弃本是他的爱情弹药库，迟早要扫射。

如此说来，婚姻，本无伟大之处，单身，也不是什么可歌可泣的事，纯粹只是个人选择。不同的本领坐不同的椅子，若发觉那椅子扎肉，站起来走人也就是了。

不过，十几年来在爱情大街闲逛，我不免有所感慨：有灵气的爱情少了，刻骨铭心的婚姻寥若晨星，愿意共负一轭努力建立现实或精神层次堡垒的情偶也不多见了。这情爱国度仿佛正经历一场瘟疫，红男绿女在黑街暗巷晃荡，若不是揣着算盘，就是游手好闲像个爱情吸血鬼。

我情愿数任何一棵树的叶子，也不要数算还有几条路通往幸福。莎士比亚说的，真正的爱情的道路从来没有平坦过。

（然而，漫长的一生若未被真爱点燃，未被情投意合之人系住脚踝，又是多么暗郁且漫长！）

直到你父亲出现在我面前，我开始相信天作之合。

直到你出现了，我开始体会自己的生命与他人结合的重量感与难以形容的灿烂。

是的，灿烂！对你父亲与我而言，我们进入非常特殊的生命阶段，心情时而忐忑时而春暖花开。

儿子，我不厌其烦地记述这些是为了让你了解你是在爱情的喜悦与惊奇之中被孕育出来的。若有一天你对自己的生命感到困惑、郁闷而愤愤然欲全盘推翻时，我希望你能再次读一读妈妈写给你的文字，然后想象你带给我们的影响与力量有多大。

这力量把你父亲与我变成搬砖运瓦的世间夫妻，心甘情愿地脱下流浪衣袍，弯下腰杆砌筑自己的小小家园；这力量也使我们在等待你的微笑时，不禁望对方一眼，心内微微喟叹着：就这么一路走到老吧！

铭印

有两个故事令人着迷。

年轻时看过动物行为学家康拉德·劳伦兹（Konrad Lorenz）的《所罗门王的指环》，别的不记得，只记得他提到小雁鹅不论是从人工孵卵器孵出还是母雁鹅孵的，总是把它碰到的第一个活物认作是自己的母亲。

后来在《雁鹅与劳伦兹》（杨玉龄译，天下文化出版）一书中，看到他详尽地描述一只名叫玛蒂娜的小雁鹅如何与他"一见钟情"的过程。

小雁鹅被一只家鹅孵出后，劳伦兹将她移出以便仔细端详，小雁鹅忽然凝视他，发出单音节的迷途似叫声，劳伦兹理解那叫声代表哭泣，于是立刻发出代表"安慰"的声音响应她。这只才呱呱落地的小雁鹅即刻伸长颈子，发出多音节"vee-vee-vee-vee"的叫声，毫不保留地表达她的快乐。

劳伦兹过足了瘾，将小雁鹅放回她的养母——那只代理孵育的家鹅身边，没想到小雁鹅立刻向他飞奔，一副誓死追随的模样。劳伦兹写着："当时的我，还不明白鹅类铭印过程是一旦完成就无法改变的了。于是，我抓起小鹅，再度将她塞回白鹅的身体下。但是，她立刻又追着我爬出来了。……可以理解的，我当时真是被这只追着我跑又哭个不停的可怜婴儿给感动了。……她已把我，而非那只家鹅，视为母亲了。"

这故事让我对"铭印"大感好奇，并且想起另一个同样有趣的故事。

如果从文学的角度体会，莎士比亚的《仲夏夜之梦》不也是另类"铭印"游戏？

仙王奥伯龙为了戏弄他的妻子铁达尼亚，命令手下摘采那株独一无二的艳丽花朵。这花有个身世：在银雪般的月光下，全副武装的丘比特一面疾飞一面拉满神弓，向着西方的一位美丽处女瞄准，全力射出那支金色的爱箭，没想到射偏了，箭落在一朵乳色小花上，爱的创伤使花朵变成紫红，从此女郎们唤它"三色堇"。这花深具爱情魔力，只要将花液滴在睡着的人的眼皮上，醒来睁开眼就会疯狂地爱上他所看见的第一个人——当然，也包括动物。

这花汁扰乱了仲夏夜森林里两对男女的恋情，使誓言变为荒诞，拒绝者转身成为热恋狂徒。即使是仙后铁达尼亚，也在爱情魔液的驱使下，爱上一个憨愚无比的驴头织工。

或许是这两个故事在脑海里暗自发酵，才使我毫不动摇地打算自己带小孩。

不止一人告诉我，自个儿闷在家里育儿如同软禁，不出三个月即会濒临疯狂边缘，届时还不是乖乖交给保姆，与其如此，不如现在就交出去，自己重回职场免得跟社会脱节，下班接孩子回来再分泌母爱也就够了。大家都这么做。

我想不出为什么我必须跟着这么做？我们的经济状况谈不上富裕但还算安定，暂时不需要我贡献；我在职场上扮演的角色亦非举足轻重之辈，不去不会出人命的；说到脱节，这款混乱有余优雅不足的社会若能与之脱节一段时间，说不定还是好事；再掂一掂自己的体能，还算可以吃苦耐劳。这种情况下若把小孩交给保姆，大约只有一个说不出口的理由：怕累。

其实，怕累也是一个非常正当的理由。我们这一代女性虽披上母亲战袍，但不认为应该像我们的祖母与妈妈一样，把自己当作一颗方糖（或一撮盐巴），慢慢溶解于养儿育女、相夫教子这口大鼎内，成全了他人的人生美馔，自己却消失于无形。情况较恶劣的还剩一张嘴巴没溶掉，哇啦哇啦四处讨人情，却没人理她。

除非她自己愿意，否则，累病、累垮、累疯、累死一个母亲，绝非什么光荣、伟大的事迹。

我不见得不怕累，但只要找得到意义——确认这事是我生命中一旦错过即无法挽回、思索过因我的付出将换得星钻般价值，那么，我愿意累。

换句话说，我不希望自己成为一个不在"孩子成长现场"的母亲。

虽然生产后，在娘家坐月子，母亲露了不少育儿招式供我观摩、实习，但真正轮到自己接手仍不免手忙脚乱。

公婆家与娘家都离我们甚远，远水救不了近火，我们两个没经验的中年父母只能靠自己看书摸索。我心里不太服气，心想：伺候一个小奶娃有这么难吗？别人做得来，难道我做不来？放心！放心！靠本能就对了。

这么一想，倒也天地宽阔。的确，本能就像一台设计精密的电脑，让初为人母的女性变得更细腻、警敏、坚毅，能立刻辨读小婴儿的哭声代表饥饿、生病、尿布湿还是渴望安慰。我从来不知道授乳中的女人身体宛如一条鲜艳丝巾覆盖下的最先进战斗机，其攻防能力近乎神出鬼没。这身体是我的吗？不是，是造物者的。

为了确切地掌握小家伙的饮食起居，我准备了一本笔记簿，每日记录他的喝奶时间、量及排便情形（后来也加上生病、就医记录）。这本成长簿真像账本，写的都是数字，譬如在他满两个月又十三天那日，是个星期六，账簿上写着：

1:20AM　牛奶70毫升+母奶50毫升

3:00AM　母奶30毫升

4:00AM　牛奶40毫升

6:30AM　牛奶90毫升

11:00AM　牛奶160毫升+母奶10毫升（便，少量）

5:00PM　牛奶130毫升（便，多）

8:00PM　牛奶50毫升+母奶40毫升

11:30PM　牛奶50毫升+母奶30毫升

总计：750毫升（牛奶590毫升，母奶160毫升）

有经验的人看我这本账簿大概会笑掉大牙，养儿又不是做实验，哪需要这么啰唆。不过，我情愿用最笨拙的方式比较保险。如此一来，凡是小家伙的饮食、身体变化一目了然，省去回想、揣测工夫。这本子也变成孩子爸爸下班后必看的读物，只要一翻，就能想象他的宝贝蛋一天的饮食起居，看到小家伙胃口不坏，也就觉得大热天到量贩店扛六罐奶粉、五包尿布的辛劳有了回报。

育婴书上说，每四小时喂奶一次就行了。其实不是这么回事，

帽上三颗毛线球，像三只在山坡上追逐的梅花鹿。等你长大，你会慢慢体验到，你就是自己的暖流。只要你相信，无论雪下得多厚，春天就在举头三尺处。

至少我们家这个不是。从上面那张"业务报表"不难看出小家伙的胃口曲线，一天吃八次，也只有亲娘有这个耐心奉陪。我曾经试着训练他的喝奶时间，但效果不佳，加上自己是个顺其自然派的，也就随他高兴吧！由于他饮食无度，我常不晓得该泡多少牛奶才恰当，最后决定多泡一点省得吃不够还得再冲，于是又嫌泡多了，这家伙没吃几口不干了，我看牛奶还剩那么多，倒掉可惜，旋开奶嘴，仰头一咕噜干了，那阵子真是返老还童，喝了不少婴儿奶粉。后来，实在"灌"不下去才作罢。有个朋友说，当年她顺手将余奶往院子泼，没想到每回都帮墙角那株龟背芋"醍醐灌顶"，原本干瘦的绿芋后来飙得跟一窝土匪似的，可见婴儿牛奶有多营养。

有子不见得万事足，但绝对会睡眠不足。每天从深夜十二点到次日清晨七点，至少起床四次，喂奶、换尿布或巡视他的睡眠状况。小家伙是个敏感型婴儿，睡眠情形一直不理想，动不动就哇呜哇呜"晚点名"，我也是浅眠易醒、神经紧张的人，一有风吹草动立刻像背部安装弹簧般一跃而起，如此一来休想一觉到天亮。然而有时真是累得全身快散成零件，好不容易才躺下，没多久，小家伙又"晚点名"了，待奋力爬起巡视一番，没状况呀！不免没好气地说："报告班长，你的尿布没湿，小肚肚不饿，狗没叫，可不可以放我去睡呀？"

如此白天折腾夜晚拖磨，加上喂食母奶，最意外的收获是替我省下一大笔钱。有人为了产后恢复身材，花几十万到塑身中心学哪吒剔骨还肉。我呢，一毛钱也没花，从产前六十四公斤缩至产后三个月的四十八公斤，半年后变成四十六。这种奥运选手才撑得住的磨炼，把我的身体鞭策得更有力气，似乎也更健康。因而，每当想起多少苦命女人正陷入脂肪泥沼作肉搏战、殊死战时，就不免自我陶醉，为这副精瘦有劲的身躯感到安慰。此时，立刻怀着"感恩的心"向婴儿床一鞠躬,对小家伙说:"求求你折磨我吧!继续折磨我,那是好的折磨啊!"

孩子的爸爸也是,男人年过四十最恐怖的是腰部变成"救生圈展示柜",这种灾难很难避免,只有爱哭善闹的小婴儿有能力阻止中年男人的肉崩命运。事实证明,小家伙也帮他爸爸塑了身。

可见"养儿防老"仍是至理名言,不是储备老本,是防止父母老化。

白天只有我与小家伙在家,完全是单兵作业。起初,最让我手足无措的是帮小家伙洗澡,其惶恐之状,宛如帮一块豆腐洗浴。幸亏隔壁许妈妈教我一点诀窍,才渐渐克服窘境。约莫午后三四点间,是最重要的洗澡课。我会先在专用澡盆放半盆温水,加适量的酵素沐浴粉,接着盖上马桶盖,在上面铺好大浴巾,另外备一件干净上衣。如此各就各位了,再把这个浑身散发乳味、痱子粉味、汗味、尿味的小祖宗抱入浴室。为了防止受凉,进浴室才为他脱衣,再依序洗头、洗澡。初始,手脚不够熟练,总是草草"汆烫"了事,后来驾轻就熟了,才让他多享受一会儿泡澡之乐。洗浴时,我会跟他说话,谈话内容也从刚开始的"怎么办?伤脑筋咧!完啦完了!对不起不是故意的!别哭别哭,快好了快好啰!乖哦再忍耐一下下……"到眉开眼笑地说:"喏,妈妈给你制造一点波浪!"并唱起所有跟水有关的歌。事情就这么转弯了,洗澡变成一件有趣的事，他颇能享受我带给他的新奇刺激。我会用愉快的花腔唱"昨天我打从你门前过，你正提着水桶往外泼，泼在我的皮鞋上，路上的行人笑得笑咯咯……"也会像个导游向他介绍："这是你的小手，这是你的脚丫，搓搓你的手臂，拍拍你的屁屁！"这件事给我一个启发：永远不要把小婴儿当作"植物"，他需要大量的刺激、学习、互动、交流，大人无法预测他会有什么反应，但无须多久，即会发现他已"进入"你所制造的情境，摸熟你的顺序，甚至开始表达他的困惑与欢喜；譬如，当我故意以老牛拖破车的速度与声音唱"昨——天——我——打从——你——门——前过"时，他仿佛感到不对劲，但当我恢复一贯的欢乐声音时，他知道"对了"，那神情也变得愉快起来。

洗好澡，用大浴巾拭干身体，先穿一件上衣再抱到卧室，扑一点玉米粉配方的痱子粉，包尿布、穿妥衣服，才算大功告成。为了避免温度变化导致受凉，我习惯先在浴室为他穿一件衣服，这道手续当然是多出来的，但只要想到万一小家伙生病最累的是我，再多几道保险措施我也不嫌烦。

照顾新生儿的确需要无比的耐心与技巧，我们度过最慌乱的四十五天后，渐渐摸出一点门路，好像也建立了自己的泡奶换衣风格。首先，针对泡奶速度太慢的问题，我们买了调奶壶——能够保持壶内水温约摄氏五十度，免得小娃儿哭饿时，两只笨手一面拿奶瓶一面倒热开水、加冷水、试喝太烫、加一点冷水、试喝太凉、再倒一点热水……等泡好牛奶，小婴儿已哭得肝肠寸断。这种发明真是体贴入微，我们这两个新手父母对它感激得简直要列入传家宝清单。为了减低半夜起床泡奶时的烦琐与疲倦，我们会在睡前用奶粉盒装好三格奶粉，待小班长晚点名时，只要：一，拿奶瓶、打开；二，倒入一百二十毫升的水；三，打开奶粉盒盖，将盒内奶粉全数倒入奶瓶；四，旋紧奶嘴，摇！四个步骤就好了，不需三十秒。

还没当妈妈前，看到杂志上登"包尿布比赛"之类的亲子游戏，简直是嗤之以鼻，心想怎么有人无聊到这种地步，瞧那些得名次的男人、女人笑得跟什么似的，真不懂这些人的荷尔蒙出了什么问题。现在，自己忝为父母之一（这意味着：凡你取笑过的椅子，你会坐到；被你睥睨的角色，你会演到），才了解由"包尿布"技巧可测得大人的手眼协调智商之高低。

孩子爸爸与我的包法各具省籍特色，他的像湖州豆沙粽，我是台湾肉粽。所幸小婴儿一天约尿二十次，常常更换得以练习，其形状渐渐不像粽子，近似叉烧包。

所有的小婴儿都一样，有个不良行为——当你打开尿布检视是否该换时，基于反射作用，他会立刻尿尿；而小男婴尤其恶形恶状，当尿布打开，一只小鸟扑哧朝你的脸射尿。第一次遭逢"尿击"时，吓坏了，整个人立刻跳开，捂脸哇啦哇啦大叫，在卧室兜圈子，如遭凶猛动物偷袭。后来一想，是童尿啦，不是毒蜘蛛液！才镇定下来。此后学乖了，撕开尿布粘胶后不立刻更换尿布，等他撒好，再动手不迟。（没想到我们两人的聪明才智竟会用来提高冲奶效率及研发"避尿"技巧！诚如孩子干爹说的，这是"天谴"啊！）

然而辛苦是有代价的，小家伙的体重从出生时三点七公斤到满三个月时变成七点四公斤；身高也从五十四厘米长成六十三厘米。才三个月，他的声音从幼婴转为大宝宝似的，哭起来非常雄壮威武。

更让人惊讶的是，他不仅认识我们的脸与声音，更会与我们玩游戏。我不禁怀疑，半夜当我们累瘫在床上时，小家伙是否曾从旁边婴儿床溜下来，悄悄爬上大床，亲吻爸爸、妈妈的脸颊，完成他与我们的"铭印"仪式。

如是之故，他飞快地成长着。而我们累过一天后，总是忘记一天累。

【密语之八】

首先浮现眼前的，是一个小女孩蹲在井边搓洗尿布的画面。

在她脚边，有一铝制脸盆，装着不断散发屎尿味的脏尿布。她很熟练地将沾屎布条摊在水井的出水口，用竹片刮去污物，扬手泼水，做完第一道清除手续后，再抹上洗涤用的象头肥皂，努力搓洗。长条形的尿布都是她的母亲以旧衣裁成的，大多数是吸水性较强的汗衫，那是父亲的，上头还印了渔会赠送的字样，旁边有两条正在亲嘴的鱼。

洗完，她会咬紧牙齿用力拧干布条，发出"呵哦"的声音，再搬柴墩垫脚，一一抖开，晾晒于竹竿上。黄昏来临之前，她必须记得收，一条条叠好，置于大床上小娃娃的身旁。

她喜欢做这些吗？一点也不，但不会有人询问她的意愿。大人总是忙碌，总是用命令的语句将她自游戏中喊出来，"呐！去洗尿布！""呐！来背团仔！""呐！去摇团仔！"她不会抗拒，乖乖地告别正在扮演的家家酒角色或一路领先的跳橡皮筋比赛。只不过有点心情不好以至于嘟着嘴，即使如此，她也不会让大人发现。

"谁叫我是老大！"她会这么告诉自己。每一家的老大都得做很多事，不拘男生、女生，背后总是背着弟弟或妹妹，好似骆驼背上一定有高耸的肉峰般天生自然。她与几个同属老大的玩伴颇懂得互相安慰或抱怨。有时，也会以超乎七八岁小孩的早熟口吻在姐妹淘面前叹气："唉！我阿母又生的，又是女的啦！唉！齣出头天！"

没人问她喜不喜弟弟妹妹，同样，也没人怀疑照顾弟弟妹妹是她的天职。那年代的风吹起来有稻香也有莲雾的甜味，那年代的夜总是网住一群青蛙、几斗星子，如此天高地远，她这么小的小孩也就说不清楚心中浮浮沉沉的"老大情结"，时间一久，反倒往人人赞誉的"老大形象"努力，付出，付出，再付出，不要问为什么。

直到二十多年后她才理解为何自己对"小孩"存着极端矛盾的观感，一则喜爱另一则缺乏耐心到接近厌倦的地步，这两股情潮不时相互咆哮、呼啸，她正本溯源地想，不得不归咎于童年时带小孩带怕了的心理因素。

有一回，她背着弟弟跟几个童伴在晒谷场玩跳房子，颠颠荡荡，小娃娃不舒服，她也备感吃力。遂解下背巾，让弟弟坐在地上。许是玩得太尽兴了，没人发现那个获得自由的八个月大的娃娃正一步步往外爬，兴高采烈地开始他这辈子的第一次大冒险。幸亏，从外头回来的邻居阿婆发现刚犁过的水田里怎么有个小泥娃，遂大呼小叫地救起他，要不然后果很难设想，他可能吃进泥巴导致呛死，也可能滑倒淹死。

她非常害怕，不断问自己："要是他淹死怎么办？要是弟弟淹死我怎么办？"甚至不由自主地想象各种死亡的景象。她毫无怨尤地接受大人的责骂，她觉得自己很可耻，为了游戏却没有尽到老大该尽的责任。

还有一次，她受命摇摇篮，让困倦的小娃娃入睡。她一手扯绳，摇篮晃来晃去，一面学大人口吻催眠："摇啊摇，惜啊惜，我家××（婴儿乳名）一暝大一尺！"那小娃有点闹睡，嗯嗯唧唧咿咿啊啊，真是烦人。她加大手劲，摇篮晃得厉害，一咕噜翻船了——小娃娃掉到地上，这下子不是咿咿啊啊，是痛哭失声。

当然，大人一把抱起小娃，免不了骂她几句。她常常被委屈的感觉压住胸臆，一个人躲到门后，无声地哭起来。

为什么没人问她喜不喜欢弟弟妹妹？

她甚至在妹妹的肚子上留下齿痕。那是最小的妹妹，大约两岁左右。这小妞打从出世就不得人疼，大人们早盼晚盼就盼个男的，偏偏她来搅局，自然有些失望。她天亮带她出门，天黑背她回家，倒有点"长姐如母"的味道，其实也不过大她七岁。有一天，她逗妹妹，哈她痒痒，小娃娃乐得哇哇叫，一路跑一路躲。她抱妹妹至沙发上，掀起衣服用嘴巴"噗"她的肚脐，愈噗愈大声，妹妹笑得鼎沸，她好开心也跟着大笑，没想到一口牙齿就这么咬下去，齿痕立即浮现，隐约有血丝，接着妹妹大哭起来。还用说吗？当然被骂得臭头。

长大了，妹妹还记得这事，了解姐姐不是故意"虐待"她的。那齿痕还在吗？妹妹说，洗澡时会浮出来，不过有时候没有。唉！将近三十年过去了。

即使三十年过去了，每次回想，总是先看到一个小女孩蹲在井边搓洗尿布的景象。

那是童年，那是我。

悠悠扎

对爱的寻求与渴望，是人之天性。婴儿也不例外，小生命不只需要奶粉，更需要父母的抚爱。

达夫妮·莫勒（Daphne Maurer）与查尔斯·莫勒（Charles Maurer）合著的《婴儿的感官世界》提到："若婴儿未曾受到适当的抚爱，他的身心发展便会受到严重的阻碍。原因不在于他吃得不够营养，而是他无法在正常的状态下成长茁壮。由于缺乏抚爱常是缺乏父母的关爱所致，许多人因而相信，婴儿无法成长茁壮的原因乃是情绪上的问题——因缺乏爱而引起。"

心理学家针对两间弃婴中心的婴儿进行研究，发现只供应食物却缺乏大人关爱的那间中心的孩子在运动能力的发展上过于迟缓。而将发育迟缓、体重过轻的婴儿转往另一间较注重游戏、互动、抚触的弃婴中心，几个月后，他们纷纷达到正常的体重。

婴儿不是植物，更不是矿物，他需要大量的关爱、足够的刺激才得以欢腾地学习、成长。即使是简单的触摸与按摩，对小生命而言皆足以鼓动神秘的化学反应，促进发育。在科学家眼中，抚触所带来的神效早经证实；每个生命自胚胎期开始，发展最快的神经系统就是触觉，因而它也是小婴儿与外界沟通的重要媒介。一位研究灵长类动物的学者与其他照顾二次世界大战孤儿的人员合作发现，若对早产儿进行每日三次、每次十五分钟的按摩，其体重增加的速度较其他独自留在保温箱内的早产儿快百分之四十七。同样的抚触实验用在母鼠与幼鼠、母猴与幼猴身上都得到一致的结论，可见触摸对成长的重要性。许多实验也证实，经常被抱的婴儿数年后会更机警，其认知能力也有较好的发展。

因而，那些认为小孩在两岁以前只需要一台喂奶器与自动换尿布机的父母恐怕拨错算盘了。孩子不会等你忙完、赚够、处理好混乱人生再来与他建立亲子关系，他不懂得等，小生命每分每秒都在成长，而父母的态度与提供的环境，决定了他会长成什么。

（摸摸孩子的头、多抱抱他难道那么困难吗？也许，大部分时候只因自私，情愿观赏垃圾连续剧、读八卦杂志、煲电话，忘了摇篮里还有一个渴望关爱的婴儿。）

　　我从不把小家伙当作一无所知的灵长类动物，相反地，我假设他什么都知道。漫长的白日只有我与他在家，当他吃饱睡好醒着的时候，就是我的"脱口秀"时间与行动剧表演（反正没其他人看到，也就可以放心大胆地发挥舞台潜力）。我很自然地对他说话，描述天气及报纸头条新闻，发表评论，或向他说一说小秘密。我抱着他楼上楼下走，让他感受光影变化、色彩转换。我会牵他的小手触摸不同质感的东西。减低各种声音嘈杂、粗糙的音乐铃，让悠扬、典丽的古典乐曲做我们的背景。我不吝于与他分享诗，以深情的声音，朗诵几首我喜爱的诗。

　　满三个半月左右，我发觉这小兔崽子居然懂得游戏。

　　在这之前，每次在床上跟他玩、顺便抖手拉脚做婴儿体操时，我看他两条小腿猛踢煞是有趣，心生一计，悬空拉住他的脚，问他："你会不会像这样保持不动？看你能撑多久？来，妈妈喊'预备，开始！'你就把脚举起来，悬空不动，好不好？"起初他当然不会玩（要是会玩，那才吓死人），任凭我以高亢语调、兴奋表情喊："预备，开始！"他都无动于衷。我纯粹基于好玩，没事儿就对他描述一遍（甚至躺下来示范）游戏方式。忽然有一天，他好像做对了，我以非常夸张的方式表达我的喜悦（在他看来，或许像一只错把辣椒当樱桃吃的母猴吧），鼓励他再试一次，又有点像了。

这游戏就这么捏来塑去，渐渐成型。有一天，我非常确信这小婴儿听懂我的口令。他安静地躺在床上不动，我趴在他旁边，以裁判的手势喊："预备，开始！"他有反应了，两脚奋奋然踢了几下，然后抬高伸直不动，我以手拍床数："一、二、三、四、五……"数到第九下，他才放下脚来。我简直乐歪了，猛亲他的额头及脸蛋，他被感染，也咯咯地笑开了。

那阵子是我们的马戏团欢乐时光，常常要他表演绝活，最高纪录曾数到七十多下他才放下脚来（半躺于摇摇椅上，背后有支撑，故较持久）。跟好友通电话时，我不禁以得意的口吻说："嗯，我们家这小子满适合往娱乐界发展的！"

我们还有一个秘密游戏叫"触电"。

我伸出食指，也牵他的手帮他伸出食指，两只指头相触，我模仿电流通过的"滋——滋——"声，表示两人触电了。接触后，我夸张地哇哇叫，表演触电情状。他笑了，咯咯地。我再来一遍触电，他又笑了。婴儿很喜欢重复令他快乐的动作，你不难发觉他也懂得享受游戏。就这样，他知道"触电"的意思。满四个月以后，他已能娴熟地跟大人玩这个游戏。你只要说："来，我们来'触电'！"躺在摇摇椅上吃小拳头的他，会即刻伸出食指，眼睛睁得大大的，充满期待，以为他的食指具有神奇力量会把眼前这个不知好歹的大人触得满地打滚般。他的表情似乎这么透露："来啊！来啊！谁怕谁！"

除了这种"综艺节目"时刻，我必须说，他的"磨娘功夫"并未随体重增加而稍减。

初为人母最喜欢询问别人的育儿故事，这在以前是不会出现在我的对话里的，尤有甚者，我根本搞不清楚周遭友人谁家有小孩，是男是女、几个、多大之类的琐事。现在换我轮值了，总是劈头就问："你家小孩好不好带？"

凡是听到"吃饱就睡、一觉到天亮、不吵不闹"型的婴儿，我简直羡慕得快流口水。朋友之中擅长安慰人的，以过来人的权威说："等他满三个月就好了。"我受到鼓舞，既然指日可待，咱们当然继续撑下去。等到满三个月，似乎没什么改善，朋友又说："等他满六个月就正常了。"为了鼓动一个疲惫的士兵上战场，她又加赏一张"战士授田证"，说："你没听说吗？愈难带的小孩，将来愈会体贴妈妈。真的！"

"真的？真的！真的？真的。"这样的自问自答常常出现在我的梦里。

小家伙等于是抱在手上长大的。他浅眠易醒，一移入婴儿床没多久即醒来，小孩没睡好容易闹情绪，一有脾气更不好睡，如此恶性循环任谁都吃不消。为了让他睡稳些，我干脆抱在手上。左手搂婴，右手处理家务，看书写字。奇怪的是，只要抱着，我怎么动都吵不醒他，大约是酷爱妈妈身上的体温、奶味（那时尚未断奶）与时常抚触他的综合感觉吧。有时手酸了，又不敢放他下来，心想：要是人的手肘安螺丝钉，旋一旋即可松开，不必抽手惊动他那该多好。如此动弹不得，更不免胡思乱想：为什么没人发明"抱婴机"？仿照人体形状、选用近似人体触感的质材制成，让那些粘人的婴儿以为仍在妈妈怀抱。这机器还可穿上沾有妈妈味道的衣服，可调温，再塞一条染着母奶的毛巾，那就更像了。我一定渴望得接近精神恍惚，居然动念去买"吹气娃娃"来改装改装。

傍晚，孩子爸爸下班，换他接手，我才得以飞快地准备晚餐。那时间正是小家伙小眯片刻之时，他趴在爸爸胸膛偏头熟睡的样子，真像一只幸福的小青蛙。

我从未听过母亲唱歌，当然，她也从未教我们唱歌。也许，她们那一代以压抑为美德，认为唱歌寻乐皆不符妇道，便自废武功，失去歌咏的快乐。我虽喜欢哼歌却不擅此道，难得能把一首歌从头到尾唱完的。有了小家伙，更为了伺候他睡觉，极自然地翻箱倒箧搜几首合适的歌来唱唱。才发现自己偏爱悲情、伤怀那一路数，《雨夜花》《补破网》《港都夜雨》《最后一夜》《驿动的心》……这怎能唱给小婴儿听呢？为了建立自己的"哄睡风格"，我选了几首旋律优美的歌反复地唱，包括：闽南语版《一瞑大一寸》《西北雨》及普通话版《在银色月光下》《如果》《捉泥鳅》

《杜鹃花》《茉莉花》《月亮代表我的心》《苏兰多海岸》《桑塔露琪亚》《卡布利岛》《花戒指》……后来，"音乐中国"的老板杨锦聪先生送我一片"月儿明风儿静"CD，更丰富我的"哄歌"内容。这片CD收纳各族摇篮曲、催眠歌及民谣，由北京天使合唱团演唱，听来宛如天籁。我这个懒妈妈专捡容易的学，里面有一首叫《悠悠扎》，是满族民谣，"悠悠扎"即是他们哄孩子的口语，大约像我们口头说的"乖宝宝"之类吧！歌词一开头是："悠悠扎，悠悠扎，妈妈的宝宝睡觉吧。"重复四次，接着有什么桦树皮啦狼来了虎来了又是犸猱子、巴布扎、长大了要学巴图鲁阿爸巴布扎……真是累死人。我干脆只学第一句，重复再重复，"悠悠扎，悠悠扎，妈妈的宝宝睡觉啦！"省事多了，效果也不坏，唱得连自己都打呵欠。

换个角度想，我也应该感谢他的睡眠风格，若非如此，我不可能每天都在唱歌，把原先宛如沙砾般的歌喉磨得好似春风吹拂原野——原野上一棵苹果树，红的绿的苹果纷纷坠地。

所有的育婴书都会提醒你，宝宝满四个月以后应该进入副食品阶段。专家建议，先从果汁、菜汁开始，接着可以试试米粉、麦粉。

孩子爸爸买了全套婴儿餐具及制作副食品的工具，琳琅满目，仿佛我们两个大人要玩"家家酒"似的。用来磨泥、榨汁、捣碎、拍烂的小工具从此进驻厨房挂在最重要位置，专用的刀与砧板、洗刷用具、抹布、小毛巾亦全员到齐，厨房之内另划租界以供制作小家伙的伙食。真是大人退位，小人登堂。

当我们一张嘴巴嚼遍各大餐馆的鸡鸭鱼猪牛羊料理，桌上一堆碎骨残渣，嘴里忽酸忽甜又苦又辣时，怎能想象婴儿时期的单纯与脆弱？那肠胃仿佛刚睡醒的丝绸，不可沾染油污腥膻。即使只是五毫升的苹果汁，也必须以1：1比例掺水稀释，慢慢尝试几日，等肠胃接受了，再换他种果汁或菜汁。

进过厨房的人都知道，做五口人的饭菜比做两个人的容易，做给两口人吃的又比一个人的好处理，最难的是做给小婴儿吃。忙了老半天，只得十毫升果汁或两匙果泥，低声下气持匙送至嘴边，他还不见得赏光吃一口；头左偏右转，你持匙追随也忽左忽右，连声哄着："好好吃的哟！你吃一口就知道，乖，真的吃一口就会爱上它的！"自己还作势尝尝，嘴巴发出粗鄙不堪的"叭哒！叭叭！"声，企图引诱他张口。如此表演了十分钟，甚累，"算了，不勉强！你不吃我吃！"仰首一咕噜吞下，还得收拾残局，洗洗刷刷一番，宣告失败。

专家说，不可以勉强小宝宝尝试新食品，也不可以有挫折感，要保持乐观、欢畅的心情一再尝试，说不定第九十九次就成功了。

满三个月以后，我以稀释过的新鲜梨汁让小家伙试试新味道，起初他不愿接受，试了几次倒也能接受，那十毫升梨汁就成了他这辈子的"初恋水果"。满四个月后，尝试在牛奶中加少量麦粉。对于副食品，我认为鼓励婴儿以味觉探触世界的意义远胜于身体所需，如是之故，我倾向于采用自由派作风，小家伙试得开心比吃进多少果汁、麦粉重要。可能也因为如此，这家伙对食物一直保持较高的兴趣，甚至没出现明显的厌奶期。

他会用手抓住的第一个玩具是一只三叉铃铛，那是满三个月又五天的事，时在盛夏。

【密语之九】

我开始看到一个现代女人面对事业与家庭永无止境的斗争时，必须提刀砍断自己的手脚才得以抉择。

我又发现女人乃千手千脚观音，每日断其一二也不足为奇。至少，周围的人看惯了血流满地，日久，亦当作红花瓷砖，不足为奇。

如今，女人活在澎湃的场域里，她的欲望已被开发，说什么也不可能返回缠足岁月，再把自己的青春身躯用熨斗熨成一张平滑宣纸，供他人研墨写字，写坏即弃。然而，再怎么澎湃的时代，事业与家庭仍是人生的两大主要轨道。女人想要兼备，若不是累得五马分尸、松手放弃，便要有百炼钢的意志与体魄，硬是挑担攀越高峰。

旧时代有旧时代的委屈，新时代有新时代的艰险。对女人而言，都不够人道。

很难想象一个陷身职场（工作意味着自我实现与经济来源）或正在攻读学位的女性如何同时扮演家庭治理者与孩子教养者角色？小家庭制度下，家族能提供的奥援愈见短绌甚至全无，除非有长辈同住或协助，否则一个女性只能盼望她的合伙人——那位与她同床的男人分忧解劳。又除非他是个能共体时艰、宝爱妻子的好男子，否则，再怎么强悍、能干的女人也会心生厌倦。

女人是人不是钢铁，既是血肉之躯，便需要分工合作、休养生息，更渴望抚慰，即使只是一段体贴话，几句听来甜甜的言语，亦胜于玛瑙璎珞。

男人不是太懒就是太钝，要不就是幼稚地骄傲着，总是学不会如何善待女人。最坏的情况是，偏又雄辩滔滔，天底下的道理全都捏在他手里似的。碰到这样的宝贝，女人只能两眼空茫，睁了睁，回过神后，转身去找律师。

如果把婚姻比作公司、孩子是分公司的话，双方应有自知之明及知人善任的能力。能合创公司的，不见得也适于另立分公司。婚姻可以复杂到族繁不及备载，但也可以化约到只有两人白头偕老。现代婚姻，愈来愈接近一种概念，两个合伙人可以自行决定版图与律则。若一对夫妻决定不生小孩，我相信随时有人会絮絮叨叨问为什么，但我不相信有人会视作罪大恶极将他们抓去填海。同理，若一对情人决定只生小孩不结婚，我也相信随时有人絮絮叨叨念一串大道理，但不会有人视为奸夫淫妇雇杀手去扫荡。

这是个多元化社会，当然也涵盖价值观的多元。每个人有同等自由选择所爱。唯一条件是：管好自己，别制造烂摊子到处乱扔。

可是，烂摊子仍旧塞满大街小巷，星空下，不快乐的人制造新的不快乐给别人，而原本快乐的人也因必须收拾不快乐者制造的烂摊子而渐渐不快乐起来。

如果苦水与怨言可以转化为降雨量，也许，这盆地每日都是豪雨特报吧！

我不得不追根究底地想，造成单身族群与婚姻国居民普遍不快乐的原因，会不会是我们过于忽略"属性"与"责任"的探究、厘清、训练、实践，以至于不知道自己适合摆在哪里？或随波逐流摆在那儿却不知该干什么活儿？

过单身生活与吃婚姻饭都需要本领，犹如在陆地上跋涉与纵身瀚海各需不同身手，本就不应分高低、判优劣。而一个经过自我剖析、诘问、辩证遂归结出"属性"结论并且作出选择的人，即是一个能对自己负责的人。至少，他（或她）很清楚知道自己要的是什么款式的生活、情感与关系，不至于制造不当的幻想与承诺给别人，不遗余力酿一缸苦酒给他人喝。

人生当然不可能像儿童手中的画笔，黑即黑、蓝就是蓝。即使是我们身上的性格、爱欲、梦想，也常以混合色彩出现。但找出最主要的色调，应非难事。有时，我们也发现自己的"属性"随年龄、阅历之不同而改变，这也无妨，改变就改变吧，无须跟自己矢口否认。

比寻找自我属性更难的是挑起责任。单身，有单身的责任；婚姻，也有婚姻的功课要做。我常常弄不懂的是，为什么社会上总是不自觉地过度美化单身的潇洒与自由，回过头来把婚姻打入猪圈狗窝等级。其实，不乏有些宣扬单身天堂生活的人乃是把责任丢给他人负担得以吞食快乐的，背后有靠山、天塌下来有人挡，无须搬运砖石砌筑高墙以抵御现实这头猛兽，责任是很容易磨粗手皮的砂纸，能不碰它，当然快乐似神仙。而当这些人反过来讥讽婚姻国里日出而作，日入而息的人时，我不免觉得有欠公允。

婚姻里的功课多是难题，那些看起来只羡鸳鸯不羡仙的恩爱夫妻，恐怕是功课做得最勤才走到这一步。婚姻里最复杂的组合是"人"，对人性而言，愈固定的关系愈容易引起疲倦，当疲倦累积到一定的强度，人就想逃离。婚姻里人与人的关系都是固定的，夫妻就是夫妻，婆媳即是婆媳，不像职场上有升迁管道或职务调动。而促使固定关系产生疲倦毒素的，是"期望破灭"的缘故。既然同一屋檐，既然成为家庭树枝干，每个人都希望对方（或其他人）成为他所期望的样子，挑起他认为对方应该挑的担子。问题在于，每个人很清楚知道自己的期望，但恐怕很少问对方（或其他人）：
"你对我的期望是什么？也许我做得到，也许做不到，但我很想了解你的期望，如此，将来我做任何事情之前，才能照顾到你的感受。"闷在心里的"期望"日久成为监视器，总是一眼看出对方的缺失、怯弱、消极、无能、懒散……而说出口的"期望"，若对方不当一回事或无力达成，久了，也会让人疲惫不堪啊！婚姻戏若唱到荒腔走板地步，不仅劳民伤财，身陷其中宛如大热天被迫以厚毛毯裹住全身，虽不至于立刻出人命，但每分每秒让人觉得闷热、窒息、灼烧、痛苦。

如此说来，了解自己的本领适合过哪一款生活，实是人生大功课。没有能力走入婚姻的，最好不要贸然进入以免误人误己，同样地，不想过单身生活的，也应该多了解婚姻实况。

无论哪一款生活，若让活在其中的人及周围亲朋集体感到不快乐，表示翻修的时候到了。但到底该破还是该补？无人可帮另一人找范例、拿主意、做决定。每一个门牌后的单身生活都有其独特性，正如每张餐桌上的婚姻饭也各有各的滋味，只有当事人才能找到其存在的价值与破裂的力道。

也许，"诚意"是判断人事的重要指标吧！掂一掂自己的诚意，以及对方的诚意有多重。如果有诚意做一个母亲，即使碰到一个太钝太懒太傲的男人，也无损于她对孩子的关爱与培育。很多男人在孩子出生后才发现自己不爱孩子、不该生孩子，对于这种混账理论，与其花时间翻旧账，不如给孩子一个未来。

我们的政府仍旧粗糙，尚未规划资源让一个现代女性既能造就自己又能实践母亲角色。换言之，这是双重的压抑与剥夺：一则压抑了女性实践母亲职能的欲望，二来剥夺儿童快乐成长的权利。

于是，做了母亲的职业妇女很难不变成聒噪的母番鸭，一路驱赶她的黄毛小鸭："快快长大吧！快快长大吧！"而我们的孩子一出生就是个囚犯小婴儿，从这个看守所（自家）移到另一个看守所（保姆家），接着是幼幼班看守所、安亲班看守所、才艺班看守所、补习班看守所，一路坐牢长大。

这是个悲哀。

我们的社会本质上是歧视妇女与儿童的，但一个尽责的母亲没办法等待社会变文明才哺育幼婴。即使崩石击中她的头颅，昏厥之前，若怀中婴儿索奶，她也会用最后一丝力气解开衣衫把乳头送入婴儿嘴里。社会对她摇头，她只好靠自己的力量做好母亲工作。

然而，我也必须承认，不愿意承担母亲责任的人亦多有所闻。她们优先想到自己的利益与感受，是极度吝啬的妈妈。或者，她们一直无法处理好自己的人生，以至于身心承受巨大压力甚至造成精神疾病。

她们之中，有人把自己的小孩活活打死。

收涎

依循古例，满四个月时应为婴儿"收涎"。

小时候看过阿嬷为弟弟妹妹收涎。大清早，先为小孩换穿较正式的衣着，用红线绑几枚形似甜甜圈的圆饼（也有用牛舌饼）挂在婴儿颈项，由大人抱着，请家人念一段押韵的收涎吉利话，诸如："收涎收利利（干爽之意），下胎招小弟"或"收涎收干干（音：da da），下胎招卵葩"。接着，执一饼拭婴儿嘴巴，即算礼成。

我没空准备收涎饼，问母亲可有他法？她说，把小孩放在被上，牵被子四边角一一拭嘴，也可以啦！

我照着做。听说收过涎的小孩才不会口水直流，惹人嫌恶。

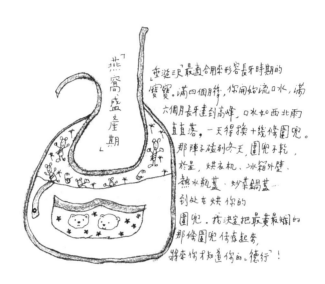

"燕窝盛产期"——

"垂涎三尺"最适合用来形容长牙时期的宝宝。满四个月后，你开始流口水，满六个月长牙达到高峰，口水如西北雨直直落，一天得换十几条围兜。那阵子碰到冬天，围兜不干，于是，烘衣机、冰箱外壁、热水瓶盖、炒菜锅盖……到处在烘你的围兜。我决定把最黄最烂的那条围兜保存起来，将来你才知道你的"德行"！

小婴儿的口水分泌只会愈来愈多，一则为了消化副食品，二来显示进入长牙期。我的看法是，不管有没有收涎，赶紧准备二十条围兜才是正事。原先，我以为备五六条就够，等小家伙进入"燕窝盛产期"，才体会"大禹治水"有多辛苦。

那阵子的照片自成一格，小家伙的嘴边闪着水光，而我的胸前、肩头一片漫漶，两人脸上都有"相濡以沫"的幸福痕迹。

【密语之十】

儿子，看过你的人都说，你跟爸爸像极了。奇怪的是，我们倒不那么强烈觉得，许是六只眼睛天天相看，眼光已纠缠不清，反而不易比对吧！

短短四个多月，我们三人组成的家即已像精良、纯熟的机器运转不息，好似跑了数年里程。真不敢相信，一个小婴儿比任何一个建筑大师更具魔术手腕，轻轻一指，平地起华厦，海市蜃楼变成有户籍住址的家。

然而，在喜悦之余，我也必须诚实地告诉你，我与你父亲至今仍是忐忑不安的。

我们不确定，让你到这个世界来，是做对了一件事抑或错误的开始。

请你别误会，我们不是不欢迎你，亦非不爱你——若是如此，心中就不会波澜起伏。正因为在意你，视你重于我们自己，才会在深夜闲谈时，每每因无力感而叹起气来。

生命如此沉重、漫长，我们走了一半，你才要开始。我们还算是愿意学习、不吝付出的父母，但不管怎么做，都无法更改你将来要参与的这个社会、这个世界，逐步走向恶途的事实。

我们闭上眼睛看到的那个未来，绝不美好，但我们必须像所有父母一样把自己宝爱的儿女交出去，任它鞭笞、糟蹋、使用，每回思及，心情陷入泥淖。

说不定有一天，你会回过头质问我们："为什么生我？为什么让我受这种苦？"而白发霜茫的我们，一定像做错事的小孩，除了低头，只能无言以对吧！

即使你与同代不会经历我们所担忧的战争、瘟疫或濒临存亡关键的生态灾难，成长本身也是一场苦役，需靠你自己迎战。你会在遍体鳞伤时，质疑生命意义，接着把矛头指向我们，哀哀欲绝地问："为何生我？"

我们还是无言以对吧！

其实，我与你父亲都不是会快乐地实施家庭计划、屈着指头数"该生三个还是四个好？"的人。我们倾向无为而治，采消极、被动的方式看待生儿育女之事。换言之，如果你不主动找来，我们极有可能像大部分夫妻每年讨论"要不要生小孩"、结论是"明年再讨论"一样，就这么让身体机能来解决问题。你先打出一张牌，我们只好顺着你的牌打下去。

所以，儿子，如果有一天你问我们为何生你，我也要反问你为何自己跑来让我们生你？如果我们都不需诘问对方，即表示我们有能力自行解决问题，并且将它置于美好的解答里加以珍藏。

有一点是真的，你是在我们生命中较成熟、理智且厌倦了流浪、渴慕筑巢的阶段到访，这使我们能以欢喜的心接纳你。我相信对我们三人而言，这样的开始意味着善缘。

善缘这条绳子会把我们的心穿在一起，风和日丽也好，暴雨狂风也好，我们会不离不弃。

儿子，算一算也是公平的，我们三人都在给自己与对方一个机会。我与你父亲给你的是：有机会成为一个人，来世间经历为人的一切苦恼与欢喜；有机会自己寻觅存在的意义与价值；有机会从渣滓中发现爱的矿脉。

你也给我们机会去尝试以"付出、牺牲"为主调的父母角色；有机会参天地之化育，小心翼翼地呵护一个生命长大；有机会让自己均衡地体验各种滋味特殊的情感，并借由这种体验证成人格。而当生命走到尽头，可以带一个丰饶的记忆走。

正因为机会难得，我们这两个骨子里都有点悲观色彩的人，才鼓起勇气打开门，把你从飘浮的太空中拉进来，做我们的亲人。

在这个充满罪恶与流浪犬的城市，儿子，我与你父亲连一块翠绿草原都无法给你。最折磨的是，我们迟早会陷入两难，一方面慷慨激昂地把我们认为最有价值的正义、善良、真理指给你看，另一方面又得训练你求生、自保的技巧，以免环伺在你周围的恶徒、盗匪伤害了你。"万一他问我，为什么有那么多流浪狗？我该怎么回答？"你父亲说。

我们好似准备口试的研究生，模拟试题，相互讨论。

"就说……就跟他说……唉，我也不知道。"我说。

你会问我们什么问题？你会怎么考验我们？当我们无法回答，你会不会自己去寻找答案？路还很长，儿子！对我们三人来讲，这一趟亲伦之旅才刚开始，沿途的风景如何，谁也不知道。但我相信，同程旅伴的态度与意愿将影响旅行品质。

我与你父亲愿意学习，虚心地做"父母学"学生，认真研究你丢过来的每一个问题。而我，像大部分的母亲一样，有一点预言能力。儿子，看着你的眼、你的嘴，我不由自主地相信，善缘这条小绳子会把我们三人的心穿在一起。

紧紧地穿成比翼鸟，穿成繁茂的树林。

断奶

　　"人奶给人喝，牛奶给牛喝"，谁也不能反驳这句至理名言。所有制造婴儿奶粉的厂商，无不投注庞大经费用来改进、增强奶粉品质，使之较接近母奶。然而，至今没有一家厂商敢说他的奶粉可以取代母奶。

　　每本有关新生儿照顾的书都提到，母乳是上天赐给婴儿的最完美食物。无论是富含蛋白质、脂溶性维生素、矿物质及高浓度免疫球蛋白，最适合初生儿食用的"初乳"，或是日后分泌的成熟乳汁，它都经过精心调配，含有至六个月大婴儿所需的全部营养。母乳还具有增强婴儿免疫力的功效，吃母乳的小孩的确较不易生病。

喂母乳是一件神圣之事。前人不仅视之为母亲天职的展现，对母乳的品质及哺喂之道更有详尽的规范。

熊秉真《幼幼——传统中国的襁褓之道》一书带给我无上的阅读快乐。它可能是坊间找得到的唯一一本探究传统育婴文化的学术专书。在《乳与哺》一章中，作者引介了自唐至明各种育婴书籍提到的母乳喂哺法与禁忌，读来不难窥见古人对喂哺母乳的重视。

母乳既是婴儿的最佳食物，如何维持优良品质便需为母者注意。明代寇平《全幼心鉴》，列举了十种会让婴儿生病的母乳，包括：喜乳、怒乳、寒乳、热乳、气乳、病乳、壅乳、魃乳、醉乳、淫乳。认为母亲的健康状态与过度的情绪反应都会破坏纯净、优质的奶汁。

这有道理，大多也经过现代医学证实。哺乳期间，做母亲的更应注意健康及饮食，以保持奶水品质；而起伏不定的情绪，恐怕会让婴儿无法在宁馨气氛、甜言抚慰下享受吮吸的快乐，因而导致惊吓，有碍婴儿心理发展。

古代常有找乳母（奶妈）到家喂哺婴儿的，明代医籍提到择乳母之法，读来真是胆战心惊，直言"独眼跛足、龟胸驼背、鬼形恶貌、诸般残患者"皆不可用。挑乳母跟挑媳妇似的，严苛极了。这论调不乏歧视残疾人士之处，古人缺乏科学知识，故认为若雇用这些人，婴儿吮其乳，日久将受熏染，变成跟奶妈一个样儿。

然而，潜移默化自有其道理，母子之间借由授乳而产生的互动、交流，将影响亲子关系。

我的奶水除了坐月子期间较丰沛之外，随后产量多有起伏。大概是亲自带小孩因而睡眠严重不足，及自己料理饮食无暇炖煮高蛋白质食物之故。不过，我已经尽可能地补充营养，以维持奶水继续分泌。

专家会告诉你，不断地让婴儿吮吸可促进奶水分泌。这我知道，只是那个兔崽子不知道均衡吮吸的道理，导致有一边胀痛难忍，日久便产少分泌了。

大约尚未满月之时，小家伙先吃右边母乳，我当时大意，未将余乳稍为挤出，他张口一吸，奶水宛如喷泉，他吞咽不及，呛到了。我后来才学会如何以手指当作加油、刹车装置，控制奶水分泌速度的技巧，使小家伙在稳定的泌奶节奏下吮吸。这真是难为情的事，我忍不住想象自己的乳房像马力十足的越野机车，油一催，跑得跟烟似的，才害小家伙呛怕了。

呛过两次后，他真的怕了，自此拒绝吮吸右乳，只要往右膀子抱，他就哭，换左边，不哭了，乖乖吸奶。我不信，抱着他转个圈，让他不辨左右，再塞给他右边的，他勉强吸几口，又抗议了。若他有行为能力，我猜他会趁我睡觉时在右乳上贴字条，写着"瑕疵品，待修"。

我应该怎么形容一个女人亲自哺喂孩子母奶的感觉？有过这种经验的人才能体会，那种完全沉浸于和平、温暖与喜悦情境的欢畅之感，是恋爱与性爱无法提供的妙景胜境。仿佛，你独自拥有一亩田地，无人知晓，只有你知道它的位置与景致。你在那儿种植，辟作繁花盛放的庭园。偶尔，你会离家出走，暂时挣脱网着你的生活，一个人到那儿沉醉一晌。你躺卧在草茵之上，彩蝶翩翩，日影轻移，藏在柳条里的野雀衔来几寸困意，你遂放心地睡着。那是自己的土地，自己的溪水淙淙，藏着自己的美丽。

　　尤其，半夜起床授乳，看到怀中婴儿全心全意信任你的模样，再铁的心都要软；当他寻着乳头吮乳，小脸蛋毫不保留地显露他的渴慕与满足。一灯晕黄，天籁俱寂，只有你与你的婴儿醒着。此时，仿若有一把柔软的、通向云端的梯子，把你带到从未体验过的境界。你的眼角微湿，因你如此真实地看到自己置身于天女散花的国度，置身于圣境。

　　"有个小小的生命必须从我这儿获得力量，一小口又一小口。是的，我爱他，我愿意以己身哺喂他！"你心里更坚定地想。

　　婴儿绝非无知。他努力吮吸妈妈的乳房，离妈妈的心最近，也能读懂妈妈对他的爱。有时，他吸着奶，忽然不吸了，嘴里还含着乳头，抬眼望着妈妈，那眼神像天使眸子，纯洁且闪闪生辉，充满爱的回应，仿佛在向妈妈说："谢谢，你说的每一句话，你唱的每一首歌，我都明白。"有时，他却调皮地将乳房视为私人玩具，咬一口，听到妈妈"唉哟"喊痛，似乎很得意，咯咯笑起来，又要咬着玩了。

有一回，小家伙吃奶时，我正与他爸爸谈到一件有趣的事，忍不住大声笑了。小家伙很好奇，立刻抬头看我，我的笑容仍挂在脸上，他一定以为是他的吮吸才让我发笑的，于是又埋头吸奶，吸几口后立即抬头看我有没有笑，我觉得他太滑稽了，自然笑起来，于是他一再重复这游戏，我只好很给面子地一直笑。"哈！哈哈哈！好了，游戏结束，这位先生，请你专心吸奶好吗？我们明日再玩！乖！""哈！哈哈哈！好了啦！最后一次，妈妈不想再笑了！""哈，哈哈哈！……"

如果不是因生病服药，我乐意一直喂母乳，即使产量不如一瓶养乐多也没关系。在他满四个月多时，我不得不在服药期间停止喂奶，等病好了，似乎也没什么奶水，干脆断奶。

虽然断奶过程还算顺利，但偶尔瘾头犯了，他仍要找妈妈的乳房吸几口过瘾。尤其入睡前，他这位不肯吸安抚奶嘴的"小美食家"，非得靠妈妈的抚慰才能快快入梦。

对做母亲的而言，断奶之前，脑海里还留着母子身体相连的错觉，跨过这门槛，不免微感怅然。脐带断了，奶也断了，孩子开始学着成为他自己。

满五个月，小家伙已会翻身。像所有小婴儿一样，他以为自己有能力把世界翻来覆去，遂兴奋地在床上、沙发上、地上滚动胖嘟嘟的小身体。

【密语之十一】

母亲说，为了断奶，她几乎去求神问卜。

我与大弟相差两岁多，推算起来，最迟在我一岁三四个月时，母亲断我奶。

乡下孩子全靠吃母奶长大，没碰过牛奶。我似乎特别痴恋母奶，不怎么喜欢吃烂巴巴的淡粥。母亲说，她不给我吸奶，我就大哭大闹，从死里哭回来似的，逼得她一心软，掀衣就范，我就像饿虎扑羊，死命地吸，吸到饱为止。

喂母奶期间较不易怀孕，对母亲那一辈女人来说，这是个大阻碍；再者，我是第一个小孩，往后还有一串等着出娘胎，这奶不断不行。

母亲先在乳头上抹酱油，咸巴巴的，看看能否吓退我。没，我的口味比较重，照样吸得"吧滋吧滋"的。

接着，抹辣椒酱，想辣坏我。失算，我照样吸到饱。无怪乎我长大后吃起辣椒的派头，不输四川、湖南、山东人。

后来，她真的快气疯了，剪两块狗皮膏药（长得像日本国旗，中间的圆形是黑色的）贴住乳头，打算一了百了，让我吸不到。我趴在她身上死命地哭、死命地撕那膏药，又得逞了。

这场断奶大战走到这田地，我母亲的步数愈来愈阴险。她在乳头涂抹万金油，这已非断奶，简直为了击退蟒蛇毒蝎。我果然被辣怕了，不再想那两球尤物。（如今想来，这断奶手法着实狠了些！古代医书有所谓断乳秘方，以山栀子、雄黄、朱砂等研磨成粉，调以生麻油，趁小孩睡着时，涂抹两眉，醒后即不再有吸奶欲望。这处方神乎其技，可惜我母亲不知，否则我一定成天涂着两道炫彩浓眉，好似小妖。）

等弟弟出世，我的瘾头又被勾起来。那时已近三岁，时常缠着她，要求解馋。母亲在井边搓衣，我蹲在一旁咿啊咿啊干哭，她洗罢衣物，端至稻埕晾晒，我亦步亦趋，唯恐跟丢这头大乳牛。晒衣竿就架在大门口，她将竹竿搁在肩头，先将衣服一件件穿入竹竿，再将长竿搁在手臂粗的立杆叉上，随即张臂将衣服拉开。我在一旁窥伺，满脑子诡计，进屋找了矮板凳来，趁她张臂展衣之时，火速冲上前去，踩凳，双手掀衣，光天化日之下强行吸奶。

我不记得从什么时候开始不再吸母亲的奶，但我记得直到小学一二年级我还在吸阿嬷的奶。她当然是"代罪羔羊"，一两岁后我就跟着阿嬷睡，夜里想吸奶时，自然是"没鱼，虾也好"吸吸老奶，至少打消一半饥渴。就这么吸惯了，她也纵容，祖孙两人都宛如回到从前。母亲说，当年五十岁的阿嬷，被我吸得又分泌奶水了。不过，阿嬷坚决否认。这条公案或许有几分真实，我这张嘴巴说不定刺激了阿嬷的泌乳激素，使得枯井生水。

戒断的直接原因不记得了，我猜跟自尊心及牙痛有关。邻居们都知道我的怪癖，常常当面取笑我："羞羞羞哦！这么大了，还在吸'老奶脯'，要跟校长讲！"这些话直到今日仍在我耳边回旋。再者，那时满口蛀牙，正值牙痛、换牙阶段，吮吸会加重痛楚之感，更不爱此道了。

我还在寻觅解答，到底幼年时强烈的吮吸欲望是为了传达对母亲的痴狂爱恋，还是宣泄自己过于早熟的、被弃的恐惧？

大脚小脚丫

为小家伙留下几枚成长的脚印，这念头宛如一只蛐蛐儿，不时在脑海里聒噪。

三个多月时，我们利用蓝色打印台，为他留下脚印，胖乎乎的浅蓝小脚丫，像一尾从深海旅行而来的快乐热带鱼。后来，买了一包专门给小宝宝制作手印脚模的瓷土，老两口闲来做点儿劳作。

孩子爸爸负责把那团硬土揉软，见他龇牙咧嘴之状，即知从小的美劳成绩如何。我抱着小家伙，趁那土被揉热变软之际，速速抓他的脚丫用力往上按，他哇哇叫，大约是抗议的意思。瓷土上只见两只浅浅的脚印，聊胜于无。接着，放入平底锅置于炉台上烘烤，烤毕放

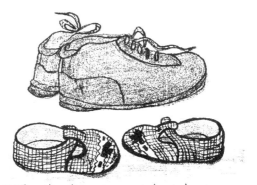

不管你穿的鞋多大多小，昂贵或廉价，人生之路总是：一步一脚印。

· · ·

不管你穿的鞋多大多小，昂贵或廉价，人生之路总是一步
一脚印。

凉，再涂上金漆，果不其然，一双金光闪闪的脚印宛若神迹。

因为留下证据，往后才能在一寸寸推移的时光中，看到那双飘
着奶香的小脚丫如何蜕变成穿特大号篮球鞋的臭脚丫。

球鞋像艘太空船。每回于他人家门口撞着耍酷爱炫、具重金属
叛逆感的大球鞋时，总觉得里面住的不是中学生，是一个星际探险
家。因而，不免好奇地想，他小时候的脚丫是何模样？

我像个有恋物癖的妈妈，替小家伙留下每一阶段的小衣、小

鞋、小袜。收藏时，顿觉身上插着几十支光阴箭。

白日家中无人，我花很多时间与他游戏，或顺手拈来胡诌几段故事、童话渣渣。

没有一个小孩不爱玩。小家伙极喜欢我称之为"糊涂猎人"的游戏。

我斜抱他，如抱橄榄球，开始瞎掰：

"从前从前，有一个猎人，他肚子饿了，背着箭筒上山打野兽。吓！突然看到前头树林里有一只肥滋滋的野猪。太好了，猎人赶紧取弓，搭上箭（此时，我双手抱他，采向前冲姿势），咻！箭射出去啦！哎呀！不得了，猎人也跟着射出去（我向前跑，他感受到奔跑的快意，咯咯咯地笑）！怎么回事？原来猎人老糊涂了，把箭绑在自己身上。结果呢，他就抱住了你这头大野猪！咕咕咕（哈他的肚子痒痒）！"

"要不要再来一遍？"我问他。他不会言语，但所有的表情都雀跃地传达一个明确的讯息："要！我要！"

一遍又一遍，直到自己觉得再练下去，这条手臂可以去报名奥运掷铁饼项目。

午睡时间，我们躺在床上培养瞌睡虫。我说：

假装你跟妈妈在看星星！……有一天，你会了解"假装"的意思，现在，你不想假装也可以，那我们看天花板好了。

天花板真的不好看，怎么办？你可以看那盏很花俏的灯！看到没有，妈妈用十一条小绳子在灯罩边绑了八个圣诞彩球、三个绿色小铃铛。叮叮咚咚，叮咚咚，叮咚！灯罩上面还挂了一只绿头鸭，飞过来绕过去，你猜小鸭子在忙什么？哦——，原来它想算清楚到底有几个球球？几个铃铛？

来，我们帮小鸭子数：

一、二、三，碰个一个小铃铛，四、五、六、七，有一个铃铛笑嘻嘻，叮咚叮咚，八啊八，它的邻居不在家。为什么呢？小小铃铛爬上灯罩，要找绿头鸭！

于是呢，绿头鸭就说："嘿，你这个小铃铛，快下去！快下去！"

小铃铛说："我看了头疼，受不了。你成天在我们上头东飞飞西飞飞，到底在做什么呀？"

绿头鸭低头一想，有道理，它从来没想到球球与铃铛们会被它弄得头痛。但它也有苦衷，它说："我也不知道该怎么办。我得算清楚到底有几个球球、几个铃铛，你们老是转来转去，害我算不清楚！"

小铃铛听了，笑得肚子咕噜咕噜响："这么简单的事也需要忙那么久吗？你可以请我们帮忙，轮流报个数儿就行了！"

于是，所有的球球与所有的铃铛都安静下来，轮流报数儿。

它们开始数：

"我是紫球球，我是一。"

"我是黄球球，我叫二。"

轮到蓝球球时，它有意见了，嘴嘟嘟地说："我不喜欢三！"

"为什么？为什么？"其他的球球与三个铃铛一起问，它们觉得蓝球球太不合作了。

"因为——"蓝球球快哭出来了，"因为三是单数！不吉利！"

其他的球球听了，简直快晕倒。大家为了安抚迷信的蓝球球，决定顺它的意，让它当二。

它们重新数：

"我是黄球球，我叫一。"

"我是蓝球球，我是幸运的二。"

"我是黄球球，我叫三？……"

噫？怎么回事？

都是黄球球，为什么一个叫一、一个叫三呢？

两个黄球球互相看一眼，突然觉得对方很讨厌。要不是有对方，自己就是唯一的黄球球了。

它们两个同时推对方一下，接着缠在一起，打起架来。

小铃铛说："别打了！别打了！有话好说！"

有的球球提议其中一个黄球球脱掉衣服，变成"光球球"，就不会跟另一个黄球球搞混了。

于是，为了谁要脱掉衣服，大家又吵成一团，所有的球球推来推去，三个小铃铛也大吼大叫的。

就在这时候，紫球球用它这辈子最大的声音问：

"为——什——么——要——数——我——们——？"

嗯，这是个好问题！这是个有价值的好问题！

所有的球球与所有的铃铛又安静下来了，不约而同看着那个小铃铛，小铃铛看到大家都在看它，只好抬头看上面的绿头鸭。

"喂——"小铃铛气鼓鼓地爬上灯罩，问绿头鸭，"你说！你说！为什么要数我们？"

绿头鸭还是很忙，一会儿飞到东，点点头数数儿，一会儿飘到西，点点头数数儿。它停不下来，但它也用这辈子最大的声音回答：

"是——风——叫——我——数——的——！"

*

只要卧室的窗户一打开，风就进来晃一晃灯罩，鲜艳的圣诞彩球也跟着摇摆。有时，我也会随手摇动小铃铛，仿佛有一只看不见的儿童之手仍藏在已长成中年的身体内，只为了听几声叮咚咚、叮铃铃、叮当当。

一寸寸时光把婴儿的小脚丫叮胖了。小家伙已懂得跟自己的脚丫玩，心情不错的话，还会以一流的软骨功将脚拇指塞入嘴巴，吮得滋滋有声。老人家说，每个小孩都带着糖出娘胎，所以喜欢吮指头，等到糖吃光了，就不吮。看小家伙吮脚指头的样子，仿佛他曾踩过蜜糖之地。

时常，他躺在床上玩脚丫。我也躺着，把大脚丫举得高高的，再以高难度动作去踢半空中的小铃铛与彩球。

叮铃铛！叮铃铛！

他笑得像一只快乐的小火鸡。他也喜欢我跟他玩"大脚小脚丫"，他一定觉得我的脚丫像两头大熊，追着像小兔子般的他的脚丫。

球球与铃铛都看见我们的游戏了。

满七八个月左右，若抱他到卧室，问：

"球球在哪里？"

尚不会言语的他会把头转向灯罩，用眼神告诉我彩球的位置。若问他"绿头鸭在哪里？"他也会抬起头，追随那只轻轻晃动的鸭子小风筝。

一岁以后，他开始抓取语言，有一天，他以明确的手势与字汇告诉我：

"妈妈，球球！"

我才明白，一时心血来潮系上的彩球与铃铛，不知不觉变成小家伙的第一个太空。

营养粥

满六个月左右，小家伙的下颚正中门齿区冒出两颗白牙，宛如红色田土上钻出新笋，煞是奇观。

二十颗乳牙一颗颗出土，得长到两岁半至三岁才齐。漫长的"萌芽"阶段，每有新牙报到，便得经历流口水、牙床痒、情绪不佳甚至胃口变差的程序，可见成长之艰辛，连一口牙都得来不易。

老一辈的常说，小孩长牙时会发烧、泻肚子。医学上的解释是，牙齿钻出时会引起牙龈局部发炎反应，促使体内白细胞增加，进而影响大脑下视丘的体温调节中枢，因而体温略微升高，但不致持续太久。至于泻肚子，也许是牙床痒想磨牙，小娃娃不管抓到什么即往嘴里送（真实的案例：啃拖鞋、咬沙发椅底下沾满尘灰的原子笔套，愈是找不到的东西愈会在他的嘴里发现），吃到脏东西才导致腹泻。那阵子，我把地板擦得比自己的脸还干净，三两天就用玩具清洁液泡洗小狮子、小铃铛、小钢琴、小猴子、小皮球、小积木……让他尽情啃咬玩具伙伴们。如此战战兢兢，总算小家伙没因长牙而泻肚。然而，我还是付了代价，抱着时，他一牙痒就咬我，啃骨头似的，痛得我哇哇大叫，不仅两边肩膀一片瘀青，臂膀内侧最柔白部分也是处处齿痕，我这个做妈的顾不得修养，直骂他："不肖子！竟然啃你老妈牛排（我肖牛）！要不要加黑胡椒呀？"

这时期因消化能力较好，渐渐可以加重副食品的内容与分量。从麦糊、米糊至粥，果泥、菜泥至肉泥，为了培养良好且均衡的饮食习惯，每天都得搬出"家家酒"道具，制作新鲜美味的食物。

起初，为了方便，我买各种口味的小罐装婴儿食品，豌豆泥、牛肉泥、菠菜泥等，拌入熬烂的稀饭中，作为正餐。大约七八个月左右，我开始亲自烹调小家伙专属的什锦粥。

我必须不厌其烦地记录制作过程，让有机会看到这段文字的孩子们了解，煮一锅给婴幼儿吃的稀饭，是如此麻烦、累人。

首先，将买来的大骨或支骨剁断，加水熬成排骨汤，酌量加入醋，让骨头中的钙质释放出来。约需熬一两个小时，放凉后置入冰箱，次日取出，将浮在上层的白色油脂去掉，只用排骨原汤煮稀饭。

菜料方面，将鲔仔鱼、高丽菜、胡萝卜、豌豆（去膜）、马铃薯、洋葱、番茄等剁碎，米洗好，一起倒入排骨汤中熬，水滚后转小火，大约需一个钟头，才熬成一锅入口即化的营养粥。刚开始，为了保持食物新鲜度，我只熬一小锅，因而隔日便得洗洗切切剁剁熬熬，累得快要大喊救命。后来，路不转人转，自行研发改善之道，换成一次熬四五日分量，拨一半储入冷冻，另一半现吃，待吃完再取出备份的滚煮即可。

除了主粥，我也不时变换配菜，地瓜、豆腐、蛋黄、蒸鱼、青菜、冬瓜、胡瓜……这些都是不宜丢入粥中熬煮的，必须随煮随吃，保持新鲜以及美味。为了省事，我买了数个保鲜小盒，有的装蛋黄，有的装鱼肉，或装豆腐，每盒分量不多，约可吃两三次，置于冰箱。待吃饭时，盛一碗粥，再装一碟配菜，分别以微波炉弄热，再喂食即可。

在制作宝宝营养粥的过程中，我的学妹珠美教了我很多"步数"。她是个非常好学的妈妈，在育儿知识方面，上通天文下知地理，她的熙宏宝宝与小家伙只差四天出生，我们都是初掌妈妈兵符，因而非常了解对方在说什么、忙什么。

她教我买无刺的鲷鱼片，以姜片清蒸后，压成鱼肉泥用保鲜盒储存，这一招解决了准备鱼肉的烦琐与剔除鱼刺的麻烦。

在厨房里磨了一阵之后，我忽然顿悟，其实只要把管理办公室的那套规则拿来管理厨房及家务就对了，万法归宗，擒住牛头就不需细数牛毛把自己累毙。于是，渐渐设计出较为迅捷的作业系统，不致因熬煮小家伙的营养粥而弄得人仰马翻。（虽说如此，这事儿还是挺累人的！）

做妈妈的都希望给宝宝最好的照顾与营养，潜意识里藏着唯恐成长落后的焦虑，因而一双耳朵宛如顺风耳，只要听到DHA、铁质、β胡萝卜素、比菲德氏菌……全身立即进入备战状态，检阅自己的宝宝是否错过什么关键性营养，要是有人提供"临床经验"（临婴儿床的私家秘方），为了保险，也是照单全收。

理智上，我知道只要均衡地摄取六大类食物，养成不偏食习惯，小孩自会正常地成长。但在情感上，我也不免成为焦虑俘虏，愈是道听途说的道理，愈有力量。

人家说，摆几片姜可祛胀气，我就在粥内放姜。人家说，蒜头不错，我就拍一两粒蒜头放进去。人家说，多吃香菇可增强免疫力，我就泡一碗香菇水倒入。人家说，薏仁乃百谷之王，那好，我就舀几匙薏仁粉同煮。人家说，吃脚补脚，用鸡脚熬汤煮粥，将来小孩的脚力较好。行，咱们就去市场买一堆鸡脚来"焅汤"。人家又说，胚芽米好，我就用胚芽米熬粥。反正，只要抱着"人家一说，我就列入参考"的原则，应该不至于错失太多育儿妙方。

母亲曾说，当年她到处向人要母鸡的第一枚蛋给我吃，据说吃

这是乐高玩具里的小偶，满四个月后，他变成你的心爱玩
伴。吃麦糊时，你要他陪你吃，睡觉时，也要他一起睡。
我们叫他"小弟弟"。

了这种蛋会聪明过人。于今想来，不觉莞尔。母鸡的第一个蛋与第
二个蛋，都是富含蛋白质的蛋，没什么差别。但做母亲的宁可采取
一万也不要万一错过，她四处向村人索蛋的情景，与我"听得人家
说"便火速加料的模样，如出一辙。

辛辛苦苦熬了粥，小祖宗不见得赏光。听过许多喂食失败的案
例，做妈妈的简直快陷入疯狂，大人小孩都视吃饭为畏途。我很怕

这种事发生在我与小家伙身上，因而事先思索如何鼓动一个七八个月大婴儿的食欲，让他觉得吃饭是一件快乐的事，吃饭像游戏、演话剧般充满笑声。

第一步，我绝不勉强他吃多少。第二，我们养成在固定地方喂食的习惯，他也颇能接受坐在餐椅上吃饭。第三，食物必须保持温度，一旦变凉、出水，那味道十分恐怖，大人都咽不下的东西怎可要求小孩乖乖吞下？第四，尽可能地以鼓舞的口吻、赞美的语句喂他吃饭。

我相信自己有一点演戏天分，常常把吃饭变成一出母子同台演出的戏剧而不是例行公事。我们有好几首改编的"吃饭歌"（"世上只有吃饭好，大鱼大肉吃到饱，吃完还要吃水果，美得受不了""小猴子吱吱叫，肚子饿了睡不着，吃完香蕉还没饱，再来炸鸡跟薯条""我现在要吃饭，我现在要吃饭，我若是吃不饱我就会回家来找你"……），虽然通俗得很，但颇能带动食欲。我们还有"伴饭小天使"，每次吃饭前，我会问他："你要谁陪你吃饭呀？小弟弟还是小狮子？"他最喜欢带乐高玩具的小人偶，我们称它"小弟弟"，它简直变成忠实伙伴，每天站在餐台上陪小家伙吃饭。我也会给他一套餐具，碗、汤匙、小杯子，让他敲敲打打，一面吃饭一面跟餐具玩。最重要的是，他每吃一口，我就用夸张的动作（亲他或鼓掌）表达我的鼓励、赞赏、惊讶、崇拜、羡慕……当我持匙送至他嘴边时，也不时做出"给妈妈吃一口好吗？求求你给苦命的妈妈吃一口好不好？"的哀求状，他的表情明确地拒绝，张大嘴巴引领等待，恨不得立刻含住那支汤匙。我深信，适度的竞争气氛会激起本能斗性，使小孩更迫切地想要"抢食"。

每天午、晚餐，主粥、配菜加水果，小家伙渐渐养成定时定量的饮食习惯。大人决定小孩的进食方式确是不假，小家伙对那锅不加任何调味品的"综合饲料"显然完全接受，或许，关键在于我这个妈妈不以厨艺见长，乃以气氛取胜吧！（当然，这也是一件很累的事。）

满八个半月时，他的体重是十点八公斤，身高七十五厘米，身体发育曲线接近九十七百分位，块头比同龄小孩壮，我向友人戏称他是相扑界的明日之星。

从事畜牧业的玫秀说，小猪仔每吃三公斤饲料就得长一公斤肉（厉害的，吃一公斤饲料长一公斤肉），六个月后可望达到一百一十公斤。业者无不想尽办法提高"饲料换肉率"，以保证盈收。有时，连提高零点一公斤也得拼，别小看这小小的数字，对大厂而言，可能关乎每月近两百万的业绩差额。

她见到小家伙时，眼睛一亮，大赞他的"饲料换肉率"甚高，养这种小孩真是赚到啰！

我觉得这赞美太新奇了，比"头好壮壮"更生猛、粗勇、有力，值得捧腹大笑，并志之以示不忘。

【密语之十二】

累，像一种毒癣，慢慢吞噬我的细胞。

每日醒来，意识裹着泥浆似的，一睁眼，怨言即在喉间涌动。我知道危机迫近，却无从抵挡。

那是深渊，当我暂时忘却自己是个母亲回复自我时，便仿佛置身水底黑牢，恶水似鬼舌舔着我的身体，我见到自己一寸寸腐蚀，却不知如何摆脱噩梦。

想起朋友的忠告，如果只靠自己带孩子一天二十四小时不得休息，迟早会疯。她说，一定要设法给自己一点时间，独自出去逛街喝咖啡也好，在公园呆坐也好，让自己喘息。

当时，我不以为然；而今才深信那是过来人的心路，句句属实。在职场十多年，工作经验又恰巧都是最忙碌的创刊、创立、改组阶段，即使如此，我尚能游刃有余。而一个孩子，等于是过去工作量的三倍。有几次，我被他折腾至爆发边缘，再跨一小步，恐怕即会失去理智变成虐待婴儿的恶徒。在盛怒中，我与一个会凌虐自己亲生骨肉的女人没什么不同，唯一相异的是，我还能清楚地看到自己在生气并且不停提醒自己"你只是在生气罢了",借由尚存的理智,我将孩子放在床上任由他哭闹,接着打开六扇衣橱门片,愤愤地用脚踹那门片,碰然的撞击声使我获得宣泄的快感。但更让我受不了的是,踹完第一片,脑中即浮现"轻一点,弄坏得修呢,再踹一片就好"的念头。我气我自己连发泄都要节制。

无怪乎,周遭亲友之中,即使情况允许,愿意亲自带孩子的妈妈(或爸爸)少之又少。相较之下,上班轻松太多了。然而,我也不禁思索,大白天里让一个妈妈在毫无通融、替换的状况下独自跟小婴儿纠缠,也是缺乏人道的事。

无法求助于长辈。娘家太远,公婆年事已高,住处离此亦有一段距离。再者,婆婆为了减少我备膳之劳,每周炒妥几道菜肴让我们携回,长者如此疼爱,已让我心生愧疚,怎可任性地将育儿之责丢给老人家。我一向不赞成让老人家重尝褓抱之苦,她们那一代吃的苦够多了,理应趁着夕阳尚美之时,清闲度日,享受晚福。除非,体能与意愿皆俱,否则,做儿女的不可以剥夺她们最后一次做自己的机会。可以含饴弄孙,但不能要求她们卑躬屈膝伺候一个难缠的小婴儿。女性主义,也应溯及七老八十的老妈妈们,待她们以公平。

想找保姆,想找钟点管家,想找任何一个可以让我歇息一会儿的人。

于是,我更强烈地思念创作。犹如囚徒冲撞铁壁哭喊自由,愈被孩子缠缚留在火热的现实就愈渴望回到文字秘境——在那儿，我是我自己。

那秘境是种赠礼，我认得路。对我而言，每一趟回返都是再生。

应该怎么描述那种再生的过程？

好比大雨滂沱时刻吧，战争过后的废墟中，一名伤势严重的残兵躺卧于泥泞与血泊等待死亡。她不记得战争怎么开始，也忘记自己如何离乡背井跟随硝烟与炮火到异地应战，她温驯地躺在泥淖之中任暴雨鞭打，没有仇恨与抱怨。她知道自己的生命即将走到尽头，反而有一份从容，遂仰头观赏漫天狂舞的暴雨，心内赞叹："这雨如此豪华！"热泪滑下，她的脸渐渐在笑容中凝固。突然，一袭血红绣袍落在她身上，雨水使绣图活络起来，楼宇巍峨，曲径迤逦，群树峥嵘，宛如华美的国度来到眼前。她抚触它，灵魂从千疮百孔的残躯钻出，被不知名的力量吸引，进入那国度，那梦土。战争与死亡是另一个时空的事，竟与她无关。

我渴望再回去，它对我的意义不下于一个家。

每日，我趁孩子午睡约一小时较完整时间赶紧进书房写稿，仿佛着魔似的在字里行间跳跃、呐喊、沉迷，所有的感觉与力量都回来了。我知道自己在透支体力与心神却不肯歇笔，终于，经四个多月绷紧神经、全速编写，整理出一本书来。却在交稿后不久，身体开始付代价，得了胃炎与十二指肠溃疡。

"这是何苦？"深夜，胃痛如绞，我趴在洗脸槽前，以食指探及喉间，强迫胃部把无法消化的食物悉数吐出，不禁问自己："这是何苦？"

找不到保姆，也不放心把小家伙交给保姆，我们只能靠自己，最主要的，我只能靠自己。

"你只是惊恐而已，"我开始梳理自己，"惊恐回不去创作，恐惧于获得儿子却失去自我。如果你打开这个结，所有的问题便迎刃而解。如果打不开，你会继续自虐，甚至变成一个天天向丈夫、儿子讨人情的女人。"

那不是你愿意的。过了三十五岁的人，应该有能力靠自己的律法面对事业与生活，应该会精算轻重缓急，应该懂得筛选意义与价值，懂得酿造快乐。

给孩子几年完整的时间伴他成长并不为过，难道做自己就必须对孩子吝啬？他会成长，等他长大，他再也不想一天到晚缠着父母，他有他的世界。如此说来，此时是你与他最亲密的阶段啊！

这些你都明白，你需要的只是进驻自己的律法，霸气一点地说：这也是我的黄金人生，这也是我的成就，这也是我完成自我的一条路。

孩子爸爸已尽他所能扮演丈夫与父亲角色。我相信他是我认识的人之中极少数会体恤另一半辛劳、共同分担育儿工作的男人。毕竟，不是只有我在付出，只有我累，只有我承受压力；他也认份地洗奶瓶、喂孩子吃饭、抱他散步，半夜起来换尿布、泡奶，每天听我的怨言、唠叨。他对我的态度与疼惜协助我尽快跳脱低潮，重新整顿生活。

我们两人开了会，讨论如何让一个有胃病的女人出去寻找快乐。

每个礼拜天下午，我可以放假。背着包包，趿一双懒人鞋，随自己高兴到处乱晃。

不想找任何朋友，我只想静静地在书店看书。不想吃任何东西，只想坐在咖啡馆靠窗的位置，好好喝一杯热茶。不想跟任何人讲话，只想在纸上写几个字，像魔法师把玩他最喜爱的几颗宝石。不想看见任何人，只想蹲在超市一隅，阅读十几罐口味殊异的意大利面酱与德国酱菜。不想买任何东西，只想躲在童装部，帮那个彻底把我打败的小男人买几件夏天可以穿的时髦小背心。

没有快乐的妈妈就没有快乐的孩子，没有快乐的妻子，恐怕也不会有快乐的丈夫。

我开始谢谢胃与十二指肠，它们是我体内最肯面对问题且寻求解决之道的哲学家经理，它们的要求不多，只希望我悠然自得。

治疗六个月后，有一天，我试探性地喝下一杯咖啡，居然没事儿，高兴得猛亲小家伙的脸蛋。我知道自己又心甘情愿地回来了，回到现实世界里我所拣选的意义与价值，回到母亲的岗位上。

尾随一只爬虫

老一辈的育儿口诀"七坐八爬"着实是经验结晶。小孩长到七个月，应该会坐，八个月开始学爬。这样的进程可以检验其身体发育速度与状况，虽然每个孩子有个别差异，但不致相差太远。

Eisenberg、Murkoff、Hathaway三位合著的《新生儿父母手册》及《学步儿父母手册》是非常实用的参考书，前者针对零至十二个月小婴儿成长进程分月详述其发展，后者则翔实记载第十三个月至三十六个月学步儿之发育状况。对我这种遇到问题就想找书参考的人，像请了育婴顾问般让人放心。

小婴儿满六个月后，仿佛会自己变个样似的，随时展露令人惊异的成长面貌。譬如哭与笑，已让人觉得是有主见的情感表达，与出生时较接近本能反应者大相径庭。又譬如认生，小家伙认生认得厉害，时间也持续得较久，除了四五个被他贴上"安全标志"的人，其余即使笑裂了嘴巴想抱他，一接过去，他就扯开喉咙哭喊，可怜巴巴地望着我，抱他的人只好还回来，我一抱，他即闭嘴，小手紧紧搂我的脖子，生怕他人伸出魔掌夺他似的。

对小婴儿而言，爬行是非常重要的里程碑，从此可以按照自己的意愿挪动身体，展开探险之旅。他不再是静止的小囚犯，而是随时体会活动乐趣的小爬虫，并且开始累积空间感、丈量自己的领土。

为了迎接"爬虫时期"，家里的摆设、装饰彻底地幼儿园化。具有复古风味的圆形铁雕玻璃茶几，是我跑了好多家家具行才挑中的，如今不得不在四只造型优美的铁脚上套两层旧袜子，里头塞满保丽龙。原本明亮如鹅黄波浪的枫木地板，铺上色彩鲜艳的塑料软垫，变成一地的阿拉伯数字与猪狗牛羊化身。至于一楼客厅通地下室的楼梯口，更是大费周章地钉上活动栅栏。即使如此，从爬行儿的角度审视，这个家仍然充满陷阱、危险。于是，该收的家具、物品突然暴增，大人的生活空间宛如败军节节败退，最后，我非常能体会当年国民党丢了大陆的狼狈样儿。

小家伙在长第四颗牙时开始学爬，那日满八个月又八天。他趴

1997，是你的第一个农历年（其实，1996年你还在妈妈肚子里时，已收到妈妈给你的"压肚钱"）。今年，爸爸妈妈正式给你"压岁钱"，红包上系两根葱、两颗栗子，取"聪明""有力量"之意。妈妈本来只备一根葱，觉得谐"你算哪根葱"之意，不妙，又加上一根。栗子，也是妈妈自己加的；要不是凤梨太大，我倒是比较喜欢"旺来"之意呢！

在地上玩玩具，忽然动手动脚想要向前，但整个肌肉运动的结果却是向后倒车，后退着爬了几步，愈努力爬离他的目标愈远。大部分的小孩都是先倒退爬，而后学会控制手脚协调才大步向前。禅诗有云"退步原来是向前"，可见不假。

专家们提到爬行对婴儿的感觉统合发展具有重要影响，不可轻易略过。我相信是。一个爬行中的婴儿几乎全身都在动，他必须找出自己的节奏才能像一部小跑车般驰骋。如何指挥各个感官与四肢，悠游于坐、趴、爬之间，其困难度不下于指挥一个交响乐团。

因此，我并不急着让他坐螃蟹车（学步车）。小孩的运动发展是一旦会坐就不趴，会爬就不坐，会走就不爬。既然往后一辈子都得直立而行，多珍惜爬行时光也没什么坏处。很多在保姆家长大的小孩不到一岁就会走路，爬行时间较短或几乎没经过爬行阶段，以前的父母或许会认为是种荣耀，但现代的育儿观念不鼓励婴儿太早学走。我想，除了少数经过训练的专业保姆之外，大多数以"带小孩"为副业的家庭式保姆无法提供适合孩子爬行的空间，更缺乏耐性尾随一只爬虫。为了减少小孩到处乱爬的危险，当然用螃蟹车将他关起来，塞给他玩具或饼干，好让大人可以忙自己的事。成天坐在螃蟹车内，两只小胖腿蹬来蹬去，没多久也就会走了。

小家伙的爬行期长达六个半月，堪称身手矫健的大爬虫。他爬行的样子真是滑稽，手掌支地，两膝跪地，头抬高，嘴巴张得开开的，发出一连串抑扬顿挫的快乐单音，一面快速往前爬一面掉口水，若趴在地上斜觑，不难看出一路滴下的蜗牛涎。

家有爬虫类，我的疲劳指数逐日攀高。由于屋子属透天厝，楼梯从地下室伸至三楼。客厅、厨房在一楼，卧室、书房与盥洗室位于二楼，他随我们上楼下楼，早就摸熟地理位置。起初，他在客厅游乐区待腻了，猛往厨房爬，我真恨为什么当初厨房采开放式的，没门挡洪水猛兽。待我弯腰驼背把军机重地整治成适合小人爬行时，他又不爱了，这回喜欢爬楼梯，嘻嘻哈哈享受爬行的立体感。

楼梯部分本是家中最具巧思的装潢，一根圆木扶手，闲闲搭着三根栏柱，其间的空隙足以掉落一头牛犊，何况一个不知天高地厚的小婴儿！我们只好用最丑的塑料绳缠绕栏柱，编成护网，免得小家伙发生意外。

尾随一只爱爬楼梯的爬虫真是苦不堪言，几次强行架回客厅处，诱之以婴儿米果，逗之以叮叮咚咚小钢琴，吓之以链子（轻度的言语暴力），哀求之以手断了脚抽筋之状，这家伙仍旧像骆驼朝向麦加，义无反顾爬向楼梯。

"干脆带便当到楼梯行军算了！"这是我的气话。

气话，没人理，只好继续尾随他到处爬。恐怕也因为我不限制他的探险路径，这家伙的空间感与地理观似乎不恶。若屙便便了，我说："走，去洗屁屁啰！"他便爬向二楼盥洗室；若故意说：

194

"妈妈不晓得泡奶奶的地方在哪里？你带我去吧！"他也会很英勇地向目的地挺进。

八个多月的小家伙喜欢玩球（与他对坐，互滚）、躲猫猫、假装睡觉的游戏。更喜欢咿咿啊啊发出只有他自己才懂的声音。那是试音，我想，一个大嗓门婴儿企图取得语言自主权了。

有一天，他发出类似"娜——娜——"的声音，理所当然，我认为他在叫"妈妈"。（老辈的说，家里有小宝宝，大人会说谎三年。这话真是一针见血，大人喜欢穿凿附会小孩的言行，以犒慰自己的育儿之劳。）

"你知道我现在的花名叫什么吗？"跟朋友聊天时，我得意地说，"我儿子帮我取的，叫娜——娜——！"

在娜娜之后，孩子爸爸也有了花名，叫达——达——。

故事还没有结束，不知是小孩学语言初期都有单音双义现象还是小家伙偷懒，从此，他想要吃东西、吃奶时都以"娜娜"表达。

难道，母亲也是一种食物？

古早古早，一支螺丝绞

　　"古早古早，一支螺丝绞（音ga），伸长长，甲你绞！"

　　这可不是木工DIY，是学自隔壁家许妈妈的游戏口诀。没有一个婴儿不喜欢玩哈痒游戏，他们对充满戏剧效果的表情、动作、语言，尤其大感兴趣，我甚至怀疑小孩比成人更懂得享受戏剧之乐。他们总是很快抓住游戏进行的逻辑，并且以老奸巨猾的神情期待高潮——那个会让他们乐不可支的特定动作。

　　六个月以后的婴儿已经很懂得玩了，大人必须准备大量的游戏，不论是单品或混合故事、歌谣，也不管是自己发明或习自他人，大人必须卸下装扮与身份，把自己变成儿童乐园里的老跳蚤，与孩子一起进入游戏世界。

对中年得子的我们而言，这就是现代版的"老莱子娱亲"吧。

"古早古早，一支螺丝绞"，伸出食指，状似螺丝起子，左右快速转动，配音（似自动电钻），"伸长长，甲你绞"，以夸张的姿势朝婴儿的胳肢窝或腰部钻动。他会笑得花枝乱颤，又想躲又期望被钻到。

趁我还认得，记下几则跟小家伙戏耍的游戏，这是我们共享的记忆。在寻常时光中，当一个不会行走、不会言语的小婴儿看着妈妈，仿佛在期待什么时，做妈妈的再怎么贫乏，也会像我一样这么说："我们来玩游戏吧！"

◆ **烤乳猪**

每天都要换尿布，有时我会让他光屁股一两分钟，待湿气风干再包上新尿布。此时，便捏弄他那胖乎乎的大腿，念：

"烤乳猪，肥滋滋，最好吃；你一口，我一口，还要配啤酒。咕——噜——"

我会用嘴巴"噗"他的大腿，噗得呼呼作响，他感到痒，笑得吱吱喳喳的。

◆ 游啊游

"游啊游，游啊游，

游到海里找朋友。

小虾米背螃蟹，

一起去看，珊瑚生蛋。

八爪章鱼，做针线，

要把彩虹缝到海里面。"

洗澡或抱着他走来走去时，我会随口吟诵。随心情变换音调，有时抒情一点，有时变得很摇滚：

"游啊哈游，噢！游啊哈游，噢！"

想象自己是迈克尔·杰克逊，想象自己是伍佰。你不让自己快乐谁会让你快乐？噢！

◆ 小青蛙

"咽呱！咽呱！

我是一只迷人的小青蛙。

绿绿的皮肤，黄板牙，

凸凸的眼睛，大嘴巴。

最爱！最爱！最爱！

我最爱吃哈密瓜。"

两手分别拦住胸、腰，抱起如进贡状，学青蛙跳跃，忽上忽下的运动让他既新奇又快乐，只不过大人的两条手臂比刚摘下的梅子还酸。

◆　数数儿

０２３４５６７８９。噫，1跑到哪里去了？我们去找一找。有没有躲在床底下？没有。桌子底下？也没有。跑到洗衣篮里？没有。难道它在上厕所？也没有。

啊！原来1跑出去玩，变成晾衣竿。

０３４５６７８９。噫，2怎么不见了？2呀，你在哪里？亲爱的2，快回来呀！啊哈，找到了。2变成弯弯的衣架子，正在1身上荡秋千呢。

０４５６７８９。3呢？阿3哥，阿3哥，你到哪里去了？

看到了，调皮的阿3哥变成一只蜘蛛，站在竹叶上睡午觉。

０５６７８９。我就知道，轮到4不见了。为什么你们一个个离开我呢？

"谁说的，我在这儿！"4大声叫。

你怎么没跑出去呢？

"我不知道自己能变成什么，等我想到了再出去也不迟。"4说。

那么，５６７，你们一定等不及要出去吧！

"我没兴趣，"5说，"你看我长得像被罚半蹲、两手平举的小学生，我才不要出去受罪。"

"我也不要！"6说，"变成一颗樱桃，会被吃掉！"

7呢？你的长相不错，应该没这方面的困扰吧！

"唉！人都没有十全十美，又何况数字呢？"7说，"看来看去，我就是觉得自己像破了灯泡的路灯！"

好吧！好吧！随你们高兴，我得再数一数。

０４５６７９，8呢？才一眨眼，8就不见了！

"哈哈哈……"４５６７一齐笑，"8变成妈妈的眼镜啰！"

嗯，还是8比较孝顺。

０４５６７，帮忙找一找，9跑到哪里去了？

喔，好心肠的9跑去当路灯了，显然他不喜欢当樱桃。

好吧，我们再数一数，还剩哪些数字？

4 5 6 7，怪怪！连0也跑了！

0啊……哇……喔……

哈！原来0变成姚远的大嘴巴！

◆ 嗅梦味

大约八个多月以后，小家伙的睡眠习惯渐渐规律化。晚上九点半上床，半夜起来喝一次奶，喝完再睡，至清晨六点左右醒来。上午十点，小眯半个钟头；下午午睡较长，一至两个半小时不等。而我的睡眠习惯经过八个月的野战突击训练，已变得零乱破碎，易惊醒却不易入睡，再也不知道什么是一觉到天亮。

哄他午睡时，我会唱歌或即兴说一段小故事。有时会告诉他，有一个很可爱的梦在等你，闭上眼睛，就可以看到梦的样子。

所以，待他睡醒，扯开嗓子："啊——"我一进房间，会说："你醒啦！妈妈闻闻看，你做了什么梦？"

"嗯，"我说，"你的头发有青草味，耳朵有苹果味，嘴巴有牛奶味，鼻子有太阳味。嗯，你的身上有绵羊味，啊！（已嗅到尿布位置）臭嗳嗳，臭嗳嗳，有尿尿味。原来，小远跟一只小绵羊躺在草地上吃苹果，还一起去尿尿，对不对？"

他那睡得饱饱的样子，既满足又欢喜。伸展两手两脚打个大呵欠后，眼睛亮油油的，嘴巴笑嘻嘻的，好似真的跟一头小绵羊厮混了一下午。

【密语之十三】

梦见鲜血从小孩身上汩汩奔流，浓稠的血液沿阶梯蜿蜒，像获得自由的蚁群。那孩子大约一岁，白白胖胖的两条腿弯曲不动，布制的小鞋仍套在脚上，身体趴着，头偏向一侧，血从头颅处涌出。

谁的孩子？谁的孩子掉下来了？梦中，我慌张呐喊。快救救他！快点，血快流光了！

死了，救什么救。一个不在乎的声音说。可能是路人，那神态仿佛躺在地上的是一只蜻蜓。有人围过来，皱眉发出哀惋之声。他们翻正孩子的身体，因此我看到那张染血的婴儿脸。

——是我儿子！他是我儿子！快救他！快救救他！

我濒临疯狂，一直大吼大叫，仿佛这么做可以逼迫时间倒退，可以叫醒儿子。

惊醒，卧室角落一盏小灯把我唤回现实。是个噩梦，谢天谢地，是个噩梦罢了。

床上，小家伙睡得香甜，小手托着圆嘟嘟的脸，嘴唇微微张开，我用手指轻轻一抿，附耳说："嘴巴闭闭，不然，梦会跑光。"他果然闭上。

孩子爸爸也睡熟。这一大一小两个男生都不知道我刚刚去了哪里？

诞生与死亡的种子同时埋入一个母亲的内心土壤。她为生命的成长欢喜一分，那死亡的恐惧也就增长一分。她愈得意，灾厄离她的孩子愈近。

阿嬷年轻时送走三个小孩，两个出生不到十天及一个五岁的，两男一女。不是送给富家，是被死神抱走。

那是什么样的心情？行过死荫幽谷，仍然得弯腰种植希望；哭干了眼泪，帮僵冷的亲骨肉换穿新衣，央两个壮汉抬去埋了，独自站在竹围边目送，横掌遮额望着西沉的夕阳，心里盘算还要多攒一些米粮，把身边的孩子养大。

那是什么样的心情？孩子的身躯被没收了，母亲让他在心里复活。

食婴之岛

　　故事是这么开始的。

　　"季儿卡静静坐在阳光下，摇着她的婴孩。"

　　那阳光应是十分柔和、微暖，才能匹配一个母亲与甫出世的婴儿。我情不自禁想象，季儿卡母女憩坐的树林里应有悦耳之鸟鸣，跳荡于枝丫间。

　　如果故事在此结束，实能留下美好印象供人流连、回味。然而我说过，故事是从这里开始的。即使万分不愿意，我也必须继续转述仿若亲见的季儿卡母女的遭遇。

　　《大地的窗口》（珍·古德著，杨淑智译，麦田出版）书中，珍·古德女士记录了一只残废雌黑猩猩的悲惨一生，她叫季儿卡。

孤单的季儿卡在失去儿子一年之后，又生了女儿欧姐。就在她心满意足享受做母亲的快乐时，突然，另一只以凶狠著称的雌黑猩猩派逊及其女儿波出现。她们充满敌意，毛发竖直地冲向阳光下的季儿卡母女。

珍·古德写着："季儿卡尖叫逃走，但是她手脚不方便——一手抱婴孩，一手残废，当然不是派逊的对手。派逊闪电似的撞倒季儿卡，然后抱走她的小欧姐。"

让我们想象季儿卡的挣扎——或者，假想自己就是季儿卡。亲生骨肉被高大强壮的派逊母女夺走，毫不迟疑，必定发疯似的冲向派逊想要夺回自己的婴儿。然，孱弱且残废的身躯根本无力迎战强敌，为了躲避派逊母女的联手攻击，季儿卡只好转身逃跑。

阳光依旧静好，微风吹过树林，吹翻更清脉的鸟鸣。故事必须继续："派逊自信已经胜利了之后，便坐在地上，从怀中拉出受惊的小欧姐，猛力撞击她的小脑袋，欧姐当场死亡。"

这时，原本逃跑的季儿卡基于母亲职志又踅回来企图救出她的婴儿。当她看到自己的小欧姐倒卧血泊时，厉声尖叫，惊慌地来回奔跑。然而，最终她也只能伤心地离去，小欧姐的尸体是派逊的禁脔。

"接下来的五个小时，派逊便吃着小欧姐的尸体，并且把她分给其他家人。她们就这样，将小欧姐吃得一点也不剩。"

发生在阳光下的故事并未随着夕阳西沉而消失。翌年，季儿卡又生下一只小雄黑猩猩欧里翁。三周后，同样的抢婴遭遇又重演了。派逊母女再度攻击弱小的季儿卡，抢走欧里翁。任凭伤痕累累的季儿卡再怎么抵抗，欧里翁仍被她们分尸了。

在非洲刚果研究黑猩猩达三十多年，以建立黑猩猩生命史为职志的珍·古德提及，黑猩猩比任何一种动物更像人类，两者的基因DNA结构只有百分之一不一样。

我无法遏止自己的想象：若逆溯以杀婴为乐的"派逊基因"，当可窥见其远祖兵分两路，一支传至黑猩猩派逊家族，另一支则繁衍成为人类。若是如此，则如今活跃在地球上的人类中，应有为数不少的"派逊"族裔，他们埋伏在各个社会的隐晦角落，伺机虐婴、夺婴、贩婴、杀婴。

他们有男有女，四肢健全、反应机伶，善于营造陷阱，长于窥伺侦测。他们把快乐建筑在手无寸铁的婴儿、幼童身上。

如果连婴儿都能夺，还有什么不能夺？连婴儿都能杀，还有什么不能杀？

我坚信，每一个来到这世界的生命都有权利获得祝福与照护。父母有机会选择孩子（堕胎或保留），而孩子没有机会选择父母。因这初始的不公平，每个孩子一旦被生出，就有权利要求受到合理的照顾。然而，可悲的是，数不尽的小生命来到世上，仅是为了提

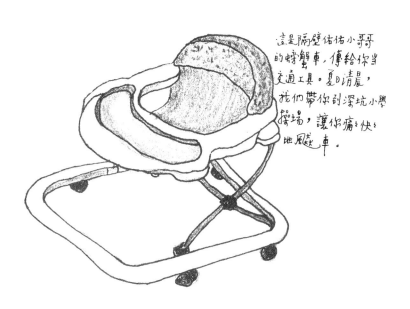

這是隔壁佑佑小哥哥
的螃蟹車，傳給你當
交通工具。夏日清晨，
我們帶你到深坑小學
操場，讓你痛快
地風馳車。

• • •

这是隔壁佑佑小哥哥的螃蟹车，传给你当交通工具。夏日清晨，我们
带你到深坑小学操场，让你痛痛快快地飙车。

供大人蹂躏、遗弃、凌虐、奸淫、扑杀他们的机会而已。他们的一生只有一种表情：哭，他们的身体只有一种颜色：血，他们的头颅、脸庞、手、脚、背脊、私处时时连接着球棒、皮带、石头、衣架、铁丝及丑陋的阳具。

在闪烁的万家灯火里，事情就这么发生了。

一个母亲，把十个月大的小男婴打成颅内出血。她一定视之为皮球，一把抓起，猛力掷向墙壁。（她是派逊！）

一个四个月大的小女婴，全身黑紫，被弃尸于闹区百货公司附近。（四个月大，五六公斤重，六十厘米高。你会这样对待了四个月的一只猫、一条狗或一尾蚕宝宝？）

一个十个月大的小女婴，被爸爸丢进新店溪溺毙，原因仅是向妻子求欢被拒，因而怪罪女儿碍事。被寻获的小尸体像青紫洋娃娃摊在岩石上，小脸蛋塞着泥沙。（她的生命是什么？是愚蠢男女的性器官分泌物，因而可以被清洗、抹净、消灭吗？）

四五岁的小男孩，被爸爸用球棒活活打死，他的妈妈只能在一旁哭喊，无力援救。（被扁的小男孩一定大声求饶："不要打了，爸爸！不要打了求求你爸爸！"但做爸爸的愈是认真尽责地挥舞球棒，以一个粗壮男人的所有力量，将小孩打至昏厥至肝胆破裂直至死亡。）

两岁男童，正是调皮捣蛋、似懂非懂的年纪。却被妈妈的男友逐一拔除眼睫毛，重击阴囊，又以对付仇敌的手段狠踢他的右肾，导致必须手术摘除。

我好奇的是，殴打一个孩子至其内脏破裂需要多少时间？五分钟或十分钟？殴打一个孩子至死又需要多少时间？十分钟或二十分钟？

在这一段时间里，孩子的家人在哪里？邻居在哪里？难道从来没发现孩子身上的伤痕，没听到孩子哭喊、尖叫的声音？

让我们承认吧，如同施暴者于痛殴孩童时渴望见到童血，嗅其腥膻、见其鲜红以喂哺每一根饥渴的神经般，我们的骨子里也流淌着食婴的欲望。是以，在地狭人稠、鸡犬相闻的岛屿上，我们听闻隔屋传来的童哭犹能安然入睡，于楼梯间与浑身伤痕的小孩擦肩而过，却视若无睹。

在这岛上，婴儿也是物件。如出清存货时买得的一件衣、一只背包，用过几次后嫌它低俗难看，装入塑料袋，也就扔了。

根据"内政部"资料，一九九七年台湾地区共有一百零二位弃儿，几乎三天就有一个孩子被弃。然而，儿福联盟推估，若加上遭到贩卖或是拾获人留养的黑数，每年至少有上千名弃儿。换言之，不是三天一个，是一天三个。三个什么？破鞋？雨伞？保险套？不，都不是，是三个小孩。

怎么丢呢？

寒流吹袭的冬夜，三个月大的小女婴仅着短衫，被丢在河边垃圾堆内。

一个小男婴，有耳有鼻有眼睛，被扔在草丛中，全身遭蚂蚁蚊虫咬得血迹斑斑。

荒郊野外的果园里，一个小女婴不知何时被扔在那儿，经人发现时，身上已长着白蛆。

另一个刚出生的小女婴被丢入垃圾桶，她的妈妈是个初中生，在厕所产下她。

同样是初中女生生了男婴，她将这名刚出世的小生命用塑料袋装好，丢入垃圾车。

什么时候开始，生命变得这么狼狈不堪，存在等同于耻辱，是以需不择手段地扑杀、消灭一个个粉嫩雪白的婴儿。谁在去弃婴儿？"妈妈"吗？谁让不想或无力当母亲的"妈妈"丢婴儿？那个提供精子制造生命的男人哪里去了？有没有人告诉他们，一个婴儿跟一根没吃完的热狗、馊臭的排骨、走味的啤酒是不同的。有没有人提醒他们，什么叫"罪恶"！

凶残的派逊们具有多重面目。相较于丢弃、扑灭婴儿，窃婴集团的手法算是温和的。他们四处埋伏，趁机拐骗、偷窃他人的婴幼儿，视之为商品，转手赚取巨额利润，让漫长且沉重的痛苦一寸寸腐蚀受害父母及孩子。

他们打扮得人模人样，可能也是孩子老师眼中的好父母或被邻人视作热心公益的好厝边。他们出没于医院、百货公司、餐厅、公园、电影院、游乐场、地摊、菜市场，甚至登堂入室到别人家里，一眨眼，掳走孩子。

孩子的父母可能正在付账、提款、如厕、打电话……他们原先以为绑架、窃婴是发生在他人身上的事，压根儿没想到派逊家族无所不在，竟轮到自己要在每家7-11附近张贴协寻爱儿启事。

做父母的流干眼泪，无心工作，求神卜筶。神说：在东方找，他们往东。神说：在西边，他们往西。神说：孩子还活着，他们散尽家产也要找到心肝宝贝。

窃婴、贩婴的派逊们曾为自己的作为感到一丝愧疚、不安？我相信没有。他们甚至合理化自己的行为，那位以三十万至五十万元贩卖两百多名婴儿，数年来获利超过亿元的妇人理直气壮地声称自己在做善事。这样的论调着实点燃做父母的怒火，亟欲卷袖勒那妇人的颈子，也算"善事"一桩。

砍掉一条手臂，是痛，但这痛会过去，手臂的功能也可由其他器官代替。走失孩子的痛，却是无日无夜的折磨，那痛无法解脱，反倒愈陷愈深。若孩子因病而死，父母伤痛之余可以"美化"死亡，想象孩子去到繁花似锦的天堂，慈爱的神代他们看顾孩子成长。然，父母无法"美化"罪恶、丑陋及孩子失踪的事实，反而朝引发巨大痛苦的方向想象孩子的处境。试着进入失踪儿父母的心思体会吧！当一个母亲想象失踪的小女儿被卖入烟花巷当雏妓时，她的心有多痛！当一个父亲想象爱儿被歹徒砍断手脚正趴伏于夜市行乞时，他会不会捶胸顿足恨自己无力保护爱子几近疯狂？

为什么拿别人的爱开玩笑！为什么践踏父母的心竟无一丝怜悯！如果抛却法律，将盗婴窃孩者交由失踪儿父母处置，他们会选择给恶徒一个自新的机会，还是一个不再犯错的机会？他们会不会说：杀，无赦！

在这个以丰饶与优美著称的岛屿，派逊族裔快乐地繁殖着，行走于世纪末道德崩圮、冷血无情的人世废墟上，派逊们自由自在地猎杀婴儿，饮其血、噬其肉、啃其骨，就这样，把他吃得一点也不剩。

生命有何意义？在这个我们视之为温暖家园的岛屿上，生命有何意义。

我想起自己年轻时曾写过：所有不被珍爱的生命，都应高傲地绝版。十多年过去了，心境改变，但看待生命的那只怒眼尚未闭上。读毕一个个被凌虐、遗弃、奸淫致死的婴幼儿故事，发生在他们身上的痛苦一寸寸移转至我身，遂禁不住泪。泪过之后，我对自己说，似乎也对飘浮于空中的小灵魂说：死了也好。

我如此相信，在几乎被政客唾液淹没的小岛上，在永远无法开锁的冷酷境地、永远照不到阳光的阴暗角隅，死亡比存活更接近恩宠。

死亡之后，季儿卡又可以静静地摇着她的婴儿，在温暖的阳光下。

【密语之十四】

通常有一两张蜘蛛网，在那条小小的凹壁槽内。雾灰色的水泥墙吸纳四季渗雨，涎出它自己的图案。有时看起来像辽阔平野上一起举出炊烟，有时湿答答，好像人哭。

四方形饭桌靠那面墙，中央那条凹壁与饭桌齐高，所以靠墙壁坐的人可以一边端碗一边把手肘搁在凹壁内。我们做小孩的没那种福气，那是父亲的大位，自然没人敢坐。父亲绝不会把手肘搁在凹壁槽内，我注意到了，那会使吃饭的样子不正经，他天生有一股威仪气，好似吃饭也要像个男子汉。

如果是冬天，他会斟酒佐餐。那是阿嬷酿的米酒，玻璃大坛内沉沉浮浮白玉似的软糯米，有一种度日如年后的解脱感。酒坛就搁在凹槽内，父亲托坛倒酒，难免会淌出酒液，湿了放在坛子旁边那口圈着红纸的铝罐。

湿的红纸，真是酒红色了，媚媚的。罐内装八分满白米，积一层褐灰，那是燃香掉的，香柱还插在上面，小孩插香不讲究规矩，遗下的一撮香柱像哭泣后的女人睫毛。

那只红纸铝罐一直搁在凹壁内，每天吃饭都会看见，看习惯了，也就没看见。家里禁忌很多，不能随便问，大厝内九间房，窜来窜去都会撞到谜，总觉得一屋子夜半鼾声中还有神飘鬼荡的气息。小孩要是问，难免遭脸色。

说是淡忘，可是逢年过节又把谜题端出来。阿嬷喊了：你们这些团仔呀谁！去！香三丛、四果拿去拜！家里小孩多，随便抓一个就是。抓到我那一次，是个中秋。

厨房里各组供品都分配好了。天公、神明、祖宗都是全牲大礼，不会搞错；小份的备月饼、柚子，好几份呢，怎晓得哪一份、拜哪位神？老人家怒了：枉费你是老大，拜你亲阿姑，跟她讲今日八月半中秋节，跟她讲你的名字。请她保佑你会念书，知影否？知影！知影。

柚子是正宗绿皮大柚，比我的头颅大；月饼只有掌心小，皮面上盖了朱印，还有余温。中秋是个大节，仅次于除夕，厨房里柚子、月饼、牲礼堆得跟小山似的，谁都得回家剥柚子、吃月饼，不准受半点委屈。平常可以穷苦潦倒，逢到大节日，全家撑也要撑出几两富贵来，这叫过日子的骨气。大人说的。

跨出厨房，又糊涂了。给姑姑过节，那……那姑姑在哪里呀？老人家火了：你眼睛长在脚底吗？你每天吃饭没看见你阿姑坐在那里看你吗?

这才正式拜见凹壁内那只红纸铝罐。把酒坛挪远些,清掉半张残网,擦拭干净,供上月饼、柚子。恭恭敬敬说:阿姑,今日是中秋,请你回来过节。乌沉香燃得颇快,烟雾由壁内往外漫散,有一种自家人的感应。

见过姑姑的人没几个,她出生没几天就死了,连名字都来不及取。以前的女人没地位,更何况是夭折的,自然上不了大厅神案以及墓园。阿嬷给她封了那只红罐,让她过年过节回来有位子坐,也是继续养她的意思。为了祭祀时喊她,又给她取了闺名。那条凹槽其实也像摇篮,从小,她哥哥护着,一日三餐坐在妹妹旁边吃。

姑姑是个好小好小的婴儿,姑姑生前没吃过月饼。

后来,那只红罐便丢了,姑姑不再需要它。阿嬷把姑姑许配给镇上一位男子,完成冥婚,从此由夫家祭祀。算一算,那年姑姑应有二十多岁了。可惜,她的哥哥(也就是我的父亲)没看见她的婚礼,在这之前,他竟死了。

也难说。既然同在冥府,兄妹俩自然有一番庆祝才对,说不定做哥哥的还高高兴兴陪她坐轿到夫家。

我没见过那位姑丈,这无所谓,只要他善待我的姑姑就行了。

病

最怕小孩生病，但至今未听说哪家小孩不生病的。

满六个月以前，小婴儿体内尚有妈妈给他的抗体，较不易生病。当然，少出门也是原因之一。一跨过六个月门槛，抗体消失，再加上出门访友兜风的机会多了，宛如一张白纸的小身体，从此必须身经百战以建立自己的抗体库。

换言之，平常嚷着累呀烦啊都不算什么了，照顾生病的孩子才是"累之极品"。

由于担忧孩子生病的心理压力日益加重，甚至自觉接近轻微的焦虑状态，所以买了有关婴幼儿医疗保健的书籍阅读，概略地了解发烧的机转以及各种常见的婴幼儿疾病。有个轮廓，才不至于阵脚大乱。

然而，我仍旧觉得这方面的书籍过于简略且数量太少，无法满足像我一样求知欲旺盛的新手妈妈。我也发现，婚前每月花不少钱购买书籍杂志，但几乎没买过医药类书籍，以至于自己的医疗常识游走于似是而非之间。像我这样的人一定为数不少吧，晴空万里时脑子里没半支伞影，等到需要了，又不知伞在哪里？

如果是自己的身体也就罢了，偏偏是脆弱的小婴儿，做父母的得完全负起照顾的责任。此时，若有认识婴幼儿疾病密集班或训练妈妈成为家庭医护员的课程，我一定连夜报名参加。

（各行政区内的卫生所，除了呼吁实施家庭计划、推行优生观念之外，难道不能扩充业务，举办上述课程？）

第八个月初，正是寒冬时节。某日夜晚，我习惯性地摸小家伙的额头，有点烫手，拿耳温枪一量，三十八度半，果然发烧。

那晚根本别睡了。发烧让他不舒服，翻来覆去又哼哼唧唧的，小孩睡不好，大人怎可能合眼？两只老猫熊（长期睡眠不足，两人的黑眼圈甚明显）商议结果，先给小家伙少量普拿疼退烧，天亮再看医生。

次日，感冒症状出现了，流鼻水加上轻微咳嗽。知道是感冒比较放心，若是不明原因的发烧更叫人担忧。医生开了药，多休息、多喝水、少去公共场所，大家都会背的。

开药的医生不会教你如何喂七八个月大的小娃儿吃药，坊间有多款喂药器，看来都抓不住宛如泥鳅般抗拒的婴儿嘴巴。还是回归老祖母那一套，备一根大汤匙，以手捏住小孩下颚迫其张嘴，再以迅雷不及掩耳的速度持匙灌药，咕噜，小婴儿正要放声哭叫示威，药已下肚，真是一根汤匙打遍天下无敌手。虽然手法冷酷无情，但终于获得最后胜利。

我从小看阿嬷、妈妈用这种"暴力"对待生病的我们，早已习得真传。不过，我的手法经过改良比较温和，尽量不刺激小宝宝的畏惧感，若让他心生恐惧或厌恶，喂成一次，第二次他就不依了，甚至把吃进去的药全部吐出来。

改良之道，汤匙小一点，语气温和一点，哄他、安慰他、鼓励他、赞美他。别以为七八个月的小娃娃听不懂，他不仅懂，而且会因为父母的一番眼泪告白或深情演说而鼓起前所未有的勇气，乖乖吞下药水，再吞下几口温水，然后露出"啊！我终于向自己证明，我做到了"的胜利表情。

（每次喂药，若孩子爸爸在家，他就夸张地鼓掌、喝彩，其炽烈之状不输观看NBA冠军赛。从小家伙的角度看，或许理解成："只要我喝下汤匙内的怪东西，就可以看到爸爸变成土人跳很奇怪的舞……"）

喂药不难，但是帮不会擤鼻涕的小娃娃清除鼻涕着实困难。

若不清，鼻涕积在鼻腔内妨碍呼吸，弄得他烦躁不安无法入睡。要清，怎么清除？

看过卓别林《孤儿流浪记》（ *The Kid* ）的人，想必对那个倒霉的"小男人"阴错阳差被迫捡回弃婴又顺理成章抚养之，继而建立父子亲伦的过程印象深刻。这部片子内涵丰富，提问了亲情伦理的先天性与后天性。不过，最让我笑出眼泪的是，做爸爸的一早起来帮小孩挖耳垢、清鼻涕的那几幕。所谓亲情，常常借由极细腻、微小的事件流露出来，无法传授也不能模仿，只有亲自照顾孩子，对他放了爱的人会自然而然为孩子清除身上的秽物、脏垢，这些在他人眼中视为肮脏、恶心的东西，做父母的却一点也不以为意，甚至做得乐此不疲。（想一想小时候，哪个小孩没被妈妈追着跑，一路大声嚷嚷，只为了缉捕孩子脸上那两管浓浊的鼻涕。）于是，我不禁联想，人类的"秽物伦理学"与黑猩猩家族之间相互梳理毛发、抓咬小虱子应该都是亲情的高度表现。

回到小家伙的鼻涕吧！即使以柔软的面纸擦拭流到鼻孔口的浓涕，仍无法悉数揪出窝在鼻腔深处的异物，况且频频擦拭已使他非常不悦，强烈摇头表示抗议。为了让他舒服点，我只好抱着他睡觉，半躺的姿势使他的呼吸稍为顺畅些。

我受不了那些鼻涕。用吸鼻器吸之，用过的人一定了解那玩意儿中看不中用，最管用的原始道具还是妈妈的嘴巴。于是，我真的

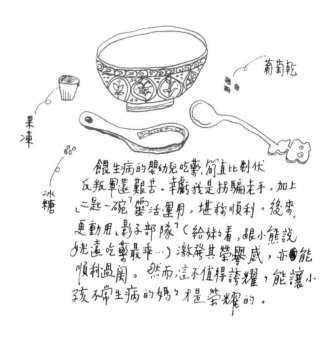

葡萄乾

果凍

冰糖

餵生病的嬰幼兒吃藥,簡直比制伏反叛軍還艱苦。幸虧我是拐騙老手,加上「二匙一碗」靈活運用,堪稱順利。後來,更動用「影子部隊」(給妹妹看,跟小熊說姚遠吃藥最乖…)激發其榮譽感,亦能順利過關。然而,這不值得誇耀,能讓小孩不常生病的媽媽才是榮耀的。

· · ·

喂生病的婴幼儿吃药,简直比制服反叛军还艰苦。幸亏我是拐骗老手,加上"二匙一碗"灵活运用,堪称顺利。后来,更动用"影子部队"(给妹妹看,跟小熊说姚远吃药最乖……)激发其荣誉感,亦能顺利过关。然而,这不值得夸耀,能让小孩不常生病的妈妈才是荣耀的。

凑近小家伙的鼻孔，咻咻两声，所有的烦恼都解决了。

"天啊！真是脏死了！"有人会这么说，我相信在当妈妈之前我也会这么说。有个朋友帮她的小侄子洗屁股时需戴上医护人员用的塑料手套免得沾了手，等她自己当妈妈，我问她："你帮你小孩洗屁股还戴不戴手套呀？"她笑得傻傻地："戴什么手套，用手洗才知道便便的软硬度哩！"

做母亲的可以忍受秽物，但不能忍受她的孩子不舒服。

我从来不知道我这张妙语如珠的嘴巴还是一台优良的吸涕机，总之，小家伙舒服多了，睡了好觉，几日后即痊愈。

当做妈妈的变成吸涕机，做爸爸的还能闲在那儿不管事吗？

住家院落栽植花草，易招蚊虫。清早、黄昏之时，饿蚊群出，只要有人经过，被咬得比少林寺法师烧的戒疤还浑圆漂亮。我们尽力做好防蚊措施，仍难免有漏网之蚊潜伏入境。蚊子乃天生美食家，不屑叮老皮坏了毒针，它专找小婴儿针灸一番。

"惨了，这下子比'宋七力'还多两粒，变成'姚九粒'了！"我说。才一会儿工夫，蚊子把午眠中的小家伙叮得手、脸都是包。

只要市面上找得到的对付蚊子的军火，我们都买全了。蚊香、电蚊香、液体电蚊香、驱蚊器、捕蚊灯……积起来赫然是一座小型弹药库。不过，孩子爸爸怕这些化学毒药用久了对小家伙不好，因而只敢用捕蚊灯，每次一开，霎时一阵霹雳闪电，甚为吓人。事后检验成果，似乎是飞蛾昆虫居多蚊子甚少，后来那盏灯像遭鬼似的一阵噼哩，青幽幽的光一闪一灭，就这么完啦。

从此，孩子爸爸学武松空手打虎，他变成缉蚊工人。半夜三更，卧室里进了蚊子，他就别睡了，框上眼镜，眼巴巴伸着脖子寻蚊，有时一晚上起来三四回。才躺下，天亮了。

孩子姑姑送来一把电蚊拍，我们的抗蚊战争立刻反败为胜。发明这玩意的人一定是个恨蚊入骨的网球高手，或许常在打网球时被群蚊叮咬，顺手以球拍回击因而产生创意。总之，这把可爱的电蚊拍扭转了孩子爸爸的运动生涯，古诗有云："轻罗小扇扑流萤"，我们家是大男人执拍扑流蚊。这种网拍采电击原理，待蚊子停定，执拍移近，按下电钮，扑哧一响，闪出一星小火，蚊子立即毙命。

某日，友人来访，忽见一只黑蚊贼贼地飞过，停在墙壁上，孩子爸爸立即抢出法宝伺候。友人见之大喜，说这玩意儿已成为他们系上的必备兵器，各研究室墙角莫不斜立一把电蚊拍，做不出研究时，执拍寻蚊，也是一乐。同事之间偶尔也会交换心得，如何以电蚊拍"BBQ"苍蝇、蟑螂……

若说在烦琐且疲惫的育婴过程还挤得出什么乐事，或许打蚊子也算一件罢。而电蚊拍，实在应该系上蝴蝶结，帮它照张相，置入孩子的相簿，以志其陪伴小宝宝成长的功劳。

常出门的小孩会生病，少出门的孩子照病不误。据有经验的妈妈说，小孩每年生病八到十次是正常的。这真是让我瞠目结舌，差不多每个月都得找医生，日子怎么过呀？

就这么过呀，发烧、感冒、泻肚子不过是家常小菜，什么了不起！等着吧，每个小孩都会给他娘一桌满汉全席，你等着吧！

有经验的人说。

【密语之十五】

记得好清楚，青蛙在田里叫，约莫十多只或更多；河水呜咽，沿岸一排密实的竹树藤蔓，总有几十年岁数的，静止的时候像尘封的巨册族谱，一点点风经过，又似四合院里全是活人。夜渐渐深沉，我记得很清楚，萤火虫在行走的脚隙穿梭，天上闪着星光，看起来忽远忽近。阿嬷牵我的手，她愈走愈快，我几乎跟不上，因而那样子有点像急于赶路的大人拖着贪玩的小孩疾行。

她的手好冰凉，不，应该说我发烧得近乎滚烫。正因如此，她等不及天亮，顶戴着星辉月色，带我走路到好远好远的小镇找小儿科医生。

她问我："行会颠动莫？"

我说："会。"

其实，我很想躺下来。辽阔的黑夜像无边际的海洋浮晃我的小身体，萤火虫与星光，忽而上升忽而下沉。我知道自己在走路，但每一步像踩入梦境、泡影，软绵绵的仿佛不是自己的脚。我在心里反复诵念："快到了！快到了！"借以支撑虚弱的身体。

阿嬷敲了一阵门后，戴老花眼镜穿汗衫的老医生迎我们入内。我记得，被高烧折腾得快睁不开眼睛的我欣慰地告诉自己："快好了！"当听诊器触及我的胸、背，那透骨冰凉的感觉竟像温暖的印记让我立即觉得精神来了，胖胖的老医生很仔细地检查着，我不记得他说了什么病，那时代的医生不会向病患及家属解释病症及治疗方式，反倒像慈祥且权威的长老安抚惶恐不安的晚辈："没啥米要紧啦，注一支射（针），药仔吃几天就好了！"不论小诊所或大医院，这种制式的话语宛若神谕让病人与家属放下心中巨石，脸上微微现出笑纹。

每个医生或护士都称赞过我：这个查某团仔真勇呢，注射龇哭。其实，我痛得想放声大哭，只是心里迷信，要是哭，病就赢了。

末了，老医生捻亮小房间的灯，那儿放了很多药罐。他拿出捣药的大碗与杵，手法跟中药铺的师傅差不多。研好药粉，又从抽屉取出一小叠纸，一张张铺在桌面，遇到粘住的，伸出舌头用指头一沾、一推，又继续铺纸。继而以长柄小匙舀药粉置于纸上，其谨慎的模样像公平地分配糖果给孙儿们的老阿公。接着，他以那看来臃肿却十分灵巧的双手折叠纸片，折得像童话故事里公主随身携带的雪白小荷包，最后，将小荷包插叠成串，放入药袋。

"照三顿吃，欲困之前各吃一包。"医生说。

"歹势哦，这呢暗了，吵你的眠。多谢啦，你这呢好心，呵呵呵，活百二！"阿嬷接过药袋，说。

有什么比祝一个医生活到一百二十岁更能表达谢意？

归途变得轻快许多，我记得阿嬷背我走一段，再放我下来走一段，家便到了。

如果身体的每个细胞、组织都有属于自己的记忆与收藏，那么，我的胃壁肠道一定像古老岩层涵藏白垩纪的草木鸟兽虫鱼化石般，层层堆叠着为了医治我的病而被吞下的奇花异卉、飞禽走兽的痕迹。它们当中，有张牙舞爪的枯干树枝，有新鲜尚淌着白乳的野地青草，有削成片的药材，还有极恐怖的碾成粉末的蟑螂屎、清炖蚯蚓、香灰符水及蛇汤。

在离热热闹闹的世界非常遥远的乡下，一个从小即小病不断的孩子，不可避免地变成神农氏化身，一面遍尝百草一面晕晕眩眩地长大。

如今想来，也不是什么大不了的病，无非是流鼻涕、扁桃体发炎、咳嗽等感冒症状或腹泻、长针眼、结膜炎、扭伤、脓疮、蛀牙、中暑之类的。但对缺乏医学常识、平日靠一瓶虎标万金油从头医到脚的家人而言，这小孩动不动就发高烧岂非生命交关之事？父亲忙于营生，母亲照顾幼儿，带我上妈祖庙向妈祖求"炉丹"（香灰）、到中药铺抓药剂、找拳头师傅接脚筋，最后到"杏圃"挂号看那位下巴有颗痣长了三根长毛的全科医生的人就是阿嬷。她有个本领，带我步行访医（那个年代，乡间只能靠脚踏车及双脚）的路途中，只要遇到人，不拘是乡亲厝边或陌生路人，开口打招呼之后立即转入孙女的疾病史报告，其简明扼要的专业架势令我至今感慨，若非失栽培，她应是常常在学术会议上提论文的一号响当当人物。而那位聆听者，见她如此忧心如焚，又仔细端详我那病恹恹的样子（也可能是被太阳晒昏的），立时如乩童起乩，灵感不断涌生，口若悬河地叙述她那苦命的表小妹被无路用尪婿捶至排仔骨断一支咳嗽出血怎么医都医不好，后来"堵"到贵人指点找某某医生、服某某偏方、问某某神，如此调理马上就好甲利利利！阿嬷全都记住了。不识字的她拥有惊人的记忆力，不仅记住那医生、那偏方、那庙之姓名内容住址，更把那路人叙述的错综复杂故事给记住了。若恰巧我的病症因此医、此方、此神之诊治、护佑而痊愈，那么在往后经她多次转述、引申、编织而成的天罗地网般的故事里，我就像一颗闪亮珍珠，不断地见证一个路人的善行及其口中那位苦命女子的悲惨命运。

226

如果有人同我一般，在童年时被众多弟妹分去大人的呵护与疼爱，那么必能理解幼小的我还算喜欢生病的心理背景。唯有生病时，不必被大人呼来唤去做一堆家务事，也唯有此时，阿嬷舍得掏钱到店仔头（杂货店）买一罐凤梨或梨子罐头给我享用。

那滋味无上甜蜜。即使到了今日，再昂贵的苹果水梨凤梨都尝过了，舌头仍顽固地认为三十多年前那罐凤梨片、梨子片才是最炽烈的恋情。小孩病时胃口变差，但只要送上凤梨罐头，精神立即虎虎生风，吃得连甜汁都不剩。因而，阿嬷至今迷信，罐头凤梨、水梨乃治病仙丹，她给它们三星带花的评鉴："退火，顾腹内。"

要是小症，就没那等福分吃神仙妙果。不过，阿嬷不知从哪儿听得、习来甚多食疗偏方，碰到孙子们偶染风寒，即拿出实验精神蒸、烤、煮、炖、煎之后得一块或一碗黑乎乎的神秘物要我们吞服。记不得详细的，但至今记得黑糖姜母汤、桔仔饼蒸蛋、浓稠的太白粉甜羹、炭烤盐巴橘子这几样稍具姿色的，但不记得吃了之后是不咳呢还是咳得更凶？

在那纯朴却宛如置身荒野的年代，每个做母亲的都有几手巫医步数，等同现今的家庭医师。我母亲擅长眼科及刀伤外科，凡是眼睛吹进了沙或睫毛粘入，找她准没错。她只需一碗清水，一手撑开眼皮，另一手以指腹轻捻慢捻，三两下就帮你洗好眼。不知是习来的还是自创，她还会念一段治眼咒语："目睭公，目睭母，黏瞇吹，黏眸好。"翻成白话是：眼睛先生，眼睛小姐，立即吹，立即就好。念完，朝病眼"呼"地吹一下，你眨一眨眼，真的好了。

至于治见血的刀伤，我母亲也会几招。有一回割稻，我不小心持镰刀割伤手指，鲜血直流。母亲捏住我的指头，小跑步带我回家。立即拿几张祭拜用的金箔纸置于碗上，碗中有水，烧纸，待纸成灰入碗冷却，她将半灰半纸的金箔敷在我的伤口上，再以布条裹紧。靠这种简略的消毒止血法，我母亲治了五个小孩成长过程中不计其数的刀伤。

阿嬷见多识广，其医技更是浑然天成，举凡牙科、骨科、收惊似乎都难不倒她。但她最有名的功夫是刮痧，"喏，来，我给你刮刮一下！"那口吻充满自信，仿佛她的刮功也治得了妇女不孕、小儿食欲不振或天底下"无三小路用"的查甫人。

夏日酷热，我常中暑，动不动即瘫在地上如一只瘟鸡。阿嬷拿起梳头用的半月形木梳子，盛一碗水，要我脱去上衣趴在床上，她先以水湿润我背，再倒持梳子由上而下刮之。她的疗法堪称心狠手辣，全然不理会我痛得哇哇大喊，只顾自己以鉴赏的口吻啧啧称奇："喏，出来了，才几下就红唧唧，再忍一下！"她愈刮愈得心应手，仿佛潜藏在我体内的两尾毒蛇已被她刮出原形，即将曝日而亡。我痛得受不了，大叫："阿嬷，等一下，我要放尿——"

末了，再承受她屈指用力捏抓颈肩，才算大功告成。经此诊治、颈、背处处瘀血，仿佛"河出图，洛出书"，我的背部散布着小螃蟹、小蚯蚓及两尾游蛇。

奇怪的是，这款麻辣按摩法对我颇有效力，刮痧过后没多久即觉神清气爽，或许只能归诸我的皮肉欠捶欠揉，有被虐倾向吧！

乡下出身的孩子，自小活在蛮荒般的医疗环境里，面对形形色色的病毒、细菌，只有两条路可走：一是非常幸运地在香灰符水、草药偏方的装饰下靠自体免疫力平安过关。要不，即是被挡了下来，带一样残疾长大，或是夭折。

此刻，当我回顾成长过程中数不清的访医星夜，眼前浮现无边界的黑暗时，田里青蛙的叫声如在耳畔。

于是我忽然理解，在我与疾病对抗的童稚时期，曾有一群青蛙卖力地为我祝福。

大小窝

虽然看别人育儿如乘坐云霄飞车，自己褓抱却似度日如年，然而再怎么缓慢，时间还是向前走的。

第十个月始，小家伙换穿XL尿布。小屁股仿佛随疆土扩展而增大的玉玺，从巴掌大的初生儿专用尿布到现在的特大号尿布，定心一想，十个月也不过是一支箭功夫。

有经验的朋友说，小婴儿每六个月即脱胎换骨一次，不论体能或心智成长，似乎依这时段跃升。

从小家伙身上，我倒发觉满九个月后，他即跨过门槛似的渐渐成熟，不仅身体方面发育得较健壮、灵活，足以进入学习站立及移步阶段，在心智、认知方面更显现令人惊讶的进步。

第十一个月的某一天，我陪他在客厅玩，满地的小玩具、书籍及各种取乐婴幼儿的大型玩具，我心血来潮，想试一试这家伙到底"了解"多少？

我说："姚小弟弟，请你把小狮子拿给妈妈好吗？"

他听了，小脑袋东转西转，接着爬向那只会发出叽哇声的紫色小狮子，拿起，伸向我。

这倒有趣，于是我一路问下去，他一样样指出：狗、猴子、钢琴、小喇叭、球、鲸鱼、小弟弟玩偶、车、飞机、青蛙、电话、水杯、蝴蝶、小熊、鸭子、奶瓶、狗骨头、小提琴手、镜子。我并未特地教他认识玩具，但平日与他游戏难免自言自语、自导自演，我不经意流露的言谈举止，他一定照单全收，像饿虎般吞咽每一项新奇事物。

他也脱离了怕生阶段，展现社会化与互动交流的兴趣。替他换尿布时，我拿一片干净尿布给他，说："你自己把尿布打开吧！"他会运用双手把压叠成四方形的尿布打开，交给我。当我说："好朋友，握握手！"他也乐于伸出手与人相握。当然，最能让人忘掉一切疲累的是，当我说："妈妈辛苦死了，来，亲一个吧！"他也很大方地张开嘴巴，凑近我的脸颊，把沛然莫之能御的口水涂抹在我脸上。

"救命啊！被土人攻击啊！"我故意夸张地大叫，他乐得叽叽大笑，好似对自己的吻功如此凶猛感到得意极了。

以前听人说，小孩的记忆只有三分钟，是故必须反复教导才记得住。这种说法显然不精确。从小家伙身上，我发现十一个月大小娃娃的记忆力令人惊讶。

我平日在家不戴表，只有出门才戴上。有一日，回木栅公婆家，我伸出右手教他"这是妈妈的手表"。次日在家，我故意试他，悄悄戴上表，双手掩在背后，问："妈妈的手表在哪里？"他爬向我，拉出我的右手，指了指手表。隔三日后，我又故意戴上，问他，依然如是。看他的表情明明是个小娃儿，但那毫不迟疑的举止又让我狐疑，他是否在心里睥睨："问我这种三个月小婴儿就会的问题，简直太看不起我了！"因而，我以老奸巨猾的口吻对正在敲打动物合唱团音乐盒的小家伙说："以后买一个好一点的表送妈妈，怎么样？"

他把音乐盒的音量扭至最大，那些鸟啊狗啊猪啊羊啊轮流吼叫。

"我就知道，你装糊涂！"我说。

满十一个月时，长了八颗牙，会扶家具站起、移动几步，喜欢爬楼梯至二楼，会发出类似爸爸、妈妈、奶奶……的声音，也会模仿大人打电话，将电话放至耳边，认得较常见的几个人，会挥挥手表示再见，认得挂在墙上、楼梯间的123及日、月、山、水等字。

你对食物充满热情、欲望及憧憬，不管我弄的"饲料"多难吃，你都很捧场地吃下去。据说，这就是"大螃蟹星座"宝宝的美德。

●●●

你对食物充满熱情、慾望及憧憬，
不管我弄的'飼料'多難吃，你都很捧場
地吃下去。據說，這就是'大螃蟹星座'寶寶
的美德。

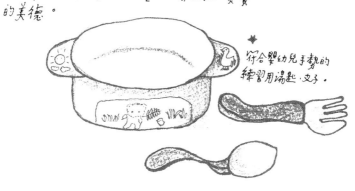

符合嬰幼兒手勢的
練習用湯匙·叉子。

●●●

符合婴幼儿手势的练习用汤匙、叉子。

当然，也对自己的身体感到好奇，尤其对那只瑟缩的小鸟鸟，洗澡时，会用手指去碰触，并抬头看我，露出微笑。有时比较粗鲁，用拉的，我不免稍加警戒："轻点儿，要是拉断了，我可没办法用强力胶帮你粘回去！"

饮食起居堪称正常，唯半夜仍需起来喝奶一次。那些被我称为育婴顾问的朋友们大呼小叫："什么！半夜还得起来吃奶！戒掉戒掉，人家三个月大就一觉到天亮了，你们未免太宠了吧！再这样下去，他到七十岁还得半夜爬起来吃消夜！"

我们遵照各种指示尝试戒掉他的消夜习惯。结果当然是失败了。试着想象吧，凌晨两三点钟，一个大嗓门小娃娃坐在床上哭叫着要"nei、nei"，声音如汽车防盗铃般刺耳，两个大人还能像白鲳鱼躺得扁扁的吗？

每一家的育婴经里都有一两条难念的，他人眼中根本不是问题的经文，在当事人这本经里却难如登天。当我羡慕别人家的宝宝一觉到天亮时，隔壁家的许妈妈却羡慕小家伙胃口好，半夜喝完奶立刻又睡等"好习惯"，她的孙子佑佑从婴儿期至今四岁了，胃口一直不好，喂一顿饭像绣一朵花。这也罢，偏偏睡眠习惯"固执"得很，每晚不管几点睡，至凌晨两三点一定起床，做奶奶、妈妈的只好起来陪他玩耍。这家伙精力旺盛，就这么撑到下午才睡午觉。偶尔小佑佑睡至凌晨三、四点起床，老奶奶就高兴得好像捡到幸福。

所以，还是把老祖母的口头禅搜出来挂在嘴边：要知足啊！要知足啊！你才会快乐啊！大家才会快乐啊！

这个月，收起婴儿床，买了单人床垫当作小家伙的窝。小床挨着我们的大床，由于高度不同，形成上下铺。其实，大约七个多月、会坐以后，婴儿床即显得狭小且危险，小家伙便与我们同睡，现在他已长成十一公斤重、七十五厘米高规模，理应自个儿睡一张床才恰当，因而另外造个小窝给他。我们原本盘算将书房整理出来当作他的房间。然每回看到那间山丘似的书库顿觉手脚俱软，就这么拖了下来。幸好卧室够宽，放得下大小窝，亦是权宜之计。可爱的老虎垫子、小熊维尼、番瓜先生、小青蛙、米老鼠、咖啡小熊等"睡觉家族"及乳胶枕、毛巾被等，把小床布置得像小男生的世界，我们很欣慰终于正式告别婴儿床时期，相信小家伙会在新床上建立良好的生活习惯。

事后证明我们的算盘拨错了，这家伙喜欢睡大床！

于是，擅长妥协的我们把可爱的老虎垫子、小熊维尼等搬至大床床头，再将他的铺盖移上来，大伙儿再挤一挤吧，咱们一家三口同在一张床上。

然而，我们从此进入"睡眠斗争"阶段。两个大人常在夜半醒来，各自睡眼惺忪地坐在床上，观看一个小土匪横行霸道的睡法，心中真是百感交集。

"野渡无人舟自横，就是这德性！"我说。

事态明显，两个大人必须有一人卷铺盖到单人铺去。这事儿也不必讨论，伴小家伙睡的是妈妈，爸爸当然得下去当游牧民族。"怎么样，下铺的天气还好吧！"妈妈对爸爸说风凉话。偶尔，当妈妈累极了想一个人睡时，才换爸爸到上铺值班。不管怎么换，两个大人都像流动摊贩。

事情怎会变成这样？我百思不得其解。只能归诸人类本性中的领土观，以及家具行送单人床垫来的那日，没翻黄历安床。

周岁

　　做父母的内分泌一定与常人不同，就算还不到置身水深火热犹能欢唱天堂圣歌的地步，大约也离"欢喜疯子"不远吧！

　　而我相信，这一切都是演化的阴谋。科学家们认为，小婴儿的微笑其实是演化策略。想想看，天底下哪有比这更便宜的事，只要轻轻牵动嘴角即能造出梦幻陷阱，诱捕那两位做牛做马的大人，使他们甘之如饴，愿意继续臣服于婴儿脚下，忠诚地照顾他、养育他而不思叛逃。小小的一朵笑，看在做父母的眼里胜过天堂乐园。若你拆穿说，小婴儿的笑根本是无意义的，说不定是肚子胀气才撇一撇嘴角。那么，这两位沉醉梦幻的大人一定联手殴打你，并且以诬蔑他们的心肝宝贝之名与你断绝往来。

千万不可批评别人家的小宝宝，这一点守不守得住，绝对关系着敌人的数目。

一个妈妈（或爸爸）可能以近乎苛刻的自谦口吻摸着一岁三个月的小娃娃的头，说："唉，我们家这个就是笨了点儿，这么大了还流口水？"

你一看，果然那娃儿胸前湿了一片，下巴、脖子还闪着水光，你要是敢说："哎哟，是啊！怎么这样？有没有看医生？这种病不能拖，说不定是脑部发育不正常？"这话铁定激怒做父母的，她可能嘴上没说什么，但心里好想"租"最大尾的流氓痛扁你一顿！

你应该这么答："什么了不起！有的到四五岁了还流呢！再说，你没听说'口若悬河'，人家将来是个大律师呢，你这个做妈的还嫌什么嫌！"

呵呵呵！做母亲的被骂得眉开眼笑，心想：嗯，是个有教养的人，可以借钱给他！

即使是我自己，充分了解父母心理之不可思议、不可理喻与不可臆测，仍难以摆脱时常在体内窜流的诡异荷尔蒙的影响。

"欸！"我对孩子爸爸说，"你有没有觉得，我们家这家伙长得还蛮帅的。那个×××，长得也不坏，可惜小鼻子小眼睛，不够亮！"

"我可不可以发表一点无聊的看法?"没多久,我又对孩子爸爸说,"我们家这个真的长得很帅,而且,蛮聪明的,你觉不觉得嘛?"

孩子爸爸一向比我谦虚(或者应该说,比我接近事情真相),闷了老半天才答以:"是啊!"

"本来就是嘛,有什么好压抑的!"我嫌他态度不够踊跃。

因而,我与婆婆很快结成同伙,成为"歌德派"基本教义狂热分子。通电话时,大多在交换育儿经验且盛赞小家伙的"特异功能"——说穿了,只不过是每个正常发展的小孩都会做的事罢了。

每一个做父母的多多少少有些"歪哥"念头,眼睛瞅着在一旁努力咬婴儿米果、掉一地屑屑的小娃儿,脑子里兀自兴风作浪,预见这位手眼协调尚未纯熟的小子将来摇身变成社会精英、贤达能士,一霎时全身云云腾腾的,忍不住捧着小脸蛋用力亲几下,说:"宝宝最棒了!"那小娃娃不解妈妈(或爸爸)怎会突然发起癫,以为欲抢他的米果,赶紧塞入嘴巴。

那阵子新闻成天喧腾假宗教之名诈财之事,被揪出的神棍一个比一个神通广大。又是精于本尊与分身之术的,又是游走阴阳两界的,看得目不暇给。吃神棍这一行饭的,招式或有不同,相同的是,凡出头天者在鸿禧山庄都有座别墅,令人不免感叹,士农工商之路太辛苦了。某日,与友人闲话时,我嘻然得出结论:"为了以你出生時，我買了好幾款安撫奶嘴，你全都不吸。
那些奶嘴一一送人，只剩一個丟入抽屜。

一歲多左右，你開抽屜搜出奶嘴，
竟吸得滋滋有聲，狀似
嚼檳榔！開玩笑，
這不是戲弄你老媽是什麼？
沒收！！

● ● ●

你出生时，我买了好几款安抚奶嘴，你全都不吸。那些奶嘴一一送人，只剩一个丢入抽屉。一岁多左右，你开抽屉搜出奶嘴，竟吸得滋滋有声，状似嚼槟榔！开玩笑，这不是戏弄你老妈是什么？没收！

后能住鸿禧山庄，我看我们没别的选择了，只好把小家伙栽培成政客或神棍！"

孩子爸爸常有异于常人的思考，他说："两者都一样。"说的也是。

在台湾，神乎其技的人似乎不少。某日晚餐时刻，客厅电视正报导金光党诈财数千万的新闻，我听了直呼不可思议，开玩笑对孩子爸爸说："念那么多书有什么用，我看我们两个加起来到街上行骗连一块钱都骗不到，人家轻轻松松一小时的演出费就是我们的年薪。我要是'行政院长'一定提拔他们当'外交部长'，务实外交要务到什么时候啊？用金光党那套才管用！"

小家伙坐在他的餐椅里正专心玩乐高玩具、百变金塔方块，我一面喂他一面自个儿吃饭，瞅了他一眼，说：

"我看呀，这家伙以后说不定是个神棍！不过，大概只骗得到父母的钱吧！"

孩子爸爸这会儿倒是为儿子讲话："如果连我们的钱都骗不到，怎么骗别人的？"

说的也是。

从"满月"到"周岁"，好似马拉松赛抵达第一个据点，心情笃定了些，也对自己的能力刮目相看，不禁自我鼓舞一番，因而，周岁的庆祝礼是免不了的。

我们提前回娘家为小家伙庆周岁，他的舅舅、阿姨们备了蛋糕、红包，一屋子热闹滚滚。几天后是农历生日，回木栅婆家正式庆生，小家伙的姑姑、姑爹也来了，家庭聚餐后依例让小寿星跟大蛋糕合照几张相，蛋糕由大人分着吃。他好奇得很，爬过来扶几站起，想抓蛋糕，一把被抱开；过一会儿又来，想抓盘子、叉子，又被抱开，如是数回。小家伙一定纳闷："有没有搞错？是你们周岁还是我周岁？"

"没搞错，是你周岁。不过，蛋糕这种'有毒'的东西你还不能抓，不信的话去打听一下，哪一个小朋友在周岁时抓蛋糕的？要抓就'抓周'，待会儿让你抓个够！"做妈妈的用腹语术告诉小寿星。

"抓周"实是周岁派对的综艺节目，极具娱乐效果。发明这把戏的，称得上是演艺界泰斗。其意义不在小娃儿抓了哪样象征才华与将来从事之职业的物件，而是让辛劳一年的父母借此自娱，淋漓尽致地发挥想象力"诠释"小孩抓取的物品，进而刺激脑啡之大量分泌，飘飘然忘记育儿之劳，继续为眼前这条"人中蛟龙（凤）"赴汤蹈火，在所不惜。

公公婆婆准备了几样象征士农工商的物品置于客厅中央地上，我将小家伙抱远些，一声令下，"抓周"节目开始。只见他奋力爬向那堆物件，毫不迟疑抓了第一样东西：书。观众齐声鼓噪："是个读书人！是个读书人！"话才落下，小家伙又出手，抓了第二样：象征钱财的红包袋。这还得了，观众兴奋得仿佛中了两百万统一发票，只是不好说出口："呵呵！是个亿万富豪！"闪光灯此起彼落，真有那么一点儿荣华富贵之感。小家伙抓出兴致，又抓了一支钢笔，这让做妈妈的我有些惊喜，虽然摇笔杆的路子崎岖得很，但一门出两支笔也是美事。最后，他抓出一串叮叮当当的钥匙，总结事关他一生志业的预言。

向好友转述抓周过程时，我不免大大地吹嘘这家伙的生涯规划能力胜过他爹娘；读书、写字双修，动产、不动产兼蓄，而且四者之间充满韵律感。"我给他做个对子：学以致用，读书为了赚钱；舞文弄墨，写字不忘置产。非常符合台湾现在的社会风气！"我说。

满一岁的小家伙，除了学步与语言发展较慢外，在认知方面进步神速。我渐渐脱离自言自语、自导自演阶段，每日都能从他身上发现新奇事物，了解他"理解"了什么，估算一年下来，他从一张白纸似的新生儿向大人世界走了几步。

我的簿子里记录了实况。

⊙昨晚在厨房，问他："大巨人约翰在哪里？我们去找大巨人约翰玩！"他返身爬回客厅，在满地大大小小的玩具中找出阿诺·罗北儿（Arnold Lobel）的那本童书，口中咿咿呀呀地翻书。今午再试一遍，仍然找出那书，可见他知道那书叫《大巨人约翰》。

⊙爬楼梯甚快，上楼前，手指壁上开关，咿呀发声，要我开灯。我故意不开，他哇啦哇啦一串，表情似乎可意译成："欧巴桑！还不快点开灯！"

⊙会按电视开关，扯下护目镜。这真是"烦人游戏"的开始，那护目镜已被他扯得近乎肢体残障。电视一开一关，又一开一关，再一开一关，我将他抱至沙发，他一咕噜溜下来，爬向电视，站起，又一开一关，再一开一关……我听到自己以火鸡般的声音喊："姚——远——"

⊙喜欢玩"丢掉"游戏。自己把东西或玩具丢到地上，再大声说："搭——掉！"要我捡，我若装蒜不捡，他会像故障的咕咕钟，一直说："搭——掉！搭——掉！搭——掉！"

⊙常喃喃自语，用指头东指西指，有说话表达的欲望。让他听几个月大时帮他录下的哭声、咿哦声，状似不屑，仿佛哼道："哪个没规矩的小婴儿哭成那样？他妈咪怎么不管管他？"

⊙会用自己的方式唱歌。我若说："姚大头，唱个歌给妈妈听吧！"他便开心地发出"嘿——噎（倒吸口气）"，噎了几声，便咳嗽，不唱了。

⊙对玩具失去兴趣。喜欢像个小流氓四处探险，对大人的用品感到好奇。我干脆称他的心，像个导游领刘姥姥逛大观园，逐一介绍用品器具，包括砧板、牙线与刮胡刀。

⊙喜欢看小孩照片，用手指指其脸，喜悦地笑，发出"噎"声。我在杂志上看到有一页刊登小宝宝照片，十来个小男婴，小女生，附有姓名简介，便撕下来给他看，稍微弥补没有"同类"的遗憾。没想到他非常喜欢，脸上显露了发现同类的欢愉表情。当他指着某一个小宝宝咿呀而言时，我就说："她叫李依婷，比你大，住台中。"他又指另一个，我说："他叫陈俊廷，住台北，戴生日帽帽，因为过两岁生日！"如此鸡同鸭讲，也是一乐。我还以来电节目主持人的口吻问他："怎么样，你喜欢哪一类型的女生呀？妈妈

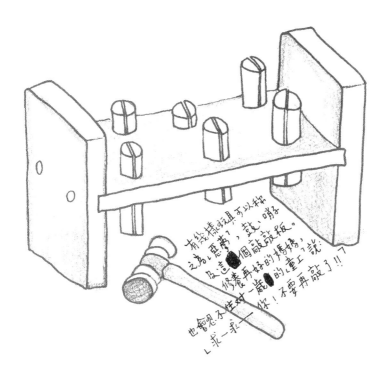

有几样玩具可以称
之为"噩梦"，鼓、哨子
及这个敲敲板。
修养再好的妈妈，
也会忍不住对一岁的童工说：
"求——求——你！不要再敲了！！7

• • •

有几样玩具可以称之为"噩梦"，鼓、哨子及这个敲敲板。修养
再好的妈妈，也会忍不住对一岁的"童工"说："求——求——
你！不要再敲了！"

帮你物色物色！"

⊙会拿梳子梳头，拿帽子戴。

⊙吃饼干时，我说："大少爷，请妈妈吃一口好不好？"他慷慨地高举饼干，送至我嘴边。我大口吃下，说："哈哈哈，吃光光喽！"他愣了一下，似乎弄不明白那块饼干怎么不见了？低头看了自己的小胖手，空空的，真的不见了。他放弃寻找，直接指着放饼干的大奶瓶桶子，怒怒地发出噫啊声。意思再明确不过了：赔我一块来！

⊙小娃娃的记忆力比我们认为的更强且长久。婆婆买了拨浪鼓给他，我怕他不小心吞了那两颗小鼓粒，便收入抽屉。他看到了。十五天后，我故意问："奶奶买给你的鼓在哪里？"他爬向平日几乎不开的抽屉，翻查抽屉内的一堆玩具。在这之前，我已先将鼓取出，放在地上玩具堆里。他在抽屉内没找到，又四处看看，终于发现地上的拨浪鼓，将它取来给我。

⊙会堆三四个积木。

⊙昨日吃馒头时，为了训练他的左手，我将馒头撕成小块，递给他。他伸出右手来取，我说："用左手！"并教他伸出左手。第二次，他仍伸出右手，改之。直到第五次，不必提示，他自动伸出左手，捏着小块馒头送入口中。今早再吃馒头，第一次，他伸出右手，我纠正他，第二次以后，他都伸左手。

⊙喜欢玩照相机，拗不过他，只好让他把玩一番，这台傻瓜相机没多久真的傻眼了。卖小家电的老板最爱听到家里有一两岁小孩的，这些凶猛无比的小红卫兵刺激了家电业的景气，堪称是超级营业员。小家伙周岁以后，我们叫修了电视机、录像机、电脑，报废了照相机、无线电话、冷气机、录放音机两台、CD音响、传真机，大约花了六万块添购新家电。

⊙听得懂"坐下""站起来"，听不懂"危险""不要碰""不可以拿"……只要是"不"开头的，小毛贼都听不懂。

⊙每天早上，最爱看娃娃车来接隔壁的小佑佑上学，他会主动向娃娃车里的小朋友挥手。有一日，在卧室，我说："娃娃车来了"，他立刻爬至我背后，张手要我背他。昨晚，他又在楼梯间爬来爬去，怎么哄都不下来，我骗他："去看看娃娃车，要不要？"他马上愿意下来。我只好抱他出门，东张张西望望，开始演出街头行动剧："噫？娃娃车为什么没来？谁能给我答案？星星、星星，请问一下，你有没有看到娃娃车呀？没有。那小蚊子、小蚊子，你有没有听说娃娃车要来？也没有。这可怎么办？噫？现在几点？哎呀，我知道了，现在是晚上，娃娃车早就走了嘛。我们回家去睡觉，明天早上再来看娃娃车好不好？"（得到的教训是：不要随便骗小孩，免得自讨苦吃。）

⊙"爸爸"叫得颇标准。

⊙看到猫、狗，有喜悦的表情。

⊙拿遥控器对准电风扇、电视。

⊙晚间上床哄睡，我有时讲故事有时唱歌，他比较喜欢我用各种奇怪声音演唱摇滚版"丑小鸭"。有一晚，我也累了，随便哼唱，脸朝天花板打哈欠。这小子嫌我不够敬业，用手将我的脸转向他，"干吗，大眼瞪小眼，你不怕做噩梦啊？"我说，言毕转脸朝上。他干脆支起上半身，用小手转我的大脸，一定得朝他才行，如是数回。

⊙每晚七点，垃圾车来，他一听到音乐声即要我们抱他出去"观赏"。真是奇怪，白天鲜少看到小朋友出没，垃圾车经过时，似乎家里有小孩的都出来看热闹。他也看得聚精会神、津津有味，没多久，会说："乐乐车（垃圾车）"，后来又改成："大车"。也许，"乐乐车"三个字说明了寻常无奇的清运垃圾之事，在小孩眼中却变成制造快乐的魔术奇观。

⊙会将闹钟、痱子粉放回原处，知道时钟在哪里，也能指出墙壁上挂着的画、春联、书法。

⊙常讲一堆话，表情丰富，讲得好似"统独"大辩论，口水直流。我一概"听呒"，但很礼貌地点头、鼓掌，说："感动感动！精辟精辟！"

⊙能指出别人的鼻子、耳朵，也会指出自己的鼻子、耳朵、肚脐、脚趾头、眉毛及小鸟鸟。

对"父母族"新鲜人而言，头一年是最刺激也是被操练得脱去一层皮的体验，这种火辣辣的疲惫与沸腾般的惊喜，恐非将孩子送交二十四小时保姆至假期才领回或为了工作不得不在白日托婴的父母能感受。当然，我也收到了胃炎、十二指肠溃疡、手腕酸痛、肩头发疼、白发增生等礼物。

生命超速向前，孩子不会等待大人抽出时间、精神才成长，错过的将永远错过，即使将来省悟了，决定站在孩子身旁伴他，也无法重回婴幼儿期。而我固执地认为，这时期的孩子跟父母最亲密，是一种与生俱来的恋。

不禁想起有一回与附近邻居一起带孩子参观玩具展的情形。我们去早了，站在骑楼谈话，不免交换育儿心得。正当我说到"决定自己带小孩"时，有位五十多岁妇人恰巧将摩托车停在我身边。她听到了，竟以极热烈的神情插话："好！自己带才好！你会得到代价的。"我望着她的身影涌入熙攘大街，平凡却又神奇。我相信刚刚她给了我她自生活中炼得的珍贵智慧。

从一个三千克的小婴儿到拥有百分之八十的大人脑部能力的三岁小孩，只要三年。生命最奇妙、神秘的时期便是这三年。不管大人基于何种伟大理由无法腾出三年尽量在孩子的成长现场陪伴、协助、观赏、记录，有一天，当大人了解错过的事有多珍贵时，再回想那些理由，或许会觉得微不足道吧！

我不想做"一问三不知"的妈妈，所以决定留在现场，观看一个三千多克的小婴儿展现神迹。

我要的不多，只是刻骨铭心。

【密语之十六】

圣经创世纪第三章，耶和华对被蛇引诱而偷吃禁果的女人说："我必多多加增你怀胎的苦楚；你生产儿女必多受苦楚。"

这话字字是惩罚，是咬不断的铁链，是穿心箭。

年轻时不会把眼光停在这话上，现在，自己成为母亲，脑海里不知怎的浮出这两句咬牙切齿似的咒。

怀胎的苦楚算不得什么，不过九个多月，生产时的苦痛也不算什么，这些都会过去，唯一无法消弭的是恐惧——做母亲的恐惧失去她的孩子。

如此说来，神的第二句咒语不仅指生产之苦，实言之，指一辈子的为母之苦。

即使是风平浪静地在自家陪伴孩子嬉戏，我的脑海深处仍拂不去死亡纠缠，那些听闻、目睹过的失婴丧子情事，每一桩像一只死而复活的蜘蛛，勤奋地结着网。夜里寤寐之间，常闪过千奇百怪的血腥场面，仿佛隐于泥墙、沟渠或气层之中，有一令人憎恨的邪魔持续恐吓："时间快到了，时间快到了，你会失去你的孩子——"

失去孩子的母亲于日后回想事件发生前一日或当天早上，孩子的穿着、谈话、神情、动作等细节，一定宛似刀割。此时，她比任何一位神学家更能诠释"时间快到了"背后的魔义，却也因此陷入永无天日的自责深渊：我，作为一个母亲，为什么没能在时间未到时翼护我的孩子！

有谁能告诉我，应该怎样面对恐惧？应该如何做准备，假如有一天"时间到了"……

天空中浮云悠然而过，来去之间不曾惊扰苍生；地面上的生灵，死死生生也是独自走的，不曾碰坏任何一朵云。我试着告诉自己。

生命是苦集道场，我们以肉身为箭靶，让看不见的神练功夫。灾厄过后，能否唱出一句圣诗或在心域长出一棵菩提小树，端看个人。

做母亲的眼泪是不值钱的，不像青春少女的眼泪，珍珠似的惹人疼惜。母亲的眼睛是海洋，然而狂涛巨浪也阻止不了山巅危崖上活活勒死她孩子的那条闪电。做母亲的只能眼睁睁，然后用尽余生把眼睛哭瞎。

如今我懂得阿嬷六十二岁那年哭我父亲的心情了。一个老母亲哭她的独子，早上活生生出门，夜间一身血淋淋被抬回来，来不及跟相依为命的老母道别，就这么走了。

　　哭，是难免的，厝边邻里相识的人都哭他，但哭过也就哭过了，告辞后回到自己的生活继续度日。我们做小孩的也哭，母亲也哭，然而都比不上阿嬷的哭法。她日日蹲在灵堂前掩面痛哭，这样还不能溶解胸中之痛，常常带我们走一个半小时的路到坟场，蹲在她的独生子坟前哭个够。父亲的坟挨着小路，每回阿嬷走到路口即开始大口叹气，而后宛如一口小坛装不了一千年的苦，她根本忘记身旁的孙子，专情地唤她独生子的名字：阿漳——，阿——漳啊！我心肝子！心肝的子哦——！

　　就这么，阿嬷把自己的眼睛哭瞎。

　　"我必多多加增你怀胎的苦楚，你生产儿女必多受苦楚。"神说。

　　然而，我无法理解，一个女人怎能做到哭时哭得肝肠寸断，不哭时又似什么事也没发生。从墓域返家，阿嬷耕作造饭、呵斥孙儿、调理人情往来，不减一丝气力。她站在大灶前，持长铲翻炒菜肴的背影，于今仍烙在我的脑海。那姿态绝非弱女子，我后来读到荆轲刺秦的故事，顿觉阿嬷的气概近似风萧萧兮易水寒。

　　做母亲是回不了头的。我本不应踏入钢丝网罟，如今既入，当然没有抽身的道理。我只是嫌怪自己不够强壮，怕无法保护孩子、承受灾厄。

换一副心情想，其实，亲伦缘法里本就涵藏离别种子。脐带断，小婴儿才有活路。想想我自己是怎么离开父母的，孩子也会循同样的路离开我。

"你只能给你的孩子两样东西，你给他们根，你给他们翼。"

父母这一行确是矛盾事业，希望把孩子拴在身边永远别走，又盼他闯出自己的人生。

当我回归理智，我期许自己不是甩绳套紧紧勒住孩子颈项的可怖母亲。该飞的时候，放手让他去跌跌撞撞。作为一个独立自主的生命，他应该自己去耕种故事、提炼人生菁华、品味各种酸甜苦辣，若一直待在父母建造的温室内，终究只能吃到妈妈厨房里的酱醋茶。

"你是弓，你的孩子是生命之箭，借着你而射向远方。"纪伯伦这么说。

如此视之，父母、子女之间相处，过一天便减少一日，终会应验"时间到了"之咒，无论是挥离或诀别。

我自知永远无法治愈恐惧，或者，留在心上也有好处，才会随时提醒自己宝爱亲伦、珍惜时间。

有一天，时间到了，我希望自己在舍不得之余，能粲然一笑，对孩子爸爸说：

"儿子要去的地方，绝对比我们这儿好！"

账簿

过日子最不喜欢看到"涨"字，菜价涨、面包涨、学费调涨，处处涨潮之下，养小孩也进入昂贵时代。

农业社会，谁家不是一串香蕉似的毛头小子，固然有胖有瘦，总的说好像不花什么钱就长大成人。到了现代，养一两个小孩即感吃力，夫妻俩胼手胝足还应付不了局面。大家庭制度的好处在于人多好办事，不知不觉分摊了养育工作。小家庭凡事靠自己，自个儿做不来的，只好掏钱请人代劳。

虽然老辈的说："饲子不惜本，饲父母得算顿（饭）。"不过，看到报纸上学者专家或投资顾问公司递过来的恐怖报表仍不免心惊：百分之五十的家庭每月育儿费在两万至四万元间，百分之三十一家庭在四万至六万元之间。从小孩出生至十八岁读大学，约需花费一千五百万元……

光看这些数字，好似孩子是食人怪兽，一张嘴吃个不停，三两下把父母啃得精光。

虽然对这些耸动的数字抱持审慎态度，但我赞成先拥有稳定的经济能力再拥有小孩。日子是无法讨价还价的，我不能理解时至现代，有人基于繁殖欲望生五六个小孩却让他们三餐不继、年幼即当童工换取温饱的事。我宁愿用有限资源培育出一个音乐家，也不要帮社会制造五个泡沫红茶店的坐台妹妹。

据一位很会精算的朋友说，他的小孩从出生到四岁花去一百万。这笔账不离谱。两岁以前的婴幼儿，每月基本开销（含奶粉、尿布、副食品、衣物、玩具等），较节省、实惠的情况下约需三千元至六千元；若阔着用，如：买一堆山似的玩具，穿名牌衣服、婴儿车、汽车安全椅……一律买上万的舶来品，则每月基本费一定破万。保姆费，半日托婴的每月从一万一千元至一万五千元不等。若带二十四小时，每月二万至二万五千元不等。（好保姆难求，有的人只愿意做阳春保姆：只顾小孩，不含洗衣、煮食物、洗澡。我的朋友不谙行情，央请保姆在冬天时先帮小孩洗澡，以免她接回家后再洗容易着凉。保姆洗了几天后开口，请她每月多付两千元洗澡费，洗一次一百元。）这两项相加，半日托婴的每月花费一万四千至两万一千元，一年需十六万八千至二十五万二千元，全日托婴的每月两万三千至三万一千元，一年需二十七万六千至三十七万二千元。

两岁以上的小孩，花费只会增加不会减少。除了上幼儿园每月约需一万元（等于将保姆费转用）之外，最大项的花费在育乐方面。他开始要求你买电脑，买好多好多光盘片，还要好多好多好多图画书（小人书比大人书贵多了，一本书没几页就得三百元，聪明的出版社又采套书贩卖，"坑"爸爸妈妈的血汗钱）。一年下来，银行存折里又被砍去大半。

抱持多子观念的人总以第二、三、四个小孩较省钱为由，怂恿尚有生育能力的夫妻继续往下扎根、向上结果。其实，算盘一拨，就知道前头省了几粒芝麻，后头依然得漏香油。除非，老大这孩子上了幼儿园后，回来教弟弟妹妹；学了英语，回家教弟弟妹妹；上了小学，回来教弟弟妹妹；进了大学，回家教弟弟妹妹，那就行。

算了支出，也得算收入。大抵而言，小婴儿或多或少都带着财库来，一出生，做父母的收金子、红包不就是吗？过旧历年，家有小娃娃的只要捧这粒金蛋走亲戚"化缘"，岂不满载而归？固然这一笔人情往来日后得由做父母的还，但现金收入总比开出去的期票讨人喜欢。即使像我这种对金钱没什么概念的人，也不免在过年时摸一摸小家伙的头，巴结地说："小帅哥，见了人要说恭喜恭喜哟，妈妈的年终奖金全靠你了！"

果然，这家伙挺识时务，一岁半碰到过年，见了人会双手合抱上下摆动作"恭喜"状，现金增加不少。

我准备了一本账簿，权充他的会计小姐，替他记下每一笔收入。凡出生贺礼、过年压岁钱、周岁礼金……无不登录有案。将来帮他开户，无论是放定存孳息或投资股票、基金，年年本金利息滚下来，或许够他将来当零用钱了。

我这个做妈妈的观念与人不太相同，养育孩子是义务，至于孩子从出生起的每一笔收入都应归他，做父母的不宜中饱私囊。如此帮他储蓄、投资理财，再加上依父母能力按月存入教育基金若干，二十年下来，必有可观。

小家伙带来的"财库"不算太小，头一年"年薪"超过十万。也因此，我们做父母的想到他一人承接那么多宠爱，而社会上处处存在着因家庭破碎而物质匮乏的孩子，实是不公平。我们决定"陪对"：他人帮我们宠爱小家伙，我们尽力援助身陷困境的孩子。这么做，无法改变这个充满罪愆、邪恶的社会，但至少减低我们的愧意。

我希望小家伙长大以后不是自私自利之辈，我希望他伸箸夹取山珍海味的刹那，能想到连粗茶淡饭都吃不起的人。

每个父母免不了幻想孩子将来的日子丰硕得像一尾大鲈鳗，无须跻身富豪之列，但最好是顶级小康。我自然不例外。但当报纸、新闻成天挖掘土地弊案、军购弊案、工程弊案，而那些污了数百万、数千万、上亿元民脂民膏的人个个面无悔意地面对镜头时，我不禁怒火中烧，恨恨地对小家伙说："你以后要是敢当贪官污吏，我就算躺在疗养院病床上，爬也要爬起来揍你一顿！"

在老一辈妈妈们眼中，孝子的第一要件是把薪水袋交给妈妈。那是因为旧社会女人无经济能力，因而特别看重这一项。到了现代，我及我的同辈应无这种非分之想，不过，嘴巴上念一念也无伤大雅。

有一日，我问一岁半的小家伙："你以后薪水袋要交给谁？"

他笑嘻嘻地说："爸——爸！"说完，跑开。

"什么？再说一遍！"我做出怒容，追他，"薪水袋交给谁？"

"爸爸！"他笑得好开心。

"好哇！"我眯起一只眼，说，"看来，今天的晚餐得取消喽！"

父子脐带

孩子爸爸做梦也没想到，结束十七年异国生涯返台不到三个月，不仅结了婚，还得迎接一个小婴儿。

如此柳暗花明又一村的际遇，对前中年期男子而言，也是双重考验。

做父母，必须从头学起，男性比女性更得费工夫用心学习。女性拥有某些细腻、精准的天赋，使她在面对婴儿时能很快抓住重点，知道从何做起。男性则较迟缓，加上从小备受呵护，无须发挥这种能力，家庭、社会也不鼓励男性善体人意、体贴入微或体察他人感受，因此，在婴儿面前，男性几乎只会扮演"可移动、会发出声音的家具"。

过去的婚姻结合模式与现代不同，我的祖母与母亲那辈女人从不抱怨男人不帮忙家务、不褓抱小孩，相反地，她们之中有人还看轻进厨房或帮太太晾衣服的男人呢。现代婚姻则是两个完整的圆圈的交集，"主内""主外"的界线模糊了，各有各的事业、经济、人际、兴趣，谁也不能强制要求对方为自己牺牲。在过去的婚姻里，"牺牲"这道菜总是夹给女性吃，并被视作妇德的表现；在现代，小两口的餐桌上若还有这道酱菜，其后果不输在床铺上放一枚地雷。

因此，当现代女性重新修"家庭"学分时，男性也必须学——而且，由于过去"旷课"太久，更应加倍用功，免得被"当"掉。

"家庭学"至少包含：自我实现（生涯规划）、夫妻共同成长、亲子关系（上及父母下至儿女）、经济实力及人际网络五大项。每桩婚姻对这五项的比例分配各有不同，谁也无法借他人蓝图。当然，也只有自己才能设定是五分之二抑或五分之四不及格时，才把婚姻"当"掉。

我更喜欢用筹组"家庭股份有限公司"的合伙人关系来替代"婚姻"——这个旧名词让我联想到滋生登革热病媒蚊的废轮胎。既是股东，即享有同样的权利义务，双方必须同心协力贡献所长，开拓业绩，创造利润。

没有一家公司的经营者能容忍合伙人长期亏空或擅自在外招募股东（外遇）或得罪资深顾问（父母）、虐待一级主管（子女）……

大部分的女性不会要求男性必须身怀十八般武艺，做起家务像资深菲佣般利索。女性更在意的是，男性是否秉持真诚与责任，为共同的家庭公司付出。

一见钟情时的爱只是火种，建立在均衡、公平原则上持之以恒的付出是柴薪，唯有如此，这爱才能继续发出光热，才能把根须扎入地层，才能成为百千万亿人中唯一不可替代的另一半。

孩子爸爸是少见的、愿意学习"家庭公司"业务的人。他从小到大（与我结婚之前）恐怕没做满一箩筐家务，平生最爱窝在研究室"想"研究——想得出，正好一鼓作气想下去，自然不会离开研究室；想不出，心里不服，更不会踏出研究室。因而，堪称是普遍存在于学院里的"研究室动物"。

小家伙一出生，他的生活像平静的高山湖泊有人开来一部挖土机。

刚开始，他抱小家伙的样子让人捏一把冷汗，其状若耶稣上十字架，小家伙是垂头耶稣，他是那架子。经每日练习，倒也进步神速。换尿布的手法也不够精致，像发酵过度的大包子，后来差强人意。他对自己的"手眼协调"没信心，不敢帮小家伙洗屁股、洗澡，仅做些类似二厨的事，放水、备巾之类，待我这大厨出马料理。

孔夫子因材施教理论放在育儿分工上也通，他专拣擅长的做，如：冲泡牛奶、洗奶瓶、购买婴儿必需品。对我而言，只要他愿意做，不嫌迟也不嫌少。

到了现代，男性比女性更应该问："为什么我要参与、分担育儿杂事？为什么我要陪孩子成长？"我之所以这么提问，乃因为在我眼中，大部分男人是不懂得怎么做爸爸的。因此，他们与孩子的关系若非建立在僵化的权威上即是形同虚设，而二者殊途同归。

男人最常用"等待"与"补偿"这两条破抹布捂女性与孩童的嘴：要求对方等待以及将来我会补偿。用这两种句型造句即是：等小孩六个月时，我会推他出去散步；等他一岁，我会开车带他去动物园；等他六岁，我会带他去旅行……

忽然，小孩长大了，不需要你了。

小家伙的爸爸没有缺席，他认真地做着每一项琐细的育儿杂事，其意义不在于协助我，在于一点一滴建立他与儿子的亲密关系——这是他的权利也是机会。当这条柔软且甜蜜的"父子脐带"建成，将来，他们即能直接对话、互动，无须通过我这个妈妈。

小家伙满一岁以后起得早，约清晨六时即醒，喝过牛奶后，孩子爸爸抱他出去散步。附近小公园有老先生、老太太做香功，父子俩在一旁看，也算另一种香功，邻居们对他天天抱儿子散步都留下好印象。有几次，孩子爸爸奇怪，小家伙怎么自个儿在挥手？后来发觉是小公园对面二楼一个老奶奶探头与小家伙挥手之故。因而每日踱到那儿，总会与她点头问好。有一天，老奶奶从二楼窗口丢一块饼干下来，说给小家伙吃。又有一天，她丢两块饼干下来……没见过她在附近活动，也许不良于行吧！

孩子爸爸抱小家伙散步的身影，说不定已成为老奶奶每天早上必看的风景。

有一回，正值父子俩黄昏散步之时，一位高中生放学返家，经过他们，看了一眼，走没几步，又回头看一眼，大约忍俊不住，干脆对孩子爸爸说："欸，你长得很像你儿子哪！"

孩子爸爸闻言，纠正他："是我儿子长得很像我啦！"不过，若依照"孩子是大人的父母"这句话，那位糊里糊涂的高中生说的也没错。

虽然，大部分时间小家伙还是黏我，但渐渐有些事，他指名要爸爸做。

晚餐时，他坐在餐椅里，由我们喂饭。孩子爸爸喂的次数较多，有时，小家伙不要我喂，咿咿啊啊自己捧起饭碗递给爸爸，要爸爸喂。

"撒娇！"我说。

只要把浴室海滩化，没有一个小孩不喜欢洗澡的。

• • •

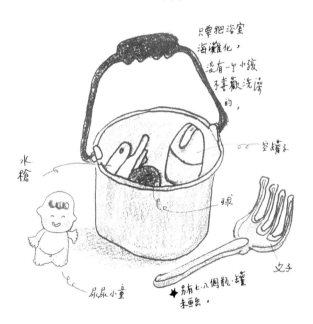

另有七八个瓶、罐未画出。

大热天，父子俩都理平头，我看他俩的模样甚觉好笑，不免嘲一嘲："好一个老贼秃跟小贼秃！"

一岁三个月左右，小家伙认得爸爸的车、自己的家。我在床上叠衣服，他看我一摞摞分类好，会抓起爸爸的袜子爬向五斗柜，站起，开抽屉，把袜子塞进去。

"你儿子连你的袜子放哪里都知道哩！"我对他说。

那阵子，小家伙早上看爸爸开车上班竟哇哇哭起来，吵着要跟。再大些，他明白爸爸"上班去"，会站在门口非常卖力地挥手，以他的大嗓门说："爸爸，再见、Bye-Bye啦！"晚上回家，他会说："爸爸下班啦，散步！"

平日家居，只要是小家伙的事，孩子爸爸之谨慎小心胜我数倍。生了病看医生，他会详细问清楚医生开了什么药（其状若教授给学生口试），回到家先查药学系学生必备的《常用药物治疗手册》，弄明白他儿子要吞的那些药有什么副作用。若打破玻璃罐，他嫌我打扫、擦拭得不够彻底，干脆自己再擦几遍，以掌敷地确信连玻璃原子都无才放心。凡小家伙的餐具、吃食，他的要求简直近乎洁癖，我们家可能是屈指可数的，以奶瓶消毒锅消毒奶瓶至小孩两岁的家庭。我虽觉得不必如此，但依然照他的意思做——反正没坏处，而且大多是他洗奶瓶的嘛。

起先，我以为他做的只是一个现代爸爸最起码该做的事，后来才从周遭亲友间比对出他的"优异";原来,有那么多男性年纪一大把了还停留在"被宠坏的小男孩"位阶,以至于拒绝长大、抗拒学习如何做爸爸。他们不愿意进入父亲角色,想尽办法规避、逃逸甚至一走了之。

他们不明白自己失去了多么珍贵的事物。

不管父亲有没有在现场,小孩都会长大。至于成长过程里的某些空缺,等他大了,自有自己的诠释与评判。

我与孩子爸爸都是看重付出与责任的人——可以不玩这游戏,要玩,就得认真。我们无意顶戴"模范"之帽,只是自觉既然带一个生命到这世上,就应尽力营造较好的环境供他成长、学习。我们是他最亲的人,若我们不尽责,谁为他尽责?

我相信小家伙都理解,每一日每一夜,我们给他的爱源源不绝。因着这一份亲密,若有十个执新奇玩具、五彩糖果的女人站在他面前,他会走向空着手的妈妈;若有十个拿各式各样玩具、饼干的男人在他面前,他也会走向理平头、戴眼镜,手里什么也没拿的爸爸。

原因无他,亲情就是唯一的解答。

小野蛮人

一般而言，男孩在学步与语言方面的发展较女孩慢。大部分小女生未满周岁即能迈步，有的更是胆大艺高，在第九个月就敢放手向前行；当女孩叽叽喳喳讲一整句话时，男孩还在单字复音地摸索语言的游戏规则。

小家伙学步学得慢，生性也较谨慎，只敢扶沙发挪来挪去，任凭我如何鼓吹，他就是不放手走。其实，时间到了，孩子自然学会每一阶段功夫，他们各有各的时间表，只要各项发展还算正常，做父母的不必斤斤计较。

一岁两个月，小家伙放手走二三步。本来以为他尝到行走的甜味，应该很快就能控制双腿运动。孰知，这家伙非常节制，每日只肯练习一两回，依然恢复爬行。因此，学步期间没怎么跌跌撞撞，他好像把学步当作上健身房、跳韵律操，并且懂得避免运动伤害。

长第十三、十四颗牙。喜欢玩"躲猫猫"游戏，会自己蹲下来，把头压低（以为如此别人就看不见他），再突然站起，咧嘴而笑，状甚得意。

这时期的小娃儿开始进入旺盛的学习欲与理解力，他们不再是吃喝拉撒睡的小婴儿，然而，离能够与之沟通、讲理的幼儿又有一段路，因此常有出人意料的举止。

有一天在客厅，我帮他换尿布，随即将脏尿布卷成一团，他见状立即爬向沙发角落放垃圾桶的位置，指着垃圾桶，咿啊而言。我明白他要我把脏尿布丢入垃圾桶，遂说："你拿去丢好不好？"他立刻爬向我，拣起尿布团，再爬向垃圾桶位置，站起，我取出垃圾桶让他丢入。这是第一次，他自动表达他已理解的事情："垃圾""垃圾桶""丢"三者之关联。对大人而言，丢个垃圾有什么好大呼小叫的，然而对孩子来说，这却是很重要的一步，它意味着：小小的脑袋瓜已启动，朝向复杂的领域进军，他正在摸大人的底细，借以建造具有主体性的自己。

从此后，小家伙会丢垃圾，也知道各房间的垃圾桶在哪里（连别人家的也找得到）。接着，会把换下的衣服拿至洗衣间。吃完奶，将奶瓶送至待洗处。

小野蛮人的一面也开始现身了。喜欢唱点儿反调，我若说"吵死人！"他会故意大吼，吼至脸红脖子粗。我愈是捂耳朵，他愈要大吼。

另外，"领土观"似乎也出现了。

某日，学妹珠美一家来访，小熙宏看来温文有礼，十分惹人疼爱。我们原以为小家伙与熙宏都是"婴之一族"，两人应会惺惺相惜。怎料，小家伙对熙宏甚不友善，连续打他三次，把熙宏吓哭了。我从未见他如此凶悍，甚感不解，仅能归诸动物斗性及领土观作祟。在他眼里，说不定把熙宏当作"外敌入侵"，他这个土霸王不得不御驾亲征。若他们易地而处，换小家伙当客人，说不定熙宏也会对他"饱以老拳"！

观察一岁三个月小孩的学习展览是种乐趣，他不会向你讲解各个步骤，说明他如何学会；反之，常常出其不意地展现学习成果。而你在惊讶之余，却无法以自诩比他聪明数十倍的脑袋倒溯其学习步骤。甚至，你不免疑惑，在你面前这个只敢摇摇晃晃走几步的小人，到底是先学会一些基本动作（或物件）与简单的逻辑关系，再进阶理解较复杂事物，抑或，先囫囵吞枣大人世界的事件，再抽丝剥茧、分类排比，提炼出最基础的游戏规则与逻辑关系？

小家伙对空间、位置、事物之间的关联颇敏锐，很多事物教一两次就会，甚至无须教，看大人如何做即了解怎么回事。

我常以"测试法"理解他知道了什么。某日，我拿出小锅与量米杯，问他："'菲佣'要煮饭了，请问你家的米放哪里呀！"他立刻往厨房置物柜爬去，奋力拉出黑色桶子，他知道米放在里面。

即使是生活中最不起眼的衣橱，在小家伙看来，其乐趣不下于聚集各种珍奇动物的原始丛林。每次进卧室，他站在大衣橱前，像迷路小猴儿重返家园，打开六扇门，尽情拉、扯、抖、拧、掷那些折叠整齐的衣物，手法比小偷或检警人员还利落。起先，我急着收拾，阻止他的不良举动，后来也麻痹了，随他舞弄吧，坐在床上看我的报纸。因而，他很快摸熟大衣橱内的秩序，知道每人的衣服区域，连内衣、袜子、手帕放哪里都知道。

对小孩而言，衣橱可能是他们的第一座魔术大屋，充满奇异的吸引力。回想我小时候喜欢钻入妈妈的大衣橱躲起来的情景，现在，从小家伙身上又看到自己的影子。衣橱隐喻着"躲藏"与"寻找"，对人类言之，这两种质素永远具有不可抗拒的魅力。无怪乎，刘易斯（C. S. Lewis，电影《影子大地》据其生平故事拍摄）在《狮王·女巫·魔衣橱》童话故事里安排一个大衣橱，让玩着探险游戏的孩子们经此通往神秘王国。

一岁三个月的小孩知道的事情渐渐多起来。若在附近小公园散步，他知道家的方向，也弄清楚几位邻居的家住哪里。他知道钥

小孩绝对是識貨行家. 這個木製玩具相机 據稱
可以訓練小肌肉之發育。不过,你不屑玩它,你大吼大叫
就是要那個放在玻璃櫃上層的「真相机」。好吧!
敗給你了! 没多久,「真相机」真的只能当玩具了。

• • •

小孩绝对是识货行家。这个木质玩具相机据称可以训练小肌肉之发育。不过,你不屑玩它,你大吼大叫就是要那个放在玻璃柜上层的"真相机"。好吧!败给你了!没多久,"真相机"真的只能当玩具了。

匙是用来开门的，一并记住钥匙放哪儿。会学我拿笔在纸上乱画。认识四五种水果。吃完东西，叫他把碗拿到厨房，他照做。会说："妈妈再见""谢谢""出去"（表示要散步）。知道家中大部分家具、用品、家电的位置，从冷气、电视、音响、冰箱、微波炉、牙刷、帽子、鞋子到报纸、饼干、水果篮、书、CD、绳子……只要教过一遍，他就记住。认得爸爸的车及停放的位置。若要出门，会非常"鸡婆"地帮我拿手表、钥匙，帮爸爸拿背包。知道自己的故事书放哪里。会玩虚构游戏"摘水果"——我伸手朝半空做摘水果动作，同时配音"嗒"，捏水果送至嘴里，做出咀嚼、吞咽动作，并且"啊"地露出满足表情。再摘一次，请他吃，他亦学我做咀嚼、吞咽状。以后我若说，"嘿，摘水果请妈妈吃吧！"他就学我朝半空东捏捏西弄弄，有时我会故意挑剔："啊！这什么水果？香蕉！呸呸呸，这香蕉没熟嘛！难吃难吃！"他见状甚乐。

学走路是这时期的重要功课，跌了几次，他敢放手了，巅巅荡荡像只胖蝴蝶，没多久走出兴趣来，从此不再爬。

那是喜悦的，看一个好小好小的婴儿长成会走路的小幼儿，学会控制造物者给他的这部精密、神奇的小身体。这真是大事。从此小小人儿拥有行动自由与方向——此乃建造自我世界之经纬。一年多时间，于旁人看来极为迅速，只有做妈妈的了解有多缓慢，除了靠他自己努力，你给他的爱、为他流的汗、担的怕、操劳过度的困倦、鼓舞的言语……皆是护持一株小苗成长的阳光、雨水与肥料。你付出愈多，他长得愈壮。从翻身、坐起、爬行、站立到终于会走路，这孩子离他自己的世界愈来愈近，而做妈妈的终将成为另一个星球。

喜悦掺杂伤感之余，日子进入紧急追缉令，每天上演"官兵抓强盗"戏码。首先，每扇门的钥匙都得找出，插入锁孔或吊在墙上，以防他反锁（一般浴室的门没钥匙，若反锁，以一元硬币即可打开喇叭锁）。此外，室内一百二十厘米高度以下所有会打破的锅碗瓢盆、花瓶糖罐、热水瓶茶壶，会产生危险的台灯、电线、插座，不宜玩耍的垃圾桶、面纸、拖鞋……统统得收拾干净。

（我的邻居将电话牵至厕所，垃圾桶放在大鱼缸上，热水瓶放冰箱上。这一点也不好笑，身历其境的人都恨不得把所有东西钉在天花板上。）除此之外，你还得沙盘推演：他会不会扯下桌巾，让热汤热菜给烫了？有可能，桌巾收了吧！他会不会爬高爬低，摔得满头包？会不会在浴室滑倒？会不会吞食硬币、纽扣、图钉、订书针……

最安全的地方是家，最危险的也是家。即便我已尽可能防止意外，但总是等事情发生了，才明白疏忽之处。

一楼通往二楼的楼梯转角放置CD柜，他老是喜欢拉开拉门把玩CD，每一片CD外壳破的破、裂的裂，惨不忍睹。我一气之下，用胶带将拉门封起来。某日，他又腻在那儿，我跟在后头看书，没想到这家伙力气不小，用力一拉，整座CD柜倒下，压住他，他往后倒，跌落两阶楼梯，CD柜直躺躺压在他身上。幸亏我眼明手快，在柜子重重压下的最后一秒伸臂挡着，否则后果不堪设想。他厉声大哭，显然吓坏了。我搂着他一直说抱歉，自己也吓出一身汗。幸好他毫发无伤，要不，我会哭出来。事后，实在弄不明白事情发生的来龙去脉，也怀疑自己怎有迅雷般"神功"？楼梯间挂了一幅飞龙似的"佛"字，若问小家伙"佛"在哪里，他会指那字。只好把整件事归于佛祖保佑！

浴室也是状况颇多之处。自他会坐以后，我每日先帮他洗浴，让他坐在大澡盆里玩玩具，自己再乘机洗"战斗澡"，还得一面像乩童般叨念："不要站起来，坐好哟，你玩大罐子、中罐子、小罐子，妈妈再一下下就好了……"有一回，他不知怎的突然站起来，脚才跨出澡盆就滑倒了，我火速拉住他的膀子，人没怎么跌，可是下巴碰到浴缸边，我看见他嘴里流出血，吓得快呆掉了，赶紧强行撑开他的嘴巴，原来牙齿咬破舌头边，小伤，没事儿没事儿。

他没事儿，我的胃病又犯了。

神出鬼没的"豆腐摊子"最能形容这时期的小孩，碰了就跌、撞了就倒，可他又常常不声不响地站在门后，你一开门，正好撞倒他；或是尾随在你背后，你一转身，不偏不倚碰倒他。经过几次教训，我的动作变得和缓，开门前先刺探刺探，要转身迈步也先看看有无小人跟监？

满一岁三个月后，他开始学习拿汤匙吃饭。而随着他的智慧与体能的发展，我不得不用绳子将冰箱的门围起来（那些取笑过我的新手妈咪，没多久，也如法炮制）。

一个会开冰箱的小孩带来的谕令是：这个家进入动员戡乱时期。

做牛做马

让我记下一岁半左右小家伙的伙食：

⊙早餐粥：绿豆仁加薏仁粉先煮烂，再拌入综合水果麦粉、牛奶。

⊙午、晚餐粥：以高丽菜、毛豆仁、洋葱、胡萝卜、鸡肉（或牛肉）、香菇、蒜瓣、胚芽米、荞麦、燕麦熬成。

⊙配菜：蛋黄、鲷鱼或瓜类、豆腐、蒸蛋（蛋黄加七十毫升冷开水及少量奶粉，拌匀蒸熟）。

⊙水果：以苹果、柳丁、水梨、香蕉、木瓜居多。

⊙零食：只供应米果、优格（原味，小家伙接受其酸味，吃习惯后，每日需吃半盒）、小鱼干、葡萄干、果冻。

⊙牛奶：每日四至五次，约六百毫升。

由于三餐定时定量，且无吃零食习惯，小家伙的身体发育还算正常，尤其力气颇大。老辈的说，小孩的奶头若相隔较远，表示力气较足，这一点倒是在他身上应验了。

不过，再怎么细心呵护，生病在所难免。从满十一个月到一岁半，长达七个月期间，他每月在头上长一粒脓疮。换言之，每隔一段时间就得向家庭医师报到，服用抗生素，数日后再请医师为他挤脓、消毒疮口。这种不大不小的症头，把我们两老快逼疯了。理平头、开冷气、避免流汗、注重卫生、多吃凉性食物……都照做了，这家伙的大头照样孵疮。

"长什么疮！你是朱元璋转世啊！现在是民主时代，不流行臭头皇帝啦！"我骂着，几乎失去耐心。孩子爸爸一想到小家伙得吃抗生素，心里痛苦极了。

医生说，毛囊阻塞、细菌感染引起的，多注意清洁。（天啊！我还不够爱干净吗？）老辈的说，跟体质有关，长大就好了；习中医的朋友说，阳气上升，表示这孩子生命力旺盛，不碍事。有人建议采食疗，多吃绿豆、薏仁、莲藕、冬瓜、苦瓜……又有人说，青蛙炖蒜瓣；还有的直截了当指示：吃蛇汤啦，不骗你，一吃就好了。

除了蛇汤，我都试了。但我相信是天气转凉他才不再孵疮。果然，夏天一到，汗流浃背，臭头皇帝又来了。

"去去去！搬到南极跟企鹅做邻居！"我绿着脸说。

打电话向母亲诉苦，她却说："像你，你小时候也长！"这真令我下不了台，所谓遗传，就是做贼的不能喊抓贼。"好吧，"我对孩子爸爸说，"小家伙颈部以上得我的遗传，颈部以下若出问题，归你。"

据说多吃青蛙有所帮助，婆婆每周一次、大清早坐公车到传统大市场购两只养殖蛙，我炖蛙，每日盛小半碗由孩子爸爸喂他吃"呱呱汤"。

（青蛙是我喜爱的小动物之一，从不吃它，喜宴上偶见蛙肉料理，亦不动箸。为了治疗小家伙的疮症，不得不料理之。然，每次炖煮之前，清洗已去皮、无头之蛙体，仍有不忍。常在心中为之祷祝、致歉。）

每个孩子或多或少带了小账簿来，在成长过程中，身体得付本金利息，当然也就急坏了父母。

隔壁四岁的佑佑，在八个月大时痉挛发作，从此需每日服药，隔一段时间得照脑波、抽血验肝功能，药必须吃到脑波正常为止。小婕是先天弱视加上鼻子过敏。连益一出生就因肠子异常开刀，后遗症是易引起粘连，才三岁已发作两次，住院插管、禁食，百般折腾。有的是踮脚尖走路，有的严重过敏，家中禁用地毯、棉被、窗帘、布沙发，视尘灰菌螨为大敌。还有的带了气喘、心脏病。有的是过动、有学习障碍……这些都是我周围认识、听闻的案例，做父母的谈起孩子的病症，莫不皱紧眉头、眼眶含泪，忧虑之情溢于言表，可见一个孩子一本经，没一本好念。

都不给父母找麻烦的小孩是天使，若非来报恩就是做客，带账簿来的才会跟父母厮缠一辈子。我安慰自己。

家里有个练习自己吃饭的小子，意味着必须实施"三布政策"——擦地抹布、擦桌抹布、拭脸毛巾。此三布餐餐不离手，一有状况（如：舀一匙饭，效天女散花；或以手抓饭，再往头、脸抹；或把饭吃进衣服内）立即抖布，或立或蹲或跪，擦拭干净。要不，家里会有大队的蚂蚁雄兵前来寻宝采矿，最惹人厌的蟑螂亦会在你面前快活地出没。

小家伙不喜欢穿围兜，初始还愿意让人喂，一岁半以后极有主见，喜欢自己吃饭。那真是一场"饭粒战争"，脾气每每被逼到火线边缘，但又不能制止一个有学习欲的小孩，只好在匍匐擦地之时，将自己的情绪"卡通化"，窜改小时候看过的"小蜜蜂"卡通歌词以自娱："有一坨小饭粒（原词：有一只小蜜蜂），飞到东呀飞到西，嗡嗡嗡嗡，嗡嗡嗡嗡，有擦不会长蚂蚁！"

游戏是这时期小孩最重要的事，透过游戏得以更快地学习。

你把"噗噗熊"说成"屁屁熊","小熊维尼"叫成"笑死维尼"。

卡通里有一幕，小熊吃太多蜂蜜，结果卡在洞里出不来，你坚持说，小熊是因为吃太多葡萄干才卡住的。

"吃蜂蜜啦！"我说。"吃葡萄干。"你说。

我买了各阶段的玩具供他玩乐，但他对给小小孩玩的玩具不感兴趣，反而对较复杂的几何图形拼板、数字拼板感到好奇。我喜欢具有益智效用的玩具，避免购买刀枪棍棒之类跟家里的玻璃柜过不去且只会助长暴力的东西。我也不赞成把学习大事全部交给玩具，那是不负责任的。孩子最需要的是引导、启发、示范、解说，大人若愿意做他的导游，生活中处处都有比玩具好玩几十倍的事物可供学习，不必花一堆钱买冷冰冰的玩具。譬如：认识蔬菜水果，只要拨出一些雅量，把冰箱内的苹果、香蕉、木瓜、番石榴……取出放在地上，供他戳、捏、咬、抓、摔，即可达到综合学习的效果，比买图片、塑料水果，再教他"苹果是红的""香蕉是甜的""番石榴是硬的"真实。再说，若把"时间"因素加进来，苹果不一定是红的，香蕉不见得甜，番石榴有可能很软。

妈妈亲自带与托予保姆最大的不同在于教导与唱游，妈妈像矿脉，要时间有时间、要耐心有耐心、要爱有爱，一切都是免费的。妈妈会把握生活中的机会教育与随机学习，源源不绝地供给一个以丰沛的热情想要认识这个世界的小小孩。

我收集日用品的空罐、空瓶（如优酪乳、洗发精、酵素、沐浴精……），洗净后当作小家伙的洗澡玩具。大澡盆浮着七八个瓶瓶罐罐煞是奇观，他也玩得甚乐。有一次，我问他："你会不会把每个瓶子的盖子找出来，旋好，我们明天洗澡时再玩。"让我惊讶的是，他毫不迟疑地"组装"完毕，一个也不差。没多久，我利用这些瓶瓶罐罐教他"大小"概念，他也很快能辨认"哪一个瓶子最大""哪一个罐子最小"的问题。凡色彩、图形、大小、长短、轻重、数、次序等基础知识，都可以在生活中找到教材，不见得需要仰赖玩具。即使是小孩喜欢的"组合"游戏也能自行研发。有一回，我把十几双大大小小、五颜六色的袜子全部拆散堆在床上，叫小家伙帮忙"寻亲"，我手套一只袜，演布袋戏："我叫小豆豆袜袜，我的哥哥不见了，呜呜呜，姚远小朋友，请你帮我找一找好不好？"当他高高兴兴找到另一只交给我时，我将它套在另一手上，双手作拥抱状："啊！弟——弟，啊！哥哥——我们终于团圆了！"接着，两只小豆豆袜袜热情地亲吻小家伙脸蛋，哈他痒痒。

好友杨茂秀教授编译的《乔治与玛莎》（詹姆斯·马歇尔著）与《罗北儿故事集》（阿诺·罗北儿著）是我极喜爱的童书，我一向对迪士尼没感情，因而给小家伙选的故事书不免有点超龄。不过，我不担心这个，让他泡在阅读的氛围里比他能否读懂更重要。耳濡目染之下，他对《大象舅舅》情有独钟，常常打开专放故事书的柜子，找出那本书，喃喃念着："大——舅——"（省称），要我讲故事——当然，只有三分钟耐心。我也乘机简介每本故事书的书名及内容，一阵子后，他认得大部分的书。我试他："把《露西儿》拿给妈妈！"他取对了，《小房子》《猫头鹰在家》《老鼠汤》等也都拿对。

这真是有趣的事，小小孩到底用什么法子记住这么多东西？家有小野蛮人的都会惊讶于他们大字不识半个却会操作电视、音响的本领，或许，观察与模仿是学习的基础，而关乎图像、色彩、位置的记忆力与综合运用能力，是他们辨别、读取特定事物的关键吧。

一岁半小孩已会"贪婪"地索求繁复的"睡眠仪式"，你得搬出法宝让那两颗炯炯有神、滴溜溜转动的眼珠子慢慢静止，让嘻嘻哈哈爬柜子跳床、丢枕头打滚的小顽童躺下来打呵欠。就算大人有铁打的身体也会被这套排场磨得软趴趴，几度发觉自己"睡过去"两三分钟，突地惊醒，继续对正在搜抽屉内玩具、杂物的小家伙做"心战喊话"："睡觉——了，几百点了还不睡，我——哈（打呵欠声）——会打屁屁的哟！"

唱儿歌似乎不管用了，我发明"睡睡鸟"——用舌头抵上颚发出"滴嘟"声，音似啄木鸟躲在空树干内啄弄。我搂着他躺下，对他说："睡睡鸟来了，嗯，他要跟你讲悄悄话！"便附耳发出滴嘟滴嗒声，再变音小声说："姚远——，我是睡睡鸟啦，你快快睡觉，等一下我到你梦里找你玩好不好？"他有点被唬住了，笑得很得意。我问："睡睡鸟跟你讲什么？不跟妈妈说啊？好吧好吧，那是你们的秘密！"

有时，他会要求看故事书。床头一撂大人、小人书，我随意翻几页，他也取自己的书摊在床上要我陪他看，《小房子》与《三只山羊嘎啦嘎啦》是他较喜爱的，尤其是维吉尼亚·李·巴顿的作品，叙述环境变迁的《小房子》，几乎是每晚必看。他对第一页——一对夫妻与三个小孩、一条狗、一只猫、两只鸟在小房子周围戏耍的情景很感兴趣，常指着图发出"这……就……搭子……"声。维吉尼亚的绘图手法倾向繁复、细微，层层绘制，形成旋转感；小家伙观察入微，竟能看出第一页图中，穿大蓬裙、背对着站在树下的妈妈怀抱一个小婴儿，小脸蛋从她的肩头处露出。当他指着小脸蛋说"宝宝！"时，我还回说："什么宝宝？那是小朋友的妈咪！"后来框上眼镜一看，果然有个小得不得了的宝宝。我自个儿找台阶："哟！几日不见，她又生啦！打个电话叫她节制一下吧！"

为了哄睡，我的布袋戏生涯也如火如荼地展开。床头有几个填充布偶，小熊维尼、小青蛙、米老鼠及可装零钱、钥匙的咖啡小熊。它们分别有了个性与背景，流浪汉米老鼠，喜欢换池塘的小青蛙及拥有万贯家财却自认为是个囚犯的咖啡小熊。我的剧本既简单又随兴，有时反映当日生活情况，透过布偶"模拟"小家伙的经历（如：到小公园骑车、到外婆家……）。由于内容逼真，他显出兴趣，大约也在回味自己的经验吧！有时则趁机教导、暗示生活上的事件或礼节。有一阵子，小家伙极不喜欢用吹风机吹干头发，为了这事儿，几乎快把我的脾气磨爆了。于是，布袋戏就出现小青蛙请教米老鼠，洗完澡后如何把那么多毛毛弄干的内容。"用吹风机呀！"米老鼠嗲声嗲气地说，"狮子也用吹风机，猩猩也用，大家都用啊！"次日，洗完头后，他又东躲西藏不愿吹风，我便说："你问问米老鼠，他是不是用吹风机吹头发？人家狮子也用，猩猩也用，就你不用，那么你跟他们不是好朋友喽！"他有点被说动，我趁机速战速决："快！妈妈用最快的速度吹，数十下就好了。一——二——三……"

冬日时，演得有些乏了，便胡乱来一段挤被窝取暖的剧情：小布偶们吵着要跟小家伙睡，有的要睡胳肢窝底下，有的要睡肚脐眼上，闹哄哄的。最后，妈妈出面安排，各就各位，眼睛闭闭，来首歌儿，一起入梦。

（陷身在烦琐、疲惫的养育工程里，也许，就是为了捡取这一点一滴、宝石般美丽的记忆吧！）

孩子对父母的贴心、爱意，常被认为天生自然，我倒觉得是交感互动。孩子体会到父母对他的保护、照顾与亲爱，遂被激发出善意的回应。我相信在万事万物之间存有不变的律则：善，诱发更大的善；爱，开启更强的爱。这条律则在亲子血缘中得到最大的彰显，因毫无勉强、挣扎之痕迹，交流、呼应得如此自然，故近乎天生。

我素为背疾所苦，过度劳累或天气变化无常时尤其酸痛。孩子爸爸得空时会为我敲按一番，稍减痛楚。家中亦备有各种按摩工具，铁制、木质皆有。平日，我自行敲按之后会将道具塞入两柜之间缝隙，以防小家伙乱玩打伤。某日，我随口说："哎哟喂呀，背痛死了！"小家伙闻言，立即放下手中玩具，跑到两柜之间弯身把按摩道具拉出，取来给我。我完全没有预料他会这么做，遂被感动得有点心花怒放。眼前这位还不会讲话的小小孩才一岁半，他的眼神纯洁无邪，小脸蛋笑得像朵小蓓蕾，他做这事如此自发、自然，既非接受命令亦无关功利，纯粹只为了让妈妈纾解痛苦、心情愉悦。我从来不曾叫他为我做这事，因而更显出他心中的善念与爱意。这样的回馈不止一次，近两岁时，他学他爸爸口吻，字不正腔不圆地说："盎摸虾（按摩一下）！"随即非常卖力地用手掌为我拍背，愈拍愈急，我不禁大赞："多幸福啊！我居然拥有两只按摩牛郎！"人说小孩褒不得，果然，话才讲完，小家伙一得意，竟用力拍打我的脑门。"你嫌你妈还不够笨呀，脑袋瓜也打！"我说。

撒娇像吃饭、睡觉、游戏一样，是孩子成长的必需品。一岁半的小孩已会明确且主动地对父母撒娇、拥抱、牵手，或突然赖在父母身上搂脖子脸贴脸及亲吻，每当他这么做，我会发出类似大胡子老公公的声音："唔——呼呼呼，这个小孩在跟妈妈撒娇呢！"那声音像害羞的大风吹害羞的小树，因而他更加专注且认真地撒起娇来，与我脸贴脸还要摆头转动，贴完左脸再贴右脸，仿佛跳探戈，滑稽极了。此时，我一点都不怀疑我们是跟红毛猩猩有亲戚关系的灵长类动物。

"横眉冷对千夫指，俯首甘为孺子牛。"鲁迅这话极有顶天立地的父母气概，处世敢于向权威及庸俗挑战，回了家则自动趴倒，笑呵呵地给黄毛小儿当坐骑。

没有一个小孩不喜欢骑在大人头上，也没有一个爱孩子的大人不愿承欢其膝下。做爸爸的尤其享有荣耀感，当小孩跨坐其肩头，两只小手拉着他的耳朵，父子俩一起逛大街时，不难看出这头"孺子牛"昂首挺胸、笑傲江湖之状。这时候的男人，还真有一点保家卫国的样子。

自从有一回我躺在床上，平举双脚让他坐在脚踝处，手扶我膝头，我双脚再左右转动、上下伸举之后，从此他爱上"骑马马"。我与孩子爸爸也正式进入"做牛做马"（他肖马我肖牛）阶段，只要一躺下，那个胖嘟嘟的小人便喜滋滋扑过来，"骑——马马，骑马马——"火速登基，要我们当旋转马。这游戏玩一两次还可以，天天玩、时时玩，下半身颇有瘫痪之虞。若不依，这小子便扯开大嗓门哭闹起来，你铁了心不依，他会自力救济，硬将你推倒，三两下边哭边爬坐你腰肚，自己提屁股抑扬顿挫，把你的肚子顿得发痛，你赶紧求饶："好好好！骑马马！"你敷衍他，只两只脚板扇了扇，他生气了，哭得惊天动地，你还有别的路可走吗？只好乖乖

287

做牛做马，还得配歌："我是一只小毛驴儿，我从来不给骑，有一天我心血来潮……"

一岁半左右的孩子仿佛一瞬间成熟，学习、认知之深度与广度较诸以前进步许多。除了能指出较复杂的身体部位（眉毛、眼、头发、额头、鼻子、鼻孔、人中、嘴、下巴、脖子、牙齿、舌头、肩膀、奶奶、肚脐、膝盖、脚趾头、鸟鸟、手），也能从相簿中认出近三十个亲人及朋友。

相簿是那阵子他最爱翻看的读物，三大巨册，摊在沙发上，看他那么专心地阅读，真难想象小小的心里起了什么涟漪？我虽非爱好摄影之辈，但一直保留为他记录生活的习惯，每当有朋友来访，亦合照几张留念，供小家伙指认、回味。没想到这些照片也成为教材，借此认人之外，我若问："你躲在妈妈肚子里的那张照片在哪里？"或"到小学溜滑梯是哪张？""坐碰碰车的在哪儿？"……他都能找出。照片里面有故事，正因有故事的甜味，他才那么沉迷吧！

这时期的小孩已有自己的意见。要自己吃饭不给喂，要穿这双袜子不穿妈妈拿的那双，坚持要戴帽子出门，一定要吃这样不吃那样……"我"的概念形成了，再也不是随大人使唤、摆布的小婴儿。平日若问："姚远在哪里？"他会指自己的脸。虽还不太会讲话，但有言说的欲望，常以单音复辞表达己意（"水水""豆豆""蛋蛋"……）。他自己更发明"唧啾"音表示一切；想吃葡萄干，拉大人的手到柜子前，指着那罐葡萄干，说："唧啾！"想出门散步，自己戴好帽子，指着大门："唧啾！"这阶段的儿语，只有带他的人听得懂。因此，我戏称他是"唧啾桑"，孩子爸爸干脆叫他"唧啾"。每当父子俩唧啾来唧啾去，大概只有我才明白怎么回事吧！

谁也逃不出遗传的天罗地网，此事不假。孩子爸爸是学数学的，小家伙自然对数字较敏感。他学会拼零至九数字拼板，不久，会拼几何图形拼板。而且，非常令人不解地喜看气象报告（我们猜想跟数字有关），只要电视上出现气象预报，他会放下正在做的事，急猴猴地爬上沙发坐好，目不转睛盯着看。我几乎要央求任教大气系的林和教授弄几卷气象录像带让小家伙看到饱，也使我可以稍微偷一点闲。后来，我又发觉他对股市收盘行情有反应，每当午间新闻主播说"接着，我们看国内股汇市行情"时，这家伙又爬上沙发看得津津有味。我不禁摇头，笑他："包尿布的姚大户，你的股票涨还是跌呀？"数字，真的那么迷人吗？

只要天气不错，我常以推车推他至山下小街闲逛，四处寻找与他一般年纪的小孩踪影，让他解解闷。他开始需要玩伴，而这是我们无法提供的。文具店门口放置一排投币式游乐车，他会自行投币玩一会儿，若旁边有小朋友，他的玩兴即刻升高，可惜没多久小朋友又被带走了，他若有所失。有一回，我刻意推他到附近的小学校园看小朋友，正值下课时间，低年级的小哥哥、小姐姐们像野牛般满场飞奔，尖叫、嘶喊声不断，霸占了溜滑梯、跷跷板及一排跳跳马。有位年约七岁的小男生友善地邀小家伙一起坐跷跷板，他甚乐。下一会儿，钟声响了，所有的小朋友跑入教室，消失无踪。对小家伙来说，这事发生得太快，使他无法理解为什么小哥哥、小姐姐们都不见了？他发出"噫？"疑问声，脖子伸得长长的，两只小手掩在背后，走来走去，走来走去，好像在找什么。

早春阳光柔柔地洒在小家伙的短袄上。那一刻，我在一岁半小孩身上看到了"寂寞"。

【密语之十七】

儿子：

寂寞，是你一辈子的课业。

早春阳光洒在你的小袄上的情景，深映我眼底。当晚，我向你父亲描述你怅然若失的模样，仍不免心疼。你在大床上睡得香甜，想必也在回味白日里的短暂欢愉。

随着成长，你愈来愈显出对同伴的喜爱。每有小朋友来家，你会表现出热情，即使对方比你年长、块头比你高壮，你也毫不犹豫地张开手臂加以拥抱。由于你的动作太大，常把对方推倒，小朋友误以为你攻击他，反而躲你。其实，看在眼里的我，完全理解你只是想抱抱他、表达亲热而已。

你喜欢看娃娃车，因为你知道车里有好多好多小朋友。有一回，我请娃娃车司机暂停一下，让我抱你到车里与小朋友们打招呼。家附近有两兄弟，每天由妈妈以摩托车载到山下念幼稚园，你一听到摩托车声（你会认各摩托车的特殊声响），会急忙站上窗边椅子往外看，大声叫："小帅！卡卡（凯凯）！"

有诸多原因，使我们无法带你与亲戚家的表哥、表姐玩在一起。大伯一家旅居美国，自然排除在外。你姑姑家的两位表姐都上大学了，怎么玩呢？只有大舅家的婕子姐姐、小舅家的简熙哥哥与阿诺哥哥、小阿姨家的妹妹与你年纪相近，只是住得较远，亦无可奈何。

小家庭主义下，即使同一社区亦鲜少往来。现代的人际关系已臻结冰状态，不可能恢复往日之厝边头尾感情。我虽知这不是好事，但长期在都市生活的熏染下，也很难积极地向陌生人表达热情。原先，我期盼情同一家人的隔壁小哥哥成为你的同伴，然而也遇到难处。大你两岁的他上全日班幼儿园，放学以后各有各的家居生活。逢到假期，也是各有安排，你与他只隔一墙，有时却十天半月才匆匆见一面，几乎没能玩在一起，咫尺何异于天涯？

难道，真的只能在自家墙内才找得到一起长大的童伴？

你一岁以后，亲朋好友不免试探或建议我们再生一个——除非情况特殊，否则这问题会丢给每一对新手父母。综合其理由，不外是：独生子太寂寞，若有手足相伴，一起成长，相互学习，不仅身心较健全，将来遇到事情，也有自家人照应。其二是风险分担，若不幸失去老大，还有老二在身边。第三是防老，只生一个，将来两老之养护、送终全担在一人身上，着实过重，若有兄弟分担，责任较轻省。

对我与你父亲而言，这三点都不成立。

独生子与有手足是两种不同的家庭组合，换言之，各有各的优劣。我们不宜用拥有兄弟者的优势来解决独生子这边的缺点而省略、简化存在于手足之间的难题。反之亦然。为了让孩子学会分享所以生给他弟妹，但是，有没有想到两个（或三个）孩子瓜分有限资源后让第一个孩子无法得到更好的栽培？如此视之，是对还是错呢？一与多，各有各的功课要做。老辈的爱说："打虎亲兄弟"，意味只有自家兄弟才会同心协力、共渡难关。若手足情深，自是美事，但也不乏把亲兄弟当老虎打的阋墙案例。

所谓风险分担亦属无稽之谈。在父母心里，每个孩子皆不可替代，并不因尚有其他孩子而遗忘或稍减丧失此子之痛。当然，依循物种传承的律则，繁衍后代自是多多益善。然时至今日，地球上存有六十亿人已显得拥挤，我们倒是不需在拥有一个孩子后还受繁衍律则掌控，拼老命将自己的基因洒在地球上。至于，这辛苦养育的生命会存续多久，那是神的账簿里的事，不是做父母能问的。

老，会找上我们；病，也会在我们身上结网。独生子在照护父母方面自然比多兄弟者付出较多心力，然而，只要想想当年父母把所有财富、资源全给了一人，如今独力挑担也是公平合理的。话又说回来，正因为只生一子，做父母的在经济面能较宽裕地储备未来的银发生活，事先规划医疗、照护、家居等事项，而非把老年包袱丢给独生子背。

其实，不管我们这一代基于何种信念坚决不育或只育一子或多生儿女，等我们老时皆是殊途同归：只剩自己或唯有老伴相依偎。我几乎可以嗅闻下一世纪街道上的灰尘味道，看到正值青壮的你们这一代的生活。那是个没有乡愁、无国界、不被家庭观念文身的高度科技文明游牧族。我们（可能是最后一代）花大量时间在家庭与家族关系中煮茧抽丝，以至于成年之后需从头学习跟自己相处，寻找自己、肯定自己的价值。你们正好相反，生长于小家庭中，从小即在密闭的空间中遁入更密闭的空间（电脑）展翅遨游，那是个孤单却热闹的世界，你们习以为常。家庭，对你们而言，像给幼儿玩的三块拼版（父母及独生子）组成的拼图，数目太少，故无须拼凑即知全图是什么。因而彼此的关系日渐淡化成壁纸一般，贴在那儿，等它慢慢旧了。有一天，父母走了，只剩一人。偶尔想温一温家庭感觉，上网至"家庭出租公司"预订，他们会帮你安排时间，享受家庭晚餐。如同比萨店询问你的口味，他们也请你选择：要不要爷爷、奶奶？要不要一条老狗？放什么音乐？吃中餐、西餐还是寿司？若是你，说不定会要求水饺与炒面，你记得奶奶好会包韭菜猪肉水饺，而妈妈炒面喜欢放醋。

是的，看在我眼里，那样的生活有点伤感。即使以一大蓬奇花异卉装饰，还是露出"寂寞"的狐狸尾巴。然而，我无能为力。无时无刻，我在你小小的身躯上看到那个社会也憨憨地成长着，踮踮脚、伸伸手，迈向茁壮。我只能叹口气：那是你们的未来、你们的社会、你们的故事，我管不着。

因而，我不禁臆测，即使你拥有兄弟，进入青春期以后，恐怕也是兄弟不相见，动如参与商啊！

你父亲坚决不再生的理由是：这世界不可挽回地趋向恶途，再制造一个小生命来受苦于心不忍。我虽然不像他那么悲观，但也同意：善的力量似乎与热带雨林一起消失，爱与美在圣婴气候里焚烧、枯萎。我憎恨贪婪、邪恶，然每日打开报纸，即感受贪婪与邪恶伸出脓疱长舌舐舐我的脸。如是，我亦不忍再生一儿，让这恶质社会将他研成齑粉。

所以，尽我们所能避免制造另一个生命，就这么一家三口往下走，把你走壮，把我们走老。相信我，儿子！寂寞是一辈子的课业。有一天你会懂，纵使置身于熙攘大街，拥有他人不可高攀之荣耀，握尽世间种种发光发热之权势，当你从任何一扇窗望出去，依然可以看见晴空流云中有一只名唤寂寞的候鸟悠然向你飞来。

不要怕，儿子！寂寞是你自己的心灵敲门的声音。

妈妈手掌股份有限公司

事情看起来满美好的。

当你牵着一个小顽童上街购物，大部分的店员小姐会以夸耀、澎湃的神情说："哎呀！小弟弟，你好可爱哟！几岁呢？"这小子已学会报数，竖一拇指一食指，大声答："懒——岁！"你不好意思地补充："刚满两岁，发音不标准！"店员不知怎的羡慕得口水快流出来："这时候的小孩最最最好玩了，像小天使好可爱啊！来，阿姨送你一个气球球，你喜不喜欢气球球呀？"

气球？你的脑海浮出一串乱码：我不就是超级大气球吗？成天被他斗得气鼓鼓的！还说可爱？可（咬牙，自齿缝发音）——爱个头咧！天使？我这种人怎么可能生出天使？你自言自语的内容，像个粗鲁的妈妈。

所以，让我们承认吧！"妈妈手掌股份有限公司"早已剪彩、开幕了。这公司的主要业务是：妈妈用手掌打小孩的屁股。

怎么可以"打"小孩呢？人道主义者、宗教家、心理学家、教育家一起怒视你——即使只是心里浮现的画面，也够你惭愧好一会儿。不过，这种"愧疚"药效持续不长，如每十二小时得吃一粒的咳嗽胶囊，你的"愧疚"也进入量产阶段。换言之，每日，你都有强烈欲望竖起手掌——为了不打他，只好打墙壁、枕头或蚊子。

依我观察及体验，能够不以手掌相向的人大约是：一、修行已臻菩萨境，能以大慈大悲涵育"顽皮"众生。二、非亲自照顾小孩者，当小蛮牛作乱时，他不在现场，故不必收拾残局，自然能持盈保泰、心宽体胖。三、有人协助，譬如：家里请了管家、菲妈。

如果不属于以上三类，那么，那位原本气质高雅、举止端庄、声音宛似黄莺出谷的女性，就这么进入女人生命中最响亮的"破锣"阶段，镇日龙眼（杏眼已失）圆瞪，扯开破锣大嗓，朝四面八方练丹田。

若有机会纠集家有一岁半至三岁幼儿的妈妈们，请她们尽情倾吐"小人国历险记"，那场面想必相当疾言厉色；咬牙切齿者有之，顿足捶胸者有之，声泪俱下者有之。她们使用最多的词汇是：

皮得不得了、耍赖、固执、不讲理、乱吵乱闹、霸道、人来疯、死磨烂缠……她们愈讲愈火热，渐失妈妈的风度与修养，简直像一群火鸡母。

（如是，教育家、心理学家、宗教家……又怒视了：你们竟然以粗暴的语言恣意攻讦天真、活泼的孩子，你们应该接受再教育，学习怎样做爱心妈妈！）

其实，没有一个爱美的女人希望自己变成破锣，没有一个妈妈（若心智均属正常）喜欢以手掌跟自己的孩子沟通。

事情之所以发生，通常都是在屡劝无效、缺乏时空条件、具危险性且已磨破耐心的情况下。那瞬间，一个妈妈被"挤压"到近乎肝胆俱裂的临界点，为了自救、阻止小孩受伤或转移情境，她变成一只呱呱大叫，会打小孩手心、屁股的火鸡母。

让我们别说得那么深奥，不妨举几个较通俗的实例，欣赏欣赏小人国的综艺节目内容。

⊙喜欢摇所有家具的"脚"。双手抓着桌脚、椅脚、柜子脚、立式台灯脚、晒衣杆、电风扇脚……拼命摇，你好言相劝不下五十遍，甚至表演一台脚受伤的电风扇的痛苦样子给他看，希望他感同身受。五分钟后，摇瘾又犯了，抓着台灯摇摇摇！你扯开喉咙大喊，他一溜烟跑入厨房，空空空！你大步进厨房，差点晕倒，他正在摇瓦斯桶！

◎喜欢磨时间。你愈急，他愈磨。凡换尿布、洗澡、穿衣、洗屁股、吃饭或急着出门时，他就磨兴大发。为了换尿布，得老鹰抓小鸡十分钟，为了叫他进澡盆，得拖拖拉拉二十分钟，终于来到浴室门口，他指着澡盆说："踏烫（太烫），妈妈加加！"意思是要加冷水。你的龙眼瞪得圆滚滚的："你碰都没碰，怎么知道烫？"他就是要你加冷水，你只好顺从。他还在磨菇，你火大了，讲的话不太好听："那是澡盆，不是油锅，下去！"

◎喜欢制造噪音。譬如：手持门把连续撞墙二三十次。站在沙发上，持续拨动墙上挂画，使之呈弧形摆动，框角在墙上刮出黑色半圆形。用力甩开冰箱门，使之撞击流理台，发出瓶瓶罐罐颤抖的声音。搬凳子垫脚，将音响旋至最大。

◎喜欢挥洒东西。洒洗衣粉、牙签、棉花棒、米，或是趁你不注意，拨开收纳柜，取出已开封的绿豆、红豆、黄豆、燕麦、荞麦仁、薏仁、莲子……洒呀洒呀快乐地洒呀！你看着"一畜旺盛、五谷丰登"的场面，也傻了！

◎喜欢挖鼻孔。时不时伸出小食指，跑到你面前，热乎乎地要你看："妈妈，鼻涕虫虫！"说完，抹在你身上。你板着脸说："你喜欢人家把鼻屎耳垢抹在你身上吗？如果不喜欢，那你也不可以把鼻屎耳垢抹在他人身上！"转念一想，这话对两岁小孩而言稍嫌深奥，立即简化为："不、可、以！"

⊙喜欢抽面纸。咻咻咻！一盒面纸抽光了，雪白面纸如一大群鸽子栖息在地板上。

⊙喜欢"支配"电脑。此项不必细表，从他学会操控鼠标的一岁十一个月开始，你休想再坐在电脑前。你变成电脑仆人或技工，"妈妈，脑！"他要你帮他开机。"妈妈，服！"他要你放"艾洛伊舞台秀"那片光盘，玩穿衣服配对游戏。"妈妈，修修！"他又乱按了，要你把画面叫回来。

⊙喜欢将玩具、图书全倒在地上。你弯腰驼背收好一篓积木、一盒拼图、一抽屉结构方块、一箱齿轮组合玩具、一小盒跳皮方块、一桶球……他冲过来，哇哇叫，将所有玩具全倒在地上。你气得脸都绿了，指着他很不客气地说："好好好！再帮你收玩具，我就叫你爸爸！"晚上睡觉前，你还不是乖乖地又收一遍。

⊙霸道、独裁。完全不肯等，要你立刻为他做事。即使你说了一百遍"等一下"，他还是用吵用闹用尖叫要你马上办。

⊙喜欢玩水。才一眨眼，他已溜进浴室，擒莲蓬头如关公耍青龙偃月刀，什么都湿了，包括毛巾、卫生纸及站在门口的你。

⊙出了门就不想回家。带他出门散步、购物或运动，一到回家时刻即当场耍赖，若不赶时间也就罢了，偏偏心里急，这小子又屡劝不从，只好来硬的，如水族馆工人扛一尾手舞足蹈、大吵大闹的鳗鱼。

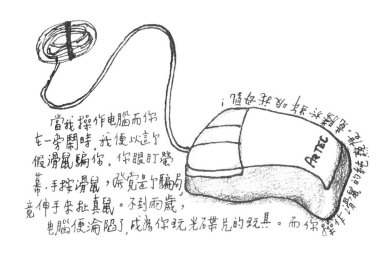

当我操作电脑而你在一旁闹时，我便以这个假滑鼠骗你，你眼盯屏幕，手按滑鼠，发觉是个骗局，竟伸手来扯真鼠。不到两岁，电脑便沦陷了，成为你玩光碟片的玩具。而你操作滑鼠的纯熟度，竟胜于当年吸我母乳！

　　⊙喜欢玩特技表演。从窗台、桌子往下跳，搬椅子垫脚要拿刀、抱热水瓶，欲钻入洗衣机、烘衣机内槽（别忘了，有两个小孩就是这么闷死的）。

　　⊙喜欢玩垃圾桶、电线插头。这一项亦不必细数，反正就是掏呀翻呀抓啊！拉呀扯呀拖呀！

⊙不好好吃饭。面前一碗拌了菜的饭，他还不大会说话就老气横秋："胡萝卜不要！"你笑着说："不吃胡萝卜，以后交不到女朋友哟！"他又有意见了："冬瓜不要！"你脸上的天气不太好，说："不吃冬瓜会变傻瓜，你要变傻瓜吗？"他持匙翻察那碗饭，你来火了："你监察委员啊？抓弊案啊？"他开始反击，将饭菜吃得到处都是，厉害时还饭翻、汤洒、碗破，往下一系列欲哭无泪的收拾工夫不必细表，单说帮他换衣时发现连小鸟鸟都粘了饭粒就知道灾情有多严重。

其余如上床吵、下床闹、破坏家具、玩具、人来疯、故意唱反调等，早已稀松平常，不足挂齿。反正，妈妈新兵经过操练之后已服膺这条铁律：天亮一睁眼，若小捣蛋没表演特技，没给个节日瞧瞧，二话不说，带他上医院，他一定病了。

再怎么咬牙切齿、捶胸顿足、心力交瘁、声泪俱下地数算小捣蛋的"特异功能"，做妈妈的只是抒发皮肉之累而已。她们绝不愿自己的孩子生病（想想恐怖的日本脑炎、肠病毒、肺炎……）。若病了，心中自责的深度与痛苦，又岂是万箭钻心能形容的。

小家伙的皮法不输于同龄小孩。一岁半左右，当他做危险动作或玩不该玩之物时，我在告诫之后会说："做错事，你自己打手！"他立即以右手打左手手背一下，等于是自我惩罚。这一招随着成长渐失效用，他的打法简直是敷衍了事，可见人的本性是律己以宽、待人以严，我的"手掌股份有限公司"不得不正式开幕。实而言之，效果不彰，因为大人乃小孩之镜，你打他，他也学着打你，母子俩以暴易暴没啥意思。我改用说的，好说歹说大声说小声说，说不通时则气鼓鼓地又说："我生气了，现在开始不跟你讲话！"这一招也没用，他像个报马仔大喊："妈妈生气了！妈妈生气咧！"完全事不关己。随后，我又研发"影武者"对策，利用他渴望同伴的心理，制造同侪压力。舅舅及阿姨家的阿诺、简熙表哥及妹妹，平日虽难得见面，却常常挂在他嘴边，仿佛已同在屋檐下，稍减寂寞。而"艾洛伊舞台秀"及"PB熊的庆生会"是他最喜欢玩的光碟，因此艾洛伊与PB熊也顺理成章成为影武者。当他捣蛋或耍赖、胡闹时，我只好端出一群模范生："阿诺会玩瓦斯炉吗？不刷牙，妹妹会笑！你去问艾洛伊，出门时穿爸爸的鞋鞋对吗？人家PB熊都会自己收玩具，你两岁了还不会收！简熙哥哥理头发都乖乖的，你也乖乖的好不好？……"这一招还算管用，尤其，他对十个月大的小表妹特别有好感，只要提"妹妹"名号，倒也能自我克制一下。后来，我又摸索出一招姑且名之"跳离法"，当两人"僵"在一件事上——我要他回家，他偏不回家；要他洗澡，他偏不洗时，不妨暂时跳离是与否的选项，进入下一题选择。"回家后，你要吃果冻还是养乐多？"我问。"阿纳多要（养乐多，要）！"他说，忘记上一秒钟还僵着不回家。既然选了养乐多，接着的对话自然是："妈妈把养乐多放哪儿呀？""冰箱！"他说，小手已牵着我的大手往家的方向走。不洗屁屁时，亦如法炮制："你要带A还是B去洗屁屁？"他从磁盘上选了字母A，既然有了"洗伴"，自是一路上二楼盥洗室。这么合作，当然得美言几句："你最乖了对不对？"他手上还拿着A，也自己赞美自己："姚远哥哥洗屁屁棒棒！"我只好附和："是啊！A会告诉B，B会告诉C，C会告诉D，说姚远哥哥最乖了！"

（洗个屁股也得动用"一传十、十传百"之醒世箴言，可见老母难为，不仅需文武双全，还得口才、骗术一流！）

两岁小孩绝对是有能力使父母的病历表加长的小贼秃（指男孩，女孩较乖巧）。肠胃不适、手关节韧带发炎、肌腱炎、血压升高、胸口闷、失眠是较通俗的症头，因太普遍了，所以别的妈妈们不会同情你。事实上，当你喳呼喳呼地细述自己的某一根指头似乎不太对劲后，看到另一个妈妈沉默地拨下衣服露出贴满辣椒膏、麝香虎骨膏的两坨肩膀时，你除了闭嘴大约也只能颤抖地问："你你你确确定……你生生生的是……人？"当然是人，只不过具备老虎的精力罢了！

作乱之余，两岁的小脑子也懂得呼风唤雨。有时，小家伙会故意逗我玩，跑到我面前叫："姚妈妈！"我故作惊讶："什么？你叫我什么？"他一溜烟跑开，笑得连放两个响屁，又叫："姚妈妈！嘻嘻嘻！"若问他："那爸爸叫什么？""姚爸爸！"他说。
"那你呢？""姚宝宝！"开心得好像发现新大陆。他自己发明的
这种逗乐法也用在名字上，当我问他："这位先生，请问你叫什么
名字呀？""姚——远！"他说。"爸爸叫什么名字？""庆（他
只会说一个字）！""妈妈叫什么名字？""简——媜！"他说。
"嗯！很好！"我说。接着，他立刻改口："剪——刀！"说完，
嘻嘻哈哈跑开，一面自己讲："蹄——髈！"他知道我要捏他大腿
前会说："小心你的蹄髈！"

　　当他想表达热情时，那种亲密是凡人无法抵挡的。他会突然赖
在我身上，说："掩映拿掉（眼镜拿掉）！""做什么？"我故意
问。他已搂紧我的脖子，说："亲！"随即自动献吻，张开嘴巴在
我脸上涂抹。"哇！这是哪一国土著的亲法？都是口水？"《感官
之旅》提及新几内亚某部落中，人们互道再见的方式是把手伸入对
方的腋窝，抽回之后再抚摩于自己身上，借此沾染朋友的气味。
小小孩喜欢在亲爱的人脸上涂口水，或许两者皆是返璞归真的表
现吧！

　　夜深人静，如果还有一丝力气可供思维驰骋，应能领悟，人类
文明的确是从反叛、探险起家的。七百多万年前，老祖先们若不反
叛四肢爬行律则改以直立行走，岂有今日世界？小小孩所展现的惊
人活力与大无畏冒险精神，或许正是一种密码——唯有携带这密码
的基因能在地球上存续。他们极尽所能地破坏大人的生活秩序，并

非只为了挑衅，而是老祖先古灵魂正在启动他们的密码，测试本能、灌注潜力，让这小小的身躯将来有能力肩头一顿，扛起半个世界。

而一个妈妈必须具备气吞山河的胸襟，站在一旁，见证小小孩成长。

如是，系铃与解铃仍需妈妈，"手掌股份有限公司"还是早早关门大吉才好。天一亮，当倭寇（他不及一百厘米高）转动贼溜溜的眼睛，伸展灵活的手脚，半个钟头内，在你叮咛、请托、告诫不下三十次的情况下，仍然摔碎两颗西瓜时，你一定得用超强的意志力告诉自己："暂停！冷静！别生气！"你只要想象某家医院手术室前，身上沾染血迹的医生面无表情地向一个妈妈宣告她的孩子已急救无效的画面，你就会在一秒间转换视角、扩张胸襟，重新看待这件事。你会万分庆幸，只是摔破两颗西瓜而已。

剩下的事很简单，除了喊小土匪过来申诫一番之外，就是取抹布收拾残局。

西瓜是甜的，你最好搜出成熟人都有的幽默感，说："唔！这一大块还挺好的，等爸爸下班回来，给他吃。"

赤豆刀

"假如一个婴儿一出生就不让他接触语言的话，他会自己发展出语言吗？"

《语言本能》（史迪芬·平克著，洪兰译，商周出版）这本书探索人类在语言方面的进化，其中《描绘天堂——生来就会说话的婴儿》详尽剖析婴幼儿的语言历程。"所有的婴儿来到这个世界时都带有语言能力。"这话听来有点吓人，但本书与《婴儿的感官世界》同时提到心理学家艾玛斯（Peter Eimas）及其同僚的实验，他们研究一及四个月大的婴儿，发现小宝宝们能区分ba、pa的语音差异。科学家们相信，婴儿天生具备语言能力。

所以，如果不给婴儿语言环境，他会自己发展出语言吗？史迪芬·平克提到，公元前七世纪时，埃及法老想知道世界上最原始的语言是什么？遂将两个初生婴儿送至牧羊人的草棚里抚养，不让他们接触人类语言。两年后，牧羊人听到小孩说：bekos，法老王的语言学家们反复推敲，认为是小亚细亚的一支印欧语系的语言，叫作腓尼基语。

这故事的趣味性成分较大（或许也具政治性）。依我想来，那孩子发出的声音或许跟bekos没什么关系，他只是在模仿一只误吞核桃、咳个老半天的小山羊而已。

有一点倒是真的，科学家们证实小婴儿拥有将语言中经常使用的音素作分类的能力，换言之，他们除了会分辨父母的语言音素，也能分辨外国语言音素。这种高超的能力使他们很快辨别出谁是鸡言、谁是鸭语、谁又在嘎嘎地讲起鹅话来？可惜的是，婴幼儿学会讲话后即逐日丧失这种能力。难怪长大后学另一种语言会学得七窍生烟。或许是上天认为你已学会一种人话，故收回他的全能耳朵吧。

假若狭隘地解释"母语"乃指妈妈教（讲）的话，那么，我肩负的责任不小，得教小家伙普通话与闽南语。

在台湾，原本天生自然的语言被喷上政治喷漆之后，大家讲起话来分外别扭。尤其到了选举旺季，忽然之间，候选人都在比赛本土化深度与会不会讲"闽南语"。仿佛，语言能力即是品质保证。

若如此，选个语言天才当市长、民意代表不就得了，何必劳民伤财投什么"神圣的一票"！

语言，在我看来，就像身上的器官，能用、好用、习惯用就行了，着实无须大肆张扬："瞧，我有嘴巴（瞧，我会讲闽南语呢）！"或是"哈，我有舌头（哈，我会讲英文哩）！"

平日，我与孩子爸爸讲普通话偶尔掺一两句闽南语；跟娘家打电话时，全部闽南语；回婆家时，则全部普通话。公公、婆婆是江苏人，孩子爸爸与两老讲家乡话。我发觉自己的语言习惯已是双声带，一段话里常是掺普通话拌闽南语，如同白米与黑糯米同煮，此锅熟饭即是台湾味。我讲的闽南语因灌入普通话文法遂与我阿嬷、妈妈的纯宜兰风味不同，我讲的普通话因台湾腔作祟故与大陆上讲的普通话泾渭分明。我更发觉像我这样的例子不少，我们在沟通时畅行无阻，既不会无聊地去踢省籍石头，更不会以此测试血统纯度，我们自由地切换普通话、闽南语频道偶尔嚼几句英文，事实证明，我们的嘴没肿。

小家伙暴露在这样的环境里，自然也听得懂三派人马（普通话、闽南语、江苏话）所言为何。加上常播放的英文童谣，我相信他像所有的小娃儿一样，能分辨语言上的鸡鸭牛羊。一岁半以后，他以普通话为主，但也能用闽南语叫阿祖、阿嬷，指称身体各部位并听懂我说的闽南语。后来，他基于趣味也要学讲英文。他指着"皮皮熊幼幼小书"上的图画要我说名称，那页分别有树、太阳、鸟、花四样，我先用普通话说，他摇头道"不是"，我换讲闽南语，他发脾气，我改讲英文：tree、sun、bird、flower，他笑了，喃喃念了一遍。此后，常自个儿翻到那页，指着图示哼几句英文自我取乐。

撇开语言种类不谈，这时期的童言童语最是可爱。从初学阶段只会说单字复音，如：奶奶、水水、爸爸、妈妈、饭饭等跟称谓、食物有关的话语开始，到有一天忽然说出一个短句，让你从此不敢小觑眼前这位还在流口水、包尿布的小人。

小家伙讲的第一句完整的话是："我也要去！"约是一岁九个月的某日早晨，他吵着要出门，我装蒜，情急之下，这小子吐出四字箴言。隔没多久，出现第二句："我要吃！"那是晚餐时刻，他急着要爬上餐椅享受美食，故大声喊出三字箴言。他已能自己进食不需喂，这小子用汤匙翻了翻饭菜，校阅之后又大声宣布："我有豆吃！"

每个孩子的语言速度不同，随他自己决定什么时候开口，只要没有生理或心理上的障碍，大人不必急。

听在大人耳里，学语小儿之可爱处在于发音不准及文法混乱。我们浸泡在合乎语音、文法的语言酱缸里已失去可能性，小娃儿的发音与文法就像一株株新鲜蔬菜般令人惊奇、快乐，听得若耳内生明珠。我遂想起姑姑家曾养一只九官鸟，它只会说一句闽南语："我会讲话哦！"乍听，像一个患鼻窦炎的少年在讲话。从此，附近邻居若经过，竟反过来学它，捏着鼻子说："我会讲话哦！"这

小孩都喜歡玩醫生叔叔看病的遊戲。一刀切下葫蘆瓜蒂頭部分，繫繩，即是聽診器。那日下午，我得一直撩起衣服讓小土匪以「聽診器」觸背部，還得深呼吸。煩死了。
胸

• • •

小孩都喜欢玩医生叔叔看病的游戏。一刀切下葫芦瓜蒂头部分，系绳，即是听诊器。那日下午，我得一直撩起衣服让小土匪以"听诊器"触胸、背部，还得深呼吸。烦死了。

种颠倒学习的现象令人迷惑，正如大人情不自禁地学小娃儿的发音与文法，是否意味着：我们渴望爬出酱缸再次驰骋于无秩序、自由的语言旷野？唯有如此，我们才能恢复与万物（而非只能跟人）对话的能力。

我记下小家伙的"毛语录"——黄毛小儿学讲话之实录。这种"毛语录"比那种"毛语录"宝贝多了。

⊙豆窝：即胳肢窝。这小子喜欢偷袭我的胳肢窝，若得逞即乐得哈哈大笑。

⊙基萨：比萨。皮皮熊小书上有一页是"晚餐时间"，借此教幼儿认识汤匙、叉子、杯子、盘子。他对那些没什么兴趣，唯独对盘子上的食物很关心。我告诉他："皮皮熊在吃比萨啦！"此后，他常常翻至那页提醒我："基萨！"

⊙NO奶：牛奶。每日仍维持喝奶五至六次。

⊙豆花（闽南语）：其实他指的不是豆花，而是"登辉"。或许是孩子爸爸与我常谈论政治、批评时局、月旦人物，平时看的节目多属新闻性，耳濡目染之下，这小子从一岁半起即认识台面上的几个政治人物。李登辉、宋楚瑜、陈水扁、萧万长、章孝严等，每当他们在电视或报纸上出现，这小子即跑来报告："豆花——，阿点（阿扁）——"我拂一拂手："好好好，取而代之！"两岁以后，他不爱卡通爱看"二一零零全民开讲"及李敖"笑傲江湖"，常指着电视问："他是谁？"台北市长选战开打，天天都有三位候选人的新闻，我问他："你要选谁呀？"乳臭未干的小娃儿答道："王建煊！"

⊙己弄："我自己弄"之省称。将近两岁，他喜欢自己动手做些事，不爱大人帮。

⊙我K：我开。开门、开水龙头……他都争着做。

⊙那酸都好穿：那双不好穿。门口两双鞋，我拿一双要帮他穿，他不，要另一双，理由是：那双不好穿。

⊙阿纳多拿：养乐多拿。不知是哪国文法，动词摆最后。

⊙雨伞找呢，我的雨伞，啊，这雨伞了：这是他坐在电脑前玩"PB熊的庆生会"光盘，自言自语的一句话。满两岁以后，他非常喜欢跟电脑打交道。电脑放在地下室，他常要求"下去"。我们都不赞成小孩太早进入电脑世界，甚至刻意阻止他接触。然而我必须说，现代小毛头玩电脑像吃糖一样，打从出娘胎就会，无须教，看大人操作几次，两岁小孩就会开机、关机、按取桌面图标，小手抓着胖胖的鼠标，宛如野猫咬老鼠般稳当。不得已，我们只准他一天至多玩一小时，每二十分钟需休息一下，以免视力被电脑给毁了。

⊙放涕：放屁。小幼儿对身上器官发出的声响特别感兴趣，尤其是放屁，颇令他们感到新奇、快乐。每回"噗哧"一声后，他会兴冲冲告知："我放涕涕咧！"起先我还眉飞色舞地赞赏一番，好似他生了个金蛋。日久也疲了，答以："放屁这档子事人人都会，不必自卑也无须夸耀啦！"

⊙赤豆刀：志气高。儿歌里有一首："公鸡啼小鸟叫，太阳出来了。太阳当空照，对我微微笑。他笑我年纪小，又笑我志气高……"好一阵子，他大声嚷嚷："赤豆刀！赤豆刀！"我摸不着头绪，后来恍然大悟，这小子喜欢这首歌，却只会挑一句词跟一跟。因发音不准造成的趣味不胜枚举，最妙的是，他把李白的诗念成："举头望明月"，这句很准，下一句就歪了："屁股思故乡。"

⊙妈妈洗头在，我洗头也在。意思是：妈妈用来洗头的洗发精在那儿，我的洗发精也在那儿。

⊙哈个老丁：还有一个柳丁。真像广东话。

即使是发音荒腔走板、文法乱插一通，两岁小孩驾驭语言的欲望与能力只能用斗志旺盛来形容。每日醒来，你发觉他又多了几句新词，甚至神不知鬼不觉地偷了你的口头禅，笑嘻嘻地又跑又跳，说："我受不了！"

无论如何，所有的袋鼠父母都同意，小人们讲"不要"讲得又清晰又有力，"我不要！"他们大声叫喊，不要回家、不要洗澡……不要做你要他做的每一件事。

有一天，小家伙以挑衅的口吻对拿着毛巾要为他擦脸的爸爸说："我需要擦脸吗？"

"你需要打屁股吗？"我接腔，"免费服务，任何时间、任何地点，随传随到。"

【密语之十八】

寻常午后，秋日微风拂动白纱窗帘，因圣婴现象造成的酷热逐渐远离，气温暖中带凉，适于午眠。

儿子，你在我身旁熟睡。每日此时是你最重要的午睡时间，也是我唯一可以做功课的时候。我非常珍惜这两个钟头的笔耕，陪你小憩片刻后便悄悄起身，一步一履走回我的书写国度。你父亲为我购得小圆桌置于床边，我可以坐在床上伏案写字，同时看顾你的动静——你初睡着时容易出汗，我得为你擦拭，有时需以棉帕铺入衣服与背脊间，以免湿冷的衣服让你不舒服甚至着凉。

这时刻如此静美，你驰骋于你的梦土，我雕刻自己的心思。有一回，你被纸张的声音弄醒，起身看到我坐在桌前写字，桌上有灯、有茶杯，床上散着稿纸、文具及书籍，你竟兴奋无比，仿佛妈妈藏有秘密花园不让你知道，此次撞着岂能放过？你像小饿虎立即扑来，而我宛如做贼急忙收拾，试着向你解释："妈妈在写功课啦！就像爸爸去上班的时候，妈妈也在上班——上你这个'儿童班'，你也上班——上'成长班'，等你睡觉时，妈妈就上'写字班'，妈妈很喜欢写功课！"

当时未满两岁的你当然不明白这一串话义，但你从此记住"写功课"，明白这事与妈妈的关系。好几次，上床午睡前，你极其慎重地把藏在墙角的台灯抱出来欲放在圆桌上，对我说："妈妈，功课！"想来真是不可思议，才短短一年多，你已经会向爸爸妈妈表达热情与体贴。

儿子，请你相信，爸爸妈妈愿意给你全部的爱，愿意为打造较好的成长环境付出心力。可是，随着成长，你让我们发现自己的贫乏——不止无法给你我们童年时尝过的快乐，更无力修改家门以外的大环境。我们像大部分父母，觉得自己平庸、无能，想做点什么，却又束手无策。我们能做的，可能仅是坐在电视前面同情别人，以及有一天，换别人同情我们。

这社会病得不轻。那些曾经让我们的额头发亮、血液沸腾的所谓理想、所谓正义、所谓真理，不知何时宛如流云消逝。这城市剩下活生生的肉搏战，大部分人毫不掩饰地暴露他们的欲望，状甚得意，仿佛观者需为那欲望之庞然、诡奇而顶礼膜拜。人与人之间失去最基础的善意与关怀，好像所作所为皆为了导向最后的功利。讲情论义的人少了，不止少，甚至连这词汇也像无用的智齿，一一从人们口中拔除。

忽然之间，我们变成少数，只能在几个怀抱同样价值观的旧友间相互取暖。外面的世界太浮、太俗、太燥，玩弄政治权术的奸佞之辈与贪赃枉法的无耻之徒占据媒体成天在众人面前炫耀其嘴脸。无奈是，他们往往站在社会上较优势位置，尽情地以权力与财富更换面目，如化妆舞会般，笑眯眯地变成一个好人，一个可供年轻人模仿、崇拜、追随的导师。

儿子，即使我们给了你全部，那又如何？日日，发生在这社会的不公义、不讲理之事刺伤做父母的心。我们的要求苛刻吗？要求穷一辈子之心力购置的房子不会屋垮人亡，要求悉心呵护的孩子到离家十米的小空地骑车不至于被强暴、绑架。这样的要求苛刻吗？

儿子，我们还看不到这个社会将往良善美好之路前进的迹象，反而时时感受物欲横流迎面扑来的力道。我们看不到披星戴月的苦行僧，但见政客财阀长袖善舞，联手蚕食美丽乡土。因而，你日渐成长带来的快乐，无法消抵压在我们胸口的沉重。你愈是灿笑如日，我们的心情愈在云里雾间。

时常，当我看你在客厅调皮捣蛋或在院子喷洒水管取乐时，现实的我不免像唠叨妈妈叫你不要碰这、不可玩那，却有另一个我超然而视，暗自喟叹："由他吧！快乐是这么短暂，谁晓得未来呢？他会不会在下个月因肠病毒而猝死？会不会在五岁时遭绑架撕票？会不会于十岁时被卡车碾过？会不会在初三时被帮派小混混持刀砍死？会不会在当兵时无缘无故身亡，而军方给的答案是吃不了苦遂上吊自杀？……"每一处事发现场，群众麇集，凡哀哀欲绝者必是母亲。

儿子，我希望有人告诉我这是杞人忧天，我祈求有人向我保证已发生的事不会再度降临。然，我心知肚明，社会总是欠每个母亲一份承诺。

所以，如果有一天，你不把妈妈的乡愁当作乡愁，我不怪你；若你决意离开这块土地，我不会阻止你。成长之路，不能光靠父母的祝福。若我们的社会恶质化到药石罔效地步，我们有何颜面系住你的脚踝，企求你永远把我们当作故乡？

我们想努力，却无从做起。草尖上的风，如何扭转狂风暴雨？

儿子，爸爸妈妈是带你到这世上的人，能做的仅是把我们所追寻、所信仰、所赞叹之事物铺设在你面前，将你浸在我们的世界最美好的部分里，日日沾染熏陶，让那信仰长成你的力量，那美好深入你的灵魂，待你羽翼丰了，我们得放手，让你跃入你的世界。那信仰与美好将伴随你编织人生，经由你手，与他人交换、分享、储藏。那信仰与美好里有百千万亿年以来的父母心，有一个尚未降临的理想社会的愿景。

（啊！成为父母，即是劈下自己的半副身躯、半壁灵魂，捐献给未来。）

如今，我们往水深的地方行去。儿子，但愿以彼此为绳索，为长篙，即使陷身漩涡，亦能感受源源不绝的力量。

生命是生生不息的。身为一个母亲，我期许自己能谦逊地思索这条律则，从中萃取智慧与勇气以抵御现实泼洒而来的惊怖与磨难。若能如此，我当会更坚强。

当能在置身急湍时，犹能抬头仰望星光。

两周岁

从三千七百七十克重、五十四厘米高、头围三十六点五厘米的初生婴儿长成十五公斤重、九十二厘米高、头围五十三厘米的幼儿只需两年。

两年时间尚不足让小树苗结出硕果、让新岩润出苔藓，却够让一个小婴儿学会跑跳、驾驭语言、大声说出自己的名字与年龄。

下笔的此刻，小家伙正坐在电脑前玩最近才迷上的《城市奇侠》——专为小朋友设计、活用数学概念的游戏光盘。他已不需我帮忙，会自己选择跟随青蛙去装潢查克的公寓或者找到熊呆去玩影子配对、帮修车工人穿衣服的游戏。我回头看他坐在高脚竹椅上操作电脑的背影，不禁觉得痴迷。一切都是真的吗？此时此刻是真的吗？那个小小孩与我真的存在于这个被称作"家"的地方吗？

"嘿，姚大头，"我放下笔，问他，"你喜欢爸爸还是妈妈？"所有的大人都会问这个无聊问题。

"妈妈！"他答。约莫三秒钟——这时间够我因他的答案而露出志得意满的表情，之后，他改口："喜欢爸爸！"接着自个儿咯咯地笑起来。

又一次调戏老妈成功，他一定这么想。

一切都是真的，一个调皮捣蛋的小孩！

一岁半以后，他已能听懂大人对他说的话、要他做的事，到了两岁，则可以进行双向沟通，不管用说的或其他耍赖技巧。正因如此，当大人希望他学习较高难度的人际互动时，那感觉就像使尽全力与一头蛮牛拔河。如何让两岁小孩了解"尊重"的意思，如何让他愿意"等待三分钟"而不吵不闹？

两岁以后，是另一阶段的学习，对父母与孩子而言皆是繁重课业。以小家伙为例，我亲自带他、教他，固然促使他在认知、学习方面较有进展，然缺点亦逐渐显露；他在自我情绪克制方面的能力极差，独立性不够，常表现出以自我为中心的行止。这些，或许是独生子的共同毛病吧！如何能于循循善诱之中，让他学习尊重别人，学习礼仪，学习分享，既能保留孩子个性之特质又能奠下较开阔的人际基础，确是学问。

然而，退一步想：若每个孩子是一支独一无二的生命之箭，天大地大，自有他驰骋之路、命中之靶心吧！

两岁的小家伙，饮食起居已形成规律。胃口不错，每餐能自己吃饭，唯他狼吞虎咽，我们得一直叮咛："小小口，嚼一嚼，休息一下！"虽说已有十七颗牙齿，不过小孩没耐心嚼烂，一碗饭四五口即吞完。老辈的有个妙喻："吃柚放虾米，吃龙眼放木耳，吃芭乐（番石榴）放枪籽。"即指小孩咀嚼不足、消化不够，吃什么拉什么，吃进去的袖子在肠胃绕行一周后拉出来的形状像虾米。为此，我仍旧为小家伙特制私房菜，将多种蔬菜加绞肉煮烂，饭也煮烂（大人只好跟着吃软饭），每餐半碗白饭配他的私房菜，若大人的菜肴有适合他吃的，再添几味。如此调养，他长得还算结实。平日无吃零食习惯，偶尔以葡萄干、海苔、小鱼干、果冻等神仙妙品诱拐他就范，冰箱内的原味优格、养乐多则有固定配额，每日两至四颗香吉士（冬季则以柳丁）榨汁现喝，加上仍然戒不掉的牛奶（每日要喝四至六次不等，为了减轻蛋白质负荷，采稀释冲泡），这小子的块头确实比同龄的稍大。

两岁的他会拼十二种六块式拼图，三十二块几何图形拼图，认识0到9数字，会从1数到10，认得A、B、C、E、F五个字母，会背诵四首绝句，喜欢玩积木搭房子、结构方块组合车、齿轮组合车及

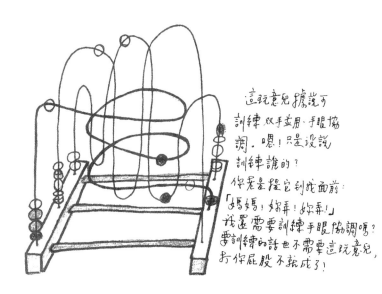

這玩意兒據說可
訓練雙手並用·手眼協
調。嗯！只是沒說
訓練誰的？
你老是提它到我面前：
「媽媽！妳弄！妳弄！」
我還需要訓練手眼協調嗎？
要訓練的話也不需要這玩意兒，
打你屁股不就成了！

• • •

这玩意儿据说可训练双手并用、手眼协调。嗯！只是没说训练谁的？
你老是提它到我面前："妈妈！你弄！你弄！"我还需要训练手眼协
调吗？要训练的话也不需要这玩意儿，打你屁股不就成了！

电脑。认得大部分的蔬菜、水果，喜欢在洗澡时想象小熊买菜，问他小熊买了什么菜，他会说："养乐多、格格（优格）、葡萄干、海苔、冬瓜、蛋、豆豆、运动饮料……"基于他喜欢食物的特质，我猜想适合他的职业可能是：葡式蛋挞店长或日本料理亭长。

他也学会自我鼓励，若搭好积木，会高举双手，跑来向我说："胜利！"穿了新衣，也会照镜子说："我好帅！"

最让我感动的是，有一天他自厨房角落捡起一塑料瓶（我常将空瓶洗净给他玩），自动走向洗衣间，喃喃念着："回收！回收！"将瓶子放入资源回收袋。这是很小的事，但代表着一粒爱地球、珍惜资源的种子已成功地在他身上着床。我曾向他解释过，为什么那袋子里的铁罐、玻璃罐不可以玩，并且自言自语讲了一小段关于永续经营地球的看法。小小孩怎会懂这些？他懂的。他自有另一只慧眼观察大人行为且起而效尤。他这小小的动作让我对未来起了些微的憧憬，或许，修复地球的力量就在女人与小孩身上！

小家伙很爱听《天黑黑》及《只要我长大》这两首儿歌。尤其后者，可能因歌词有"爸爸""哥哥"等常使用之称谓及妈妈老是挂在嘴边的"长大"二字才虏获童心吧！我嫌那词儿太八股了，每当临睡前小家伙点歌，我即乱改成："爷爷奶奶去打牌，牌技'通人知'……"或"爸爸妈妈真伟大，名誉照我家；为我去上班，还给老板打……"聊以自娱。

有一天，我听见他窜改歌词，那词儿听在妈妈的耳里比任何一首情歌都动听，他唱："姚远妈妈真伟大……"

小家伙与爸爸的互动也进入善的循环。每天早上，他会挥手向爸爸道再见，说："爸爸上班，乖！"下了班，则要爸爸带他兜风逛逛。某晚，他跟爸爸玩躲猫猫，他先站在厨房冰箱前数到十，再跑到客厅抓人。堂堂七尺之躯在小客厅内着实无所逃遁，小家伙因每次都抓到人颇有成就感，竟要求一直玩下去。

最大的进步是白天不需包尿布了，这真是大跃进！他已会说："妈妈，要尿尿！"不过，尚不愿蹲坐小马桶解大号，我不急，反正总要会的。

两岁生日那天，是个寻常的晴天，这世界看起来没什么不同。孩子爸爸休假半天，带我们出去走走，回程在山下理发店给小家伙理平头，照例，他哭得宛如刺客要取他首级。当晚，我亲自烤了中看不中吃的小蛋糕，插上两根蜡烛，为他庆生。寻常的一天。

而这一天在我们眼里却比黄金灿亮，轻盈的光到处流淌，以至于这世界看起来有一股奔放的活力，即使最不起眼的野树丛草也结着希望的小果，我们的心情好似大草原上奔驰的花豹，绰约极了。

有一个小小孩满两岁了，他会唱的第一首歌是几百万个小孩都会唱的《只要我长大》。

只一要一我一长一大！他以大嗓门吼唱着，被自己的歌声弄得兴奋无比，遂一遍又一遍地唱起来。

是的，我们像所有父母一样希望自己的小孩平安、健康地成长。我们祈求神让我们继续拥有幸运与顺气，陪伴这个小小孩长大，见证他历经锤炼而强壮而胸怀万里而点燃理想，成为建造他们社会不可或缺的一块基石。

生命，要献给更多的生命！这就是衍育的终极目的吧。

而我们会老，也愿意安安分分地老。在我们身上燃烧的火把要传给他，在我们脑海翻腾的难题要交给他，在我们心口润着的甜美滋味也要送给他。我们愿意更努力些，成为他眼中可供怀念、学习的"上一代"。

我祈求当初倾听我、赐我婴儿的神护佑这个小小孩，赐他勇气以迎战邪恶与不义，赐他智慧让生命发光，引领他走上真理与正义的道路。

祈求隐于星空的神把本应赐予我们的福粮转赠给他及所有生长在这块土地上的孩子，让他们通过光阴洗礼，携手打造美丽新世纪。

若如此，我们当可以微笑等待；因为，那丰饶壮丽社会的一片颜彩在我们的儿子身上，若我们尽心呵护他长大，就能见识那壮丽社会降临。

降临于遥远的未来。

后志

——关于《红婴仔》的几则遐想

1

让我回想十年前那个燠热且沉闷的下午吧。

我受邀至由一群妈妈们组成的读书会发表演讲，依主持人指示，我应该"传授写作秘法"。由于这题目听来像"传授起士蛋糕烘焙秘法"或"传授驭夫秘术"般令当时的我毛骨悚然，以至于方寸大乱，信口胡诌些连自己都不相信的道理。我除了记得那午后酷热像上辈子仇人勒我颈子之外，还记得在台上台下纷然摇晃即将入梦之际，我忽发灵感，兴奋地说：

"为什么没有人把怀胎九月、养育孩子的过程写出来？难道还不够刻骨铭心？这是你们独享的最肥沃经验，为什么不把它写出来呢？"

她们，睁大眼睛，没反应。

如今我理解，对好不容易从育儿、理家的佣人式生活中挤出一点时间参加读书、写作会的她们而言，听到有个"吃米不知米价"的人叫她们回去写怀胎育儿之类经验，无疑也是毛骨悚然的。就像，叫费尽气力从汐止搬出来的人再迁回那个山坡坍塌、河水泛滥之处一样，他们不但不会感激，还会有点怒。

没想到十年后，这书经由我手写出。

2

每一阶段的人生都是一种"境"。境与境之间，界线或如高岩难以攀越，或如一跨步之溪。

三年前，一阵微风之力即让我的人生"时移境迁"，我欣然接受，并且依例以虔诚与专情构筑这难得的奇境。

为妻为母，就生物学角度，本无特殊之处；但放在个人生命史视之，真是好一阵惊涛！

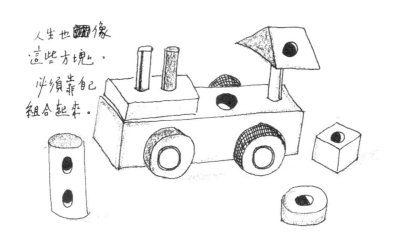

・・・

人生也像这些方块，必须靠自己组合起来。

3

所以，这书乃蓄意贴近育婴实况而写，并且试着保留阿嬷那一代的育儿智慧；总体而言，几乎是一部"散文纪录片"了。我相信，最能从中读出滋味的是刚怀孕到身边有个三岁左右小孩的读者，主要是女性（包含少数男性）。凡处在这近乎四年时间段落的人都会同意，这是人生中最奥妙、惊险、绚丽的一段体验，圣美时如在天堂，惊惧时又似牢狱；从来没发现自己这般脆弱，也从未见识自己如此坚强。

待过少林寺，还怕微风细雨吗？近乎这气魄。就女性成长史而言，历经生育与母职除了改变骨盆位置、增加几条永志不灭的妊娠纹之外还得到什么？这问题值得探讨也适于自问。

我想，在母亲岗位上经千锤百炼而不溃倒的，这女人的胆识几乎可以治一邦、夺一国。

4

即使每年有一天叫"母亲节"，百货公司专柜像神职人员奉劝大家要大大地感恩。然而在现代社会，做母亲仍是艰辛且寂寞的。

荣誉、援助与尊重，少之又少。她们与孩童只在选举期间才被油滑的政客想起，等把"神圣的一票"投出去，又被忘了。

从坐在巍峨之位者的眼中望去，这岛上有妇女与孩童吗？大概……大概……

没有。

5

文字是根须，缓缓深入生活土壤、记忆岩层。一旦占领，如小树扎根于旷野沃地，随时间而舒筋展骨，终于长成一团不可拔除、不可替代之浓荫。

我必须写下，因巨大的爱总是挟带恐惧。我害怕失去，故必须书写。若有朝一日，灾厄敲门，不管是我失去所爱或所爱失去我，我们还有地方重聚。

是以，我全心全意以文字造屋，先时间一步。

6

然而，我必须换个角度说，一个现代女性若把全部精神、气力、才赋投入家庭，将家庭视作唯一的成就，是相当危险且遗憾的。

除了少数人天资异禀，能像《玛莎的生活情趣》主持者玛莎，以"家园"为主题另辟蹊径，独创一门"家庭经营学"，自成一番事业之外。大部分茧居在几十平方米空间里的女性会不知不觉隐入牢笼，停止成长。她们的形貌逐渐被时间腐蚀，而心智恰好相反，如被拔除电池的时钟，不早不晚，停在她们进入家庭的那个时刻。

几年后，她们跟不上孩子的成长。这也意味着，她们跟不上瞬息万变的社会。

再几年后，她们只能蹲坐在家庭牢笼里做一件事，那就是：抱怨这笼子吃光了她们的人生。

因此，母职实践与个我生命实践的天秤该怎么摆？值得正视与深思。

7

我能留给儿子的最美好礼物，恐怕就是翔实记录其婴幼儿期成长的这本书了。

生命，就是这么一步一脚印，从脆弱的小婴儿慢慢长成能跑能跳、喜欢发表意见的小顽童。有一天——三十年或四十年后——当他有兴趣回顾生命源头，这书即是船，载他悠游。

我能给自己的最特殊礼物，恐怕就是借由"全职妈妈"角色返回自己的婴儿期。这是奇诡的，若我未亲自照顾孩子就不可能清晰地看见婴儿期的自己。如此说来，我全职投入育婴工作，竟同时呵护了两个生命的成长；一是儿子，一是早已遗失、如今借由血缘羽翼飞回的婴儿期自己。

我的母亲为我保留部分记忆（她让我发觉，其实每个母亲都有为孩子记录、书写的先天倾向，只可惜未文字化、影像化），即使相隔三十多年，当我幸运地捡到一根话头，她即能滔滔描述当年我的样子。然而，我尚未摸清她储存记忆的习惯，亦无法辨认在她脑海里错综复杂的甬道，哪几条可以通过记忆迷宫找到婴儿期的我。她似乎惯用感叹词为钥匙，"啊！""噫！"之后，纷然倒出一碟、一碗、一罐记忆。虽然少，却是极其珍贵的史料。

时常，我拿母亲提供的材料与儿子比对，赫然看见自己。

这时，我不禁赞叹血缘是一条让人意乱情迷的绳子。

8

感谢一些人。

我的公公、婆婆与孩子爸爸，给予我全部的支持与宽容，能与他们成为一家人是我的福气。隔壁许妈妈（张金莲女士），让我见识到一个母亲的坚毅精神。小民女士，时常捎来鼓励的话语，提振我的信心。老友林和教授、李惠绵教授、杨茂秀教授、黄照美女士及孩子干妈姚文倩，在我近乎息交绝游的育婴生活中，不时灌注关怀，暖我肺腑。联文老同事初安民、江一鲤催促了这本书的完成，一并致谢。

感谢我的八十六岁老阿嬷与六十岁母亲，即使日子苦得像飞沙走石，她们也未从"母亲岗位"叛逃，一路以自己为饼为粮，哺育我们。

她们不识字，她们是寡妇，但她们教我：

在汤里放盐，爱里放责任。

一九九九年二月写于台北